Sebastiano Vassalli

Der Schwan

D1996382

April 97

SERIE PIPER

Zu diesem Buch

Sebastiano Vassalli führt den Leser in seinem literarischen Kriminalroman zurück in die Zeiten der Anfänge der Mafia: Am 1. Februar 1893 wird im Zug nach Palermo der hochangesehene Marchese Notarbartolo, gerade seines Amtes enthobener Direktor der Bank von Sizilien, erstochen aufgefunden. Diese Bluttat gilt allgemein als der erste politische Mord der sizilianischen Mafia. Notarbartolo war im Begriff gewesen, in Palermo illegale Machenschaften der Bank zu enthüllen, in die der Ministerpräsident Crispi verwickelt war. Erst Jahre später fällt der Verdacht auf Raffaele Palizzolo, genannt »Il Cigno«, »der Schwan«, Parlamentarier und Möchtegern-Poet, dessen schillernde Persönlichkeit tiefe Einblicke in die Psyche eines Mafioso gewährt. »Ein in all seiner szenischen Geballtheit spannendes, aufklärendes und auch Nichtitaliener aufstörendes Erzählwerk« (Ute Stempel, Neue Zürcher Zeitung).

Sebastiano Vassalli, 1941 in Genua geboren, gehört in Italien zu den renommiertesten Bestsellerautoren. Er veröffentlichte zahlreiche Romane, auf deutsch unter anderem »Das Gold der Welt« und »Die Hexe aus Novara«.

Sebastiano Vassalli

Der Schwan

Roman

Aus dem Italienischen von
Ragni Maria Gschwend

Piper München Zürich

Von Sebastiano Vassalli liegt in der Serie Piper außerdem vor:
Das Gold der Welt (1480)

Ungekürzte Taschenbuchausgabe
April 1997
© 1993 Giulio Einaudi Editore s. p. a., Turin
Titel der Originalausgabe: »Il cigno«
© der deutschsprachigen Ausgabe:
1996 Piper Verlag GmbH, München
Umschlag: Büro Hamburg und Zero, München
Umschlagabbildung: © Magazin
Foto Umschlagrückseite: Giovanni Giovanetti
Satz: Uhl + Massopust, Aalen
Druck und Bindung: Clausen & Bosse, Leck
Printed in Germany ISBN 3-492-22509-8

Erste Szene

INFERNO

(1893–1894)

Von Sciara nach Palermo, 1. Februar 1893

Ein kurzer Pfiff, ein Ruck, ein langes knirschendes Geräusch unter den Füßen der Reisenden, und der Eilzug nach Palermo setzte sich wieder in Bewegung, knarrend und quietschend in sämtlichen Verbindungsteilen zwischen seinen klapprigen Waggons, während von der Lokomotive her das Keuchen des im Kessel gefangenen Dampfes drang und das Stampfen der Kolben immer rascher und hektischer wurde, je mehr der Zug an Fahrt gewann.

Der Commendatore Emanuele Notarbartolo setzte sich, und nachdem er eine der Armstützen hochgeklappt hatte, streckte er sich, so gut es ging, auf der roten Plüschbank des Erster-Klasse-Abteils aus, dessen einziger Passagier er war. Er fühlte sich müde, aber zufrieden. Auch in diesem Jahr – dachte er – hatte er es geschafft, sich (wie es ihm von seinem Vater, Gott hab' ihn selig, immer eingeschärft worden war) persönlich um die Frühjahrsarbeiten auf den Familiengütern zu kümmern: Er hatte das Schneiden der Obstbäume und Reben und den jungen Wein kontrolliert, hatte sich davon überzeugt, daß Quantität und Qualität des Saatgutes dem dafür ausgegebenen Kaufpreis entsprachen, hatte die Fässer ausbessern lassen, hatte ein kleines Guthaben aus einem Pachtrückstand kassiert... Mit einem Blick nach oben vergewisserte er sich, daß die doppelläufige Flinte, aus der er – wie er es immer machte, wenn er in den Zug stieg – vorsichtshalber die Patronen herausgenommen hatte, so im Gepäcknetz verstaut war, daß sie nicht herunterfallen konnte. Er schaute hinaus, um zu sehen, wo er war: Aber die Scheibe des Zugfensters, vom Regen schräg gestreift und fast undurchsichtig, ließ ihn nur schattenhafte

Umrisse von Feigenkakteen, Steinmäuerchen und Pfahlrohrfeldern wahrnehmen, die dem Reisenden entgegensprangen und sogleich wieder im späten Licht eines grauen, regnerischen Tages verschwanden, der sich bereits anschickte, seinen Platz der Nacht zu überlassen. Notarbartolo zog die silberne Uhr aus der Westentasche. Es war zwanzig Minuten nach fünf, und der Commendatore machte eine ärgerliche Bewegung; er schüttelte den Kopf und dachte an seine Frau und seine Tochter, die wahrscheinlich gerade jetzt das Haus verließen, um ihn am Bahnhof abzuholen, wo er, wenn alles gutging, mit einer halben Stunde Verspätung eintreffen würde... »Daß man auch nicht ein einziges Mal pünktlich ankommt!« brummte er. »Verdammte Eisenbahn!«

Er lehnte sich wieder in den roten Plüsch seines Sitzes zurück und überließ im Halbdunkel des Abteils Beine und Arme, ja sogar den Kopf den rüttelnden Bewegungen des Zuges. Sein Blick richtete sich jetzt auf die kleinen dichten Regentropfen an der Fensterscheibe und die Olivenhaine und Zitruspflanzungen des Torto-Tals dahinter, aber seine Gedanken weilten woanders: in Palermo, in den Büros des Hauptsitzes ebenjener Bank von Sizilien, deren Generaldirektor er, Emanuele Notarbartolo, dreizehn Jahre lang gewesen war und die er 1890 auf Veranlassung des damaligen Ministerpräsidenten Francesco Crispi und dessen sizilianischer Freunde hatte verlassen müssen... Eine Bande von Verbrechern! Ein Verein von Dieben, großen und kleinen, die sich nach seinem Weggang sofort darauf gestürzt hatten, mit den Geldern der Bank an der Börse zu spekulieren, mit Wechseln, ausgestellt auf Verstorbene, große Summen zu kassieren und auf jede überhaupt erdenkliche Weise Geld zu scheffeln, ohne sich auch nur die Mühe zu machen, die Fehlbeträge mit irgendeinem Trick in der Buchhaltung zu vertuschen. Dieses Räubern – dachte der Commendatore – währte nun schon über zwei Jahre; doch seit in Rom die Regierung gewechselt hatte, fingen in ganz Italien und selbst in Palermo die anständigen Menschen an zu hoffen, sie könnten auf die Posten zurückkehren, von denen man sie vertrieben hatte, und endlich wieder Ordnung in der öffentlichen Verwaltung schaffen. Der neue Ministerpräsident, Marchese di Rudiní, hatte ihm, Notarbartolo, bestellen lassen, daß man auf ihn zähle, um das Diebsgesindel aus der Bank von Sizilien zu verjagen; und ihm wiederum, der sich nichts Besseres wünschen konnte, war es gelungen, einen davon auf frischer Tat zu ertappen und bei der zuständigen Stelle anzuzeigen. Das war vor zwei Monaten gewesen, Ende November: Ein Abgeordneter, zugleich Mitglied des Vorstands der Bank, der Onorevole Raffaele Palizzolo, hatte nach einer Börsenspekulation mit dem Geld der Sparer den Fehler begangen, den Gewinn auf seinen eigenen Namen gutschreiben zu lassen, anstatt sich eines Strohmanns oder einer Aktiengesellschaft zu bedienen; und die Zahlungsanweisung lag nun in Rom, auf dem Schreibtisch des Ministers…

Der Waggon rumpelte über die Weichen. Bei der Einfahrt in den Bahnhof Cerda hörte man das Quietschen der Bremsklötze, die sich um die Räder preßten; die Häuser jenseits der Straße tauchten auf und die vom Regen glänzenden Bahnsteige mit den schemenhaften Gestalten der Reisenden, die, unter Regenschirmen oder die Kapuzen ihrer *scappulari* übergezogen, auf den Zug warteten. Schließlich kam der Zug in einer schneeweißen Dampfwolke zum Stehen, und der Commendatore Notarbartolo, dessen Blick immer noch zum Fenster gerichtet war, hatte Gelegenheit, Zeuge einer kleinen Episode zu werden, die ihn überraschte und die seine Neugier weckte: Ein großer Mann mit Bart und Brille näherte sich, die Hand bereits ausgestreckt, um die Tür zu dem Abteil zu öffnen, in dem er saß. Und bestimmt wäre er auch eingestiegen, wenn ihm der Schaffner, der auf dem Bahnsteig stand, nicht durch ein Zeichen bedeutet hätte, das Nebenabteil zu nehmen; es fielen auch ein paar Worte, die Notarbartolo aber wegen des Lärms, den die Lokomotive machte, nicht verstehen konnte. So unbedeutend der Vorfall auch war, er irritierte ihn. Seit wann – fragte sich der Commendatore – stand es denn im Ermessen eines Eisenbahnschaffners, den Fahrgästen vorzuschreiben, welches Abteil sie wählen sollten? Wer sein Billett bezahlt hat, muß das Recht haben, sich hinzusetzen, wo es ihm beliebt! Doch der Zug fuhr mit dem üblichen Krach von zugeschlagenen Wagentüren und übermäßig strapaziertem altem Eisen wieder an, und auch der Commendatore Notarbartolo schüttelte sein Problem mit einem Schulterzucken ab und murmelte: »Um so besser! Auf diese Weise bleibt mir die Unannehmlichkeit erspart, mich mit einem Unbekannten unterhalten zu müssen!« Immerhin nahm er sich vor, den Schaffner, wenn er käme, um die Fahrkarte zu lochen, nach diesem Mann mit der Brille zu fragen – nur so aus Neugier! –, wer er sei und warum man ihn in ein anderes Abteil verfrachtet habe, wo er doch bereits mit einem Fuß auf dem Trittbrett zu dem seinen gestanden hatte ...

Der Zug fuhr jetzt am Meer entlang, und es an diesem Winterabend gegenwärtig zu wissen, beschwichtigte die Gedanken unseres Reisenden erster Klasse, brachte sie wieder in Einklang mit dem Keuchen der Lokomotive und mit dem blau abgetönten Licht im Innern des Abteils, das er selbst eingeschaltet hatte. Er drückte die Stirn ans Wagenfenster. Dort unten lag das Meer, grau wie Blei und von Segeln verlassen, aber Notarbartolo sah es einen Augenblick lang wieder so, wie es in der schönen Jahreszeit war, mit der Sonne, die den Sand golden funkeln ließ, und dem Wasser zwischen den Klippen, das von Leben wimmelte wie am fünften Tag der Schöpfung... Hierher, an die Orte seiner Kindheit, wollte er sich in ein paar Jahren zurückziehen: wenn auch die jüngere Tochter verheiratet wäre und sich Palermo und die Bank von Sizilien in Händen einer ehrlichen und fähigen Verwaltung befänden. Das mochte freilich noch dauern, und die Gedanken des Commendatore wanderten erneut zur Bank, wo haarsträubende Dinge vor sich gingen, neben denen die Börsenspekulationen und die Darlehen an Verstorbene wie ein Kinderspiel erschienen. Seit einem Monat, vielleicht sogar schon seit zweien, wurden in der Münze der Bank von Sizilien in aller Heimlichkeit Geldscheine mit Seriennummern gedruckt, die bereits in Umlauf waren: Falschgeld! Und dieses Geld, das es eigentlich gar nicht geben dürfte, dieses verfluchte Geld, das Hunger, Elend und Auswanderung nach sich zog, diente den Herrn Politikern da oben in Rom dazu, die Wechsel über Hunderttausende von Lire für ihre Wahlkampagnen und die ihrer Freunde zu bezahlen: die Schand- und Skandalwechsel der Banca Romana, von denen alle Zeitungen auf der ersten Seite berichteten und derentwegen es bereits Verhaftungen und Selbstmorde gegeben hatte... Jetzt, wo der Skandal endlich publik geworden war, zeigte sich jemand in Palermo eifrig darum bemüht, alles zu vertuschen und alle mit dem Falschgeld der Bank von Sizilien zu befriedigen: Aber er, Notarbartolo, würde das nicht zulassen!

Er richtete sich auf und schaute hinaus in die Dunkelheit; in der Scheibe gespiegelt sah er das Abbild eines Mannes, den zu erkennen er im Moment Mühe hatte: ein finsterer Mann, mit Augen, die jedem, der ihn anblickte, zu drohen schienen, und mit einer tiefen Falte auf der Stirn. Bin ich wirklich so häßlich, wenn ich wütend werde? fragte er sich. Und sogleich glättete sich die Miene des Mannes, sein Spiegelbild geriet in Bewegung, entspannte sich bis zur Andeutung eines Lächelns. Der Commendatore Notarbartolo erinnerte sich daran, wie sein Sohn Leopoldo, als er ihn einmal ausschimpfte, als Kind zu ihm gesagt hatte: »Papa, nicht wütend werden, das macht dich so häßlich!« Er fuhr sich mit der Hand über die unrasierte Wange. Als guter Sizilianer dachte er, daß das im Grunde die einzigen Dinge seien, die im Leben zählten: die Familie, die Kinder ...

Nach und nach, und ohne daß er es richtig bemerkt hätte, hatte sich das Dunkel vor den Fenstern wieder mit Lichtern erhellt, und im Zug war aufs neue der Lärm erwacht. Eine Stimme rief von Waggon zu Waggon: »Termini Imerese! Termini Imerese!«, und dann sah man die Lampen des Bahnhofs und das eiserne Bahnsteigdach und die Reklamen für die Zahnpasta *Kalodont* (»Weltmarke«) und für die Bertelli-Lakritzen, die mit dem Adler, der die Schachtel mit den Pastillen in seinen Fängen hält. Im Bahnhof von Termini dauerte der Aufenthalt für gewöhnlich mindestens zwanzig Minuten, weil die Eisenbahner hier die beiden Züge nach Palermo, den aus Catania und den aus Messina, aneinanderkuppeln mußten; auf den Bahnsteigen standen die Verkäufer und priesen ihre Waren in einem an Klagetöne erinnernden Singsang an: *acqua e limone* (Zitronenwasser), *lupini* (Lupinenkerne), *frittelle calde di farina di ceci* (heiße Erbsmehlfladen)... Der Commendatore Notarbartolo stand auf und machte ein paar Schritte im Abteil, um sich die Beine zu vertreten. Er schaute aus dem Fenster, und zu seiner Überraschung sah er ebenjenen Schaffner, der in Cerda den Mann mit der Brille in ein anderes Coupé dirigiert hatte, vor sich auf dem Bahnsteig: Unbeweglich stand er mit der Signallaterne in der Hand da, und es sah aus, als stünde er Wache vor dem Wagen erster Klasse. Notarbartolo kurbelte das Fenster herunter und rief: »He, Sie!«

Der Schaffner wandte sich um. Es war ein Mann um die fünfunddreißig, mager und von kleiner Statur, mit einem dünnen Schnurrbärtchen und einem Gesichtsausdruck zwischen verschlagen und verblüfft: wie jemand, der bei etwas ertappt wird, das er eigentlich nicht tun dürfte. Er sah zu dem Reisenden hin, der ihn gerufen hatte, und dann schaute er hinter sich, zum Bahnhofsgebäude, um sicher zu sein, daß nicht eine andere Person gemeint sei. »Mit wieviel Verspätung werden wir in Palermo ankommen?« fragte Notarbartolo.

Der Mann in Uniform schien zusammenzuschrekken. Er kramte in seiner Tasche nach der Uhr und starrte lange darauf, als ob er Schwierigkeiten hätte, die Zeit abzulesen. »Wir fahren in zehn Minuten ab«, sagte er endlich, ohne dem Adressaten der Information ins Gesicht zu sehen. »Wir werden gegen sieben in Palermo sein.« Der Commendatore hätte ihn gern noch wegen des Herrn gefragt, der in Cerda zugestiegen war; aber man hörte den Pfiff der Lokomotive, die die Wagen aus Messina heranschob, und der ganze Zug machte einen Satz und bewegte sich ein paar Meter nach vorn. Eine Stimme unter dem Bahnhofsvordach, vielleicht die eines Gepäckträgers, fing ein *stornello* zu singen an, das sich mit seiner Melodie gegen das Schnauben der Lokomotive und die anderen Geräusche des Bahnhofs durchsetzte. Die Worte lauteten:

Amuri, amuri, amuri, amuri amaru!
l'amuri s'assumigghia a lu citrolu:
na punta è duci e l'autra punta è amara!

Von der anderen Bahnhofsseite, von einem Gleis, auf dem ein Güterzug im Dunkeln stand, erwiderte eine nicht minder melodiöse Stimme der ersten:

Amuri, amuri, amuri, amuri è focu!
Amuri è dinta e nun vi n'addunati:
lu vuliti cacciari e nun putiti!

Notarbartolo schloß das Fenster wieder und setzte sich auf seinen Platz. Wer weiß – kam es ihm in den Sinn –, ob es andere Länder auf der Welt gibt, in denen die Menschen so singen, ohne ersichtlichen Grund, auf die gleiche Weise wie die Vögel: einfach um dem, was in ihnen ist, Ausdruck und Stimme zu verleihen! Und er dachte, daß »sein« Sizilien eigentlich ein Paradies sei, in dem die Menschen glücklich leben könnten, wenn nicht irgendwo, zwischen Minze und Salbei, eine giftige Schlange lauerte: vielleicht dieselbe, von der in der Genesis die Rede ist, jene, die unsere Stammeltern in Versuchung führte ... Er schaute wieder auf die Uhr. Die Reise fing an, ihn nervös zu machen, und er fragte sich, worauf der Bahnhofsvorstand eigentlich noch warte, um zur Abfahrt zu pfeifen, jetzt, wo die Wagen aus Messina angehängt waren: Warum versuchte man nicht, wenigstens ein bißchen von der entstandenen Verspätung einzuholen?

Durch das Fenster sah er, daß der Schaffner immer noch auf dem Bahnsteig stand und jetzt mit einem anderen Mann redete: einem Bremser mit der blauen Mütze der Bahnarbeiter und einem großen gezwirbelten Schnauzbart. Der Arbeiter deutete in Richtung Wartesaal, und der Schaffner schien ihn, den Gesten nach zu urteilen, zur Geduld aufzufordern: Man müsse warten ... Dann wandten sich die beiden zum Waggon der ersten Klasse, und erst als sie merkten, daß sie ihrerseits beobachtet wurden, taten sie so, als gelte ihre Aufmerksamkeit den Männern vom Postdienst, die gerade vorbeikamen. Was ging hier vor? Ein plötzliches und akutes Gefühl von Gefahr durchzuckte wie ein Blitz den Kopf des Commendatore Notarbartolo: Aber es gab keinerlei Anzeichen von Gefahr hier herum, nur die gleichmäßigen Rufe der Verkäufer von Lupinenkernen und Fladen, die Eintönigkeit des Regens, die Reklamen, die Gaslaternen ... Als die Glocke, die die Abfahrt der Züge ankündigte, zu läuten begann, trat der Bahnhofsvorstand aus seinem Büro unter dem Bahnhofsdach und ging zur Lokomotive. Schnaubend wie immer setzte sich der Zug in Bewegung. Genau in diesem Augenblick kamen aus dem Wartesaal erster Klasse zwei dunkel gekleidete Männer, die steifen Hüte bis zu den Ohren heruntergezogen, und Notarbartolo begriff, daß das seine Mörder waren. Mit vor Schreck aufgerissenen Augen sah er, wie sie sich auf den Zug zubewegten, der langsam an ihnen vorbeifuhr, wie sie ihren Schritt beschleunigten, ohne dabei zu rennen; er sah den Schaffner, der auf ein Abteil wies – sein Abteil! –, und dann sah er auch die Wagentür, die sich öffnete, und die beiden Männer, die sich im Schimmer des bläulichen Lichts hereinzwängten. Einer der beiden, der dickere, mit einem pockennarbigen Gesicht, ließ sich auf die Polsterbank ihm gegenüber fallen und musterte ihn, als wolle er den Widerstand abschätzen, den das Opfer beim Abgeschlachtetwerden leisten würde. Der andere Mann dagegen, der mit dem breiten Gesicht und den tiefliegenden Augen, blieb, nachdem er die Coupétür geschlossen hatte, vor dem Fenster stehen und wandte Notarbartolo den Rücken zu, während der Zug über das Gewirr von Weichen und regennassen Gleisen rumpelte, die letzten Gaslaternen des Bahnhofs eine nach der anderen hinter sich ließ und ins Dunkel der

Nacht und des freien Feldes eintauchte – ohne Möglichkeit einer Umkehr...

Notarbartolo war allein und verzweifelt, so wie jeder Mensch allein und verzweifelt ist im Angesicht des Todes. Schreien hätte ihm nichts genützt; selbst wenn ihn die anderen Reisenden gehört hätten, hätten sie ihm nicht zu Hilfe kommen können: Denn der Waggon, in dem er sich befand, bestand aus drei großen Einzelabteilen, die nur von außen zugänglich waren. Wenn er das Gewehr nicht entladen hätte – dachte er –, wäre diese seine letzte Partie mit dem Schicksal nicht gar so ungleich gewesen! Aber die Flinte lag dort oben im Gepäcknetz, völlig harmlos, und es gab weder Zeit noch Möglichkeit, sie neu zu laden. Man konnte nur versuchen, sie am Lauf zu packen und als Keule zu benutzen...

Die Lokomotive hatte mittlerweile das Tempo erhöht. Gleich nach der Brücke über den Fluß San Leonardo gibt es einen Tunnel, und der Zug nach Palermo stürzte sich hinein, rauchspeiend und heulend wie ein Dämon. Nun wandte sich der Mann, der bis zu diesem Moment vor dem Fenster gestanden hatte, um und gab dem anderen mit dem Kopf ein Zeichen, worauf dieser aus seiner Jacke ein *feddapani* zog, ein Brotmesser mit einer über zwanzig Zentimeter langen gezackten Klinge. Notarbartolo schnellte hoch, um die Flinte aus dem Gepäcknetz zu reißen, und wahrscheinlich kostete ihn schon diese Bewegung das Leben, denn der erste Messerstich traf ihn in den Unterleib, während er noch beide Arme über dem Kopf erhoben hatte; er klammerte sich an das Gepäcknetz, das zerriß, und fiel nach vorn. Mit der Kraft der Verzweiflung versuchte er, die Coupétür zu erreichen, um sie zu öffnen und sich hinauszustürzen: Aber er wurde an den Armen festgehalten und mit Gewalt wieder hochgezogen, während seine Schreie im Dröhnen des durch den Tunnel rasenden Zuges untergingen und der Mann mit dem Pockengesicht im bläulichen Licht des Abteils das Messer herauszog und von neuem zustieß. Wie im Traum sah Notarbartolo das *feddapani*, das mindestens dreimal blutig aus seinem Körper gezogen wurde: Dann schien es ihm, als ob das Wagenabteil und der Zug und die ganze Welt von einer Explosion aus Licht überschüttet würden; seine Beine gaben nach, seine Augen verdrehten sich, und er sah nichts mehr. Er lag eingeklemmt zwischen den Bänken, zuckend und mit den Fingernägeln über den Samt der Polster fahrend, in einem verzweifelten letzten Versuch, sich an das Leben zu klammern. Da zog der zweite Mann, der sich bis zu diesem Moment darauf beschränkt hatte, dem Mörder die Arbeit leichter zu machen, indem er das Opfer festhielt, ein Klappmesser aus seiner Jackentasche, ließ es aufschnappen und stieß es dem Sterbenden dreimal in den Rücken, in Höhe des Herzens; dann packte er ihn, und mit einem letzten Stich – bei dem viel Blut spritzte – schnitt er ihm die Kehle durch. Erst als er absolut sicher war, daß sich in dem Körper, den er da vor sich hatte, auch nicht mehr ein Hauch von Leben befand, entschloß sich Don Piddu *facci di lignu* (Holzgesicht) – so Name und Spitzname des Grausamen –, seine blutverschmierte Hand an der Jacke des Opfers abzuwischen und das Messer, nachdem er es wieder zugeklappt hatte, in die Tasche zu stecken.

Bei der Ausfahrt aus dem Tunnel drosselte der Zug das Tempo, um auf die Gleise zu wechseln, die in den Bahnhof von Trabia führten. Don Piddu bedeutete dem Pockennarbigen, die Leiche des Commendatore Notarbartolo aufzuheben und in eine Ecke der Bank zu setzen, wo er sie mit dessen eigenem Mantel zudeckte, so daß es aussah, als ob der Tote schliefe. Dann stellte er sich an die Wagentür, für den Fall, daß es irgendeinem unbedachten Reisenden in den Sinn käme, ausgerechnet in dieses Abteil steigen zu wollen; aber als der Zug hielt, sah man auf dem verlassenen und regenglänzenden Bahnsteig nur den Bahnhofsvorstand und den Schaffner, der, nachdem er zweimal »Trabia!, Trabia!« ausgerufen hatte, am Wagen der ersten Klasse vorbeiging und Don Piddu auf eine bestimmte Art ansah, die besagen sollte: Hat alles geklappt? Habt ihr ihn erledigt? Don Piddu nickte unmerklich mit dem Kopf und schloß die Augenlider, und der Schaffner zeigte ihm daraufhin die zur Faust geschlossene Linke mit dem nach oben gestreckten Daumen: Wir haben's geschafft!

Aufs neue pfiff die Lokomotive, der Zug fuhr wieder an. *Facci di lignu* trat vom Fenster zurück, während sein Helfer hinter ihm fragte: »Und was machen wir jetzt, Don Piddu?« Ohne einen einzigen Muskel seines Gesichts zu bewegen, beugte sich der Angesprochene über den Toten: Er nahm ihm ein goldenes Kreuzchen ab, das er um den Hals trug, zog ihm die Brieftasche aus der Jacke und nahm auch die Uhr, wobei er das silberne Kettchen zerriß, um die Vermutung eines Raubüberfalls plausibler zu machen. Dann betrachtete er geringschätzig den Mann, der gerade geredet hatte: ein gewisser Peppi Lauriano, ein *malacarne*, ein abstoßender Kerl, der mit diesem Mord an einer hochgestellten Persönlichkeit sein eigenes Todesurteil unterschrieben hatte und so blöd war, es nicht einmal zu merken! Er antwortete ihm mit einem Satz im Dialekt, mit dem man früher einen beschied, der dumme Fragen stellte, und der auch heute noch in Gebrauch ist: *»Fecemu iddu chi ficiru l'antichi, ca si livaru li panzi e si misiru li viddichi«* (»Wir machen es wie die Alten, die sich ein Loch in den Bauch geschnitten und dafür den Nabel eingesetzt haben«.) Er ging wieder zur Tür, öffnete sie mit einiger Vorsicht, da der Zug zwischen zwei Stationen seine Höchstgeschwindigkeit erreichte und die Gefahr bestand, hinausgeschleudert zu werden. Ein Schwall von Rauch, gemischt mit Regen, drang ins Abteil, aber *Facci di lignu* verzog keine Miene: Mit einer Geste forderte er den anderen auf, ihm zur Hand zu gehen und genau das zu tun, was auch er tue. Nun packten die beiden dunkel gekleideten Männer die Leiche an den Armen: Sie hoben sie hoch und zerrten sie aufrecht an die Tür, als der Zug auf seiner Fahrt durch die Nacht gerade ein beleuchtetes Bahnwärterhaus passierte, vor dem eine Frau mit Eisenbahnermütze auf dem Kopf beide Hände zum Gesicht hob, den Mund zu einem Schrei geöffnet. Die beiden versetzten dem Ermordeten von hinten einen Stoß – genauer gesagt war es nur Don Piddu –, so daß er hinausflog und einen kleinen Abhang hinunterkollerte, während man in der Ferne bereits die Lichter des Bahnhofs von Altavilla sah.

Nachdem es ihm endlich gelungen war, die Abteiltür wieder zu schließen, fuhr Don Piddu Peppi Lauriano an: »Zum Teufel mit dir! Darf man wissen, was in dich gefahren ist? Du hast mich alles allein machen lassen, und dabei sind wir fast schon im Bahnhof!« Aber Lauriano war zu Tode erschrocken. »Die Frau ...«, stammelte er, »die Frau vor dem Bahnwärterhäuschen ... die hat den Toten gesehen ... und die hat uns gesehen, wie wir ihn aus dem Zug gestoßen haben! Wir müssen zurück und sie aus dem Weg räumen!«

Facci di lignu bückte sich, um die Flinte des Toten aufzuheben, die in dem Durcheinander unter einer der Bänke gelandet war. Er setzte seinen Hut wieder richtig auf und machte sich zum Aussteigen bereit, wobei er sich in demselben Fenster ansah, in dem sich eine Stunde vorher auch sein Opfer betrachtet hatte. »Diese Frau«, erwiderte er gelassen, »hat gar nichts gesehen.«

Villabate, 1. April 1893

Sergio Trabia hatte große Flecken von Tomatensoße auf dem Kinn, auf den Wangen und sogar auf der Stirn. Er hob eine Hand, die eher wie ein Bündel Bananen aussah, und ohne sich speziell an den Hausherrn, den Onorevole Raffaele Palizzolo, oder an irgendeinen anderen der Tischgenossen zu wenden, warf er eine Frage hin, die alle verblüffte: »Und wenn wir ihn nun umsonst umgebracht hätten?«

Schlagartig wurde es still im Raum. Alle Eingeladenen wandten sich dem Mann zu, der gesprochen hatte, auch jene, die bis zu diesem Moment damit beschäftigt waren, mit ihren Tischnachbarn zu lachen und zu plaudern. An der Art, wie ihn die anderen ansahen, merkte Don Sergio, daß er etwas sehr Unpassendes gesagt hatte und daß, wenn er nicht sofort eine Erklärung nachschöbe, sein Zweifel als Feigheit oder, schlimmer noch, als Niedertracht ausgelegt werden könnte. Er zuckte mit den Achseln. »Ich verstehe ja von Bankdingen nicht die Bohne«, verteidigte er sich, »aber ich habe den Eindruck, daß wir inzwischen aus der Bank von Sizilien herausgeholt haben, was herauszuholen war, und daß es jetzt mit der Herrlichkeit vorbei ist. Wenn sie in Rom eine staatliche Zentralbank aufmachen, wie es heute in der Zeitung steht, dann wird das Geld, nur um ein Beispiel zu nennen, dort gedruckt ...«

»Was soll das heißen: ›umsonst umgebracht‹?« unterbrach ihn Don Antonio Perez Rizzuto mit einem Gesichtsausdruck und einem Ton in der Stimme, die den Onorevole Palizzolo in Alarm versetzten. Perez Rizzuto und Trabia – das wußten alle – konnten sich nicht leiden, und gerade bei solchen Versammlungen war der Hausherr bemüht, jeden Streit unter seinen

Gästen zu vermeiden. »Notarbartolo«, versetzte Don Antonio mit Nachdruck, »war ein Dreckskerl, der uns schon in der Vergangenheit große Scherereien gemacht hat und uns in Zukunft noch größere hätte machen können. Man mußte sein infames Leben auslöschen; alles andere ist Geschwätz...«

»Die Zeitungen verzapfen doch sowieso nur Quatsch«, tönte ein anderer der *liuni*, der »Löwen«, die an diesem Tag an der Tafel des Onorevole saßen. Er stand auf. »Ich, als Alphabet« (er meinte natürlich: Analphabet), sagte er, »halte mir die Zeitungen auf dem Abort und lese sie mit dem Arsch, aber noch nie habe ich auch nur eine Zeile darin gefunden, die mir wirklich was genützt hätte.« Er bückte sich und fuhr sich mit der Hand über den verlängerten Rücken, als wolle er sich abwischen. »Da, schaut, so lese ich die Zeitungen!« rief er.

Schallendes Gelächter: »Hahaha! Er liest sie mit dem Arsch!« Nun lehnte sich der Onorevole, der schon auf dem Sprung gewesen war, sich einzumischen und Frieden zu stiften, auf dem Stuhl zurück und blickte mit berechtigtem Stolz auf seine Gäste, die lauthals lachten und einander auf die Schulter klopften, als ob eine harmlose Runde alter Freunde beisammensäße und ihre Späße machte. Kein anderer sizilianischer Politiker – schoß es ihm durch den Kopf – hätte in seinem Haus so viele Anführer der *fratellanze*, der »Bruderschaften«, und so viele *uomini d'onore*, »Ehrenmänner«, versammeln können, wie sie an diesem Abend an seinem Tisch saßen! Er betrachtete sie, einen nach dem anderen. Gleich rechts von ihm saß jener Don Piddu *facci di lignu*, der in den Aktenbündeln des Gerichts und der Polizei als Giuseppe Fontana, Sohn des Vincenzo, geführt wurde, um ihn von einem anderen mehrfachen Mörder Giuseppe Fontana, Sohn des Rosario, zu unterscheiden, und der, genauso wie sein Namensvetter, jedesmal wenn es der Polizei gelungen war, ihn wegen »Raubüberfall«, »Raubmord«, »Mord« oder »Zugehörigkeit zu einer Verbrecherbande« vor Gericht zu bringen, wegen Mangels an Beweisen freigesprochen werden mußte. Neben Don Piddu saß besagter Sergio Trabia, Anführer der *fratellanza* Altavilla, der, nachdem er seine Zweifel an der Nützlichkeit des Todes von Notarbartolo kundgetan hatte, wieder mit dem Gesicht in seinen Teller getaucht war und mit vollen Backen kaute, laut schmatzend und schlürfend. Es folgten die Anführer der *fratellanza* Monreale, Don Francesco Vitale und Don Nicolò Trapani, beide vor kurzem zur Ehre der Gerichtsberichterstattung erhoben: wegen des Mordes an einem gewissen Francesco Miceli, der es gewagt hatte, dem Onorevole Palizzolo beim Kauf des Landgutes, das der Adelsfamilie Gentile gehört hatte, in die Quere zu kommen. Dem armen Miceli war es, ehe er seine Seele aushauchte, noch gelungen, den Carabinieri die Namen derer zu nennen, die auf ihn geschossen hatten – doch auch diese seine letzte Anstrengung blieb vergeblich, weil das gerichtliche Untersuchungsverfahren schließlich mit der üblichen Formulierung vom »Mangel an Beweisen« abgeschlossen und die zwei Ehrenmänner wieder auf freien Fuß gesetzt wurden. Danach kam ein gewisser Filippo Pesco, genannt *lu Gaddu*, der Hahn, der sämtliche Prostituierten und kleinen Zuhälter Palermos kontrollierte und seinen Beinamen – so beteuerten jedenfalls die Freunde – den außerordentlichen Liebeskünsten verdankte, mit denen er, als er noch jung war, Dutzende von Frauen verführt und so höchstpersönlich der Prostitution zugeleitet hatte. Auch die Anführer der *fratellanze* der Stadt waren da: Andrea Saccone vom Viertel Albergaria, dem Wahlbezirk Palizzolos, Antonio Perez

Rizzuto vom Viertel Capo, in dem der Onorevole wohnte, und Filippo Giamporcaro von Fieravecchia. (Letzterer erfreute sich besonderer Berühmtheit, weil er den Mann, auf dessen Posten er nun saß, nicht nur umgebracht, sondern danach auch noch dessen Herz verspeist hatte; von Dutzenden anderer Morde ganz abgesehen.) Anwesend waren außerdem die Wahlstimmen-Beschaffer und Geschäfts-Agenten: Eugenio Palizzolo, Bruder und Strohmann Don Raffaeles, Luciano Ania, Stadtrat und Präsident einer Vereinigung von Kaufleuten, Salvatore Anfossi, Finanzmann und Börsenmakler. Und zur Linken des Hausherrn beschloß die Runde sein *curatolo* Matteo Filippello: Er war der Verwalter dieses Landguts Villabate, wo sich die *liuni* des Onorevole von Zeit zu Zeit zum Mittag- oder Abendessen trafen und wo auch die Versammlung an diesem Tag stattfand.

Das Wort ergriff Salvatore Anfossi, der Finanzexperte und Schatzmeister des Palizzolo-Clans. »Ich glaube nicht«, sagte er, »daß man es binnen kurzem schaffen wird, auch in Italien eine staatliche Zentralbank zu gründen, wie England oder Frankreich sie haben. Es wird eine Übergangsphase geben. Die Bank von Sizilien wird für weitere fünf oder zehn Jahre autonom bleiben, und ein Schandkerl wie Notarbartolo könnte uns, wenn er noch lebte, sicher viel Ärger machen, weil er nicht aufhören würde, seine Nase in unsere Angelegenheiten zu stecken, und es ihm früher oder später gelänge, einen Skandal heraufzubeschwören ...«

»Alle sizilianischen Abgeordneten«, sagte Palizzolo, »ausgenommen vielleicht die Sozialisten, werden im Parlament die Autonomie der Bank von Sizilien verteidigen; und auch Seine Exzellenz Francesco Crispi wird sie verteidigen, denn er zahlt seine Wechsel da oben in Rom mit unserem Geld ... Was die Zeitungen betrifft«, fügte er nach einer kurzen Pause hinzu, »so würde ich dem Geschrei über die Räubereien der Politiker und über die Notwendigkeit, das Banksystem zu reformieren, das die gesamte italienische Presse in diesen Tagen veranstaltet, nicht allzuviel Bedeutung beimessen. Die Zeitungen wirbeln die Meinungen und die Gefühle der Menschen auf wie der Wind den Staub. Aber seit die Welt besteht, hat kein Mensch, der sich selbst achtet, je davon Abstand genommen, sich um seine Angelegenheiten zu kümmern, nur wegen anderer Leute Meinung, und nie hat jemand darauf verzichtet, seinen Weg zu verfolgen, bloß weil ihm ein bißchen Wind und Staub dabei entgegenwehten …«

Nach diesen poetischen Betrachtungen des Onorevole Palizzolo über den Wind und den Staub und die Meinung der Menschen ging die Unterhaltung wieder ihre getrennten Wege. Es gab einen Zwischenfall, der als böses Omen gedeutet wurde, nämlich den Bruch einer Salatschüssel, der unter den Anwesenden viel Geschrei, viele vulgäre Gesten und viele Verwünschungen an die Adresse des Schuldigen hervorrief. Sergio Trabia aß weiter, mit dem Gesicht im Teller, das er nur von Zeit zu Zeit hob, um es mit der Serviette von der Stirn bis zum Kinn abzuwischen oder um mit vollem Mund laut herauszuprusten, wenn jemand neben ihm etwas sagte, das ihn zum Lachen brachte. Man redete über Nutten, wie immer, wenn Filippo Pesco dabei war, und von Kumpanen, die nach Amerika ausgewandert waren; vor allem aber sprach man über die Nachforschungen, die auf die Ermordung des Commendatore Notarbartolo gefolgt waren, und kommentierte wohlwollend die Arbeit der Polizei, die sich in diesem Fall noch unfähiger und dilettantischer gezeigt hatte als gewohnt. In den ersten Tagen nach dem Verbrechen waren Bahnwärter, Gleisarbeiter, zufällige Passanten und andere Unglücksraben festgenommen worden, die schließlich alle mangels Indizien wieder freigelassen werden mußten; und der einzige, der sich nach zwei Monaten ins Blaue hinein unternommener Nachforschungen und unnützer Festnahmen noch im Gefängnis befand, war der Schaffner Giuseppe Carollo: derselbe, der auf dem Bahnsteig von Termini Imerese Don Piddu und seinem Helfer das Abteil des Opfers gezeigt hatte und der dann im Bahnhof von Trabia noch einmal am Wagen vorbeigegangen war, um sich zu vergewissern, ob das Unternehmen auch geglückt sei.

»Carollo«, sagte Don Nicolò Trapani, »riskiert eine Menge: Denn angesichts der inzwischen zum Stillstand gekommenen Ermittlungen und ohne weitere Verdächtige besteht die Gefahr, daß er als Sündenbock herhalten muß, um die ganze Angelegenheit zum Abschluß zu bringen. Die Obrigkeit in Rom und in Palermo, die Zeitungen und die öffentliche Meinung wollen, daß jemand im Zuchthaus landet; und wenn die Polizei und die Richter keinen passenderen Mörder finden, dann ist es möglich, ja sogar wahrscheinlich, daß er dran glauben muß.«

»Besteht die Gefahr, daß er redet? Was weiß er?« fragte Don Luciano Ania.

Don Piddu sah den Stadtrat mit jenem undurchdringlichen Ausdruck an, der ihm den Beinamen *Facci di lignu*, Holzgesicht, eingetragen hatte. Er sagte, genauer gesagt verkündete: »Carollo redet jetzt erst einmal nicht. Sollte es in Zukunft Anzeichen dafür geben, daß er reden will, werden wir ihn zum Schweigen bringen.«

Der Onorevole Palizzolo runzelte die Stirn. »Wieviel Geld hat dieser Carollo bekommen?« fragte er. »Wie sind seine Familienverhältnisse?«

Aus den verlegenen Antworten von Salvatore Anfossi, Andrea Saccone und Don Piddu selbst wurde deutlich, daß Giuseppe Carollo bis zu diesem Zeitpunkt nur tausend Lire erhalten hatte und daß er die auch noch mit einem gewissen Francesco Comella, Aufsichtsperson im Wartesaal von Termini Imerese, und einem gewissen Pancrazio Garufi, diensttuendem Bremser auf dem Zug, in dem die *ammazzatina*, das Mördchen, am Commendatore Notarbartolo verübt worden war, hatte teilen müssen: ein bißchen wenig für einen Mann, der seit nunmehr zwei Monaten im Gefängnis saß und Zuchthaus riskierte! Außerdem hatte der Eisenbahner Frau und vier kleine Kinder, und die Frau hatte bereits angefangen, mehr als nötig zu reden und herumzuerzählen, ihr Mann sitze im Gefängnis, um einen anderen zu decken... Don Raffaele verzog das Gesicht. »Man muß sich sofort um diese Frau kümmern«, sagte er zu Salvatore Anfossi. »Gebt ihr Geld, damit sie bis zum Prozeß durchkommt: zwei- oder dreitausend Lire, wie ihr meint... Nach dem Prozeß werden wir eine Entscheidung treffen; aber bis dahin muß sich Carollo beruhigt fühlen und darf sich keine Sorgen um seine Familie machen müssen, sonst besteht tatsächlich die Gefahr, daß er redet.« Er schlug auch vor, der Bahnwärterin Margherita Romano, die gesehen hatte, wie die Leiche von Notarbartolo aus dem Zug geworfen wurde, fünfhundert Lire zukommen zu lassen, um sie für ihr Verhalten während der Vernehmungen zu belohnen.

»Carollo wird nicht reden«, sagte Andrea Saccone, »nicht einmal, wenn er Zuchthaus kriegt. Dafür verbürge ich mich persönlich. Er ist ein Ehrenmann, wie es sein Vater Santo und sein Großvater Carmelo waren.«

Filippo Pesco fragte: »Und Peppi Lauriano? Meine Weiber am Hafen hören nichts mehr von ihm. Was ist mit ihm passiert?«

Peppi Lauriano war der pockennarbige Halunke, der *malacarne*, der Don Piddu bei seinem Unternehmen im Zug geholfen hatte. Seit damals hatte ihn niemand mehr zu Gesicht bekommen, und viele Köpfe wandten sich *Facci di lignu* zu, der jedoch keine Miene verzog. Statt dessen redete Matteo Filippello. »Peppi Lauriano«, sagte er, »ist zu mir gekommen, um sich zu verstecken, wie wir es ausgemacht hatten. Er war krank, und ich habe ihm die Medizin in den Kaffee gegeben, damit er sich besser fühlte.«

Als sie von Medizin und von Kaffee reden hörten, fingen viele zu lachen an. Einer tat so, als wolle er es ganz genau wissen: »Wo hatte er denn sein Wehwehchen? Am Kopf, im Bauch, am Schwanz?«

Matteo Filippello schüttelte den Kopf: »Nein, nein, nichts dergleichen! Es hat ihm nirgendwo weh getan!« Und mit entsprechender Miene berichtete er: »Der Ärmste hat es selbst gar nicht gemerkt, aber die Hörner der Schändlichkeit hatten ihm zu wachsen begonnen… Jetzt ist er geheilt!«

Das Gelächter, das auf diese Worte folgte, war so laut und ausgelassen, daß es die Fensterscheiben zittern und das Geschirr auf dem mit dem Silberbesteck und den gestickten Decken der ehemaligen Gutsherrschaft gedeckten Tisch klirren ließ. Diejenigen der *liuni*, die sich vom Lachen mit dem Bissen im Hals hatten überraschen lassen, liefen regelrecht Gefahr zu ersticken, und die Kumpane mußten ihnen behilflich sein, sich von dem Brocken zu befreien: mit Schlägen und Faust-hieben auf den Rücken, die ihre Spuren noch für Wochen hinterließen. Als schließlich alle wieder mehr oder weniger ernst geworden waren, sagte einer am Ende der Tafel voll Verachtung: »Lumpenhund!« So wurde, wenige Wochen nach seinem Hinscheiden, des Giuseppe »Peppi« Lauriano gedacht, gestorben durch Gift, weil die Freunde nicht glaubten, ihm trauen zu können, und weil er ihnen jedenfalls nicht mehr von Nutzen war.

Am Ende des Mahls waren alle Gäste Don Raffaeles in Hochstimmung, durch den Wein und auch durch jene Art von Berauschtheit, die das Zusammensein in Gesellschaft, essend und scherzend, dem geben kann, der es gewohnt ist, im Rest der Welt ausschließlich Feinde zu sehen. Sogar Don Piddu *facci di lignu* lachte von Zeit zu Zeit, so wie die Hunde lachen, indem er die Oberlippe hochzog und dabei zwei stählerne Zähne bleckte: Ersatz für zwei Schneidezähne, die ihm eines seiner vielen Opfer, ehe es starb, noch hatte ausschlagen können. Sergio Trabia war ein so lauter Rülpser entfahren, daß die in den vier Ecken der Zimmerdecke gemalten Amoretten vor Scham erröteten, doch keiner der Tischgenossen hatte es beachtet, und er lockerte sich nun vorsorglich die Krawatte und knöpfte sich den Hemdkragen auf, um freier zu sein für den Fall, daß sich das Vorkommnis wiederholen sollte. Fast alle rauchten dicke Zigarren, aus einem Kistchen, das Don Raffaele unter seinen Gästen herumgehen ließ, nachdem er sich selbst eine Zigarre genommen und von Matteo Filippello hatte anzünden lassen. Salvatore Anfossi, der Don Francesco Vitale gegenübersaß, erzählte diesem von den ungeahnten Möglichkeiten, zu Reichtum zu kommen, wenn man in die Vereinigten Staaten von Amerika auswanderte, und auch von seiner Absicht, selbst über den Ozean zu gehen, falls ihm die Möglichkeit genommen werde, mit den Geldern der Bank von Sizilien an der Börse zu spekulieren. Filippo Giamporcaro und Nicolò Trapani tauschten leise einige Vertraulichkeiten über eine *mucidda*, ein Hürchen, aus, das beide kannten. Aber als eine Stimme rief: »Worauf warten wir noch? Es ist Zeit anzustoßen!«, griff Don Raffaele nach der Glocke, um den Dienern zu läuten, daß sie den Champagner bringen sollten. Jeder stieß nun mit jedem an, alle tranken auf irgend etwas: auf die Geschäfte, auf die *mucidde*, auf die Gesundheit der Freunde und auf das Verrecken der Feinde, auf das Messer, das Notarbartolo aus der Welt geschafft hatte, auf Don Raffaele... »Don Raffaele!« feuerten ihn seine *liuni* von den verschiedenen Seiten der Tafel her an. »Halt eine Rede, Don Raffaele!«

Der Onorevole Palizzolo erhob sich, das Glas in der Hand. Er war ein pausbackiges und dickbäuchiges Männchen, so klein, daß er sogar im Stehen die Köpfe einiger seiner am Tisch sitzenden *liuni* nicht überragte. Sein rundes Gesicht, das eines alt gewordenen Kindes, zierte ein etwas spärlicher Knebelbart. Er trug ein Samtjackett, das ihm fast bis zu den Knien reichte, eine Fliege und eine knallbunte Weste. Bevor er sein Champagnerglas abstellte, erhob er es gegen Don Piddu, der zu seiner Rechten saß, und sagte: »Ein Hoch auf Don Piddu und die großherzige *fratellanza* Villabate, die ihm bei seinem Unternehmen geholfen und dessen Gelingen ermöglicht hat! Der Feind, von dem sie uns erlöst haben, war ein Mensch, der es nicht verdiente zu leben; mehr noch: er war ein Schuft, der Komplotte schmiedete, die uns ruinieren sollten, und dem es lediglich gelang, sich selbst zu ruinieren. Wir, die wir nichts anderes getan haben, als unsere Familien zu verteidigen, unsere Ehre, unsere hochheiligen Ziele, wir tragen keine Schuld an seinem Tod. Unsere Hände sind sauber, und unser Gewissen ist rein...«

Wenn Don Raffaele redete, bewegten sich seine Arme, seine Augen, ja sogar sämtliche Linien seines Gesichts, und er modulierte auch die Stimme in einer ganz bestimmten Art und Weise, die ihm schon in seiner Knabenzeit den Spitznamen *Cignu*, Schwan, eingetragen hatte. Über welches Thema er auch immer zu reden hatte, von der Sardinenfischerei bis zur Zukunft des Menschengeschlechts, stets ging er es an wie ein

Schauspieler, der in einer Tragödie einen langen Monolog rezitiert, oder wie ein vom heiligen Feuer der Inspiration ergriffener Dichter, der seine Verse vor einem Publikum extemporiert. Sergio Trabia nahm den Zahnstocher aus dem Mundwinkel und beugte sich zu Francesco Vitale. »Wie der redet!« flüsterte er voll Bewunderung. »Nicht einmal der Pfarrer in der Kirche kann so reden!«

Don Francesco stimmte mit einem Kopfnicken zu. »Ja, er redet wie ein Cicero«, bestätigte er.

»Der Feind ist tot«, fuhr der Schwan, in Feuer geratend, fort, »und wir freuen uns darüber, denn der Tod unserer Feinde ist unser Leben, das sagten schon die alten Römer: *mors tua, vita mea*. Aber wir sind keine solchen Unmenschen, daß wir auf den Tod eines menschlichen Wesens tränken, so verhaßt uns die Erinnerung daran auch sein mag, und so viele Gründe wir auch hatten, uns von ihm zu befreien. Trinken wir daher lieber auf unsere Ehre, die kein Schändlicher wie Notarbartolo jemals wird antasten können, und auf die Freundschaft, die uns zusammenhält und die unsere wahre Stärke ist!« Er bog den Kopf nach hinten und breitete die Arme aus, wie ein Schwan, der zum Flug ansetzt. »Die Ehre«, deklamierte er über die Köpfe seiner Tischgenossen hinweg, »die Ehre ist das, was uns zu Männern macht, denn ein Mann ohne Ehre ist ein Mann, der nicht existiert: Er hat keine Freunde, er genießt keine Achtung, er kann nicht über seine Angehörigen, ja nicht einmal über sich selbst bestimmen. Er ist kein Mann: Er ist ein Kieselstein auf der Straße, den alle mit Füßen treten, er ist ein Pissoir am Rand der Piazza, wo alle ihr Wasser abschlagen ...«

Während der Schwan, berauscht von seiner eigenen Stimme, auf den Flügeln der Eloquenz in die Höhe schwebte, ereignete sich etwas, dem weder er noch seine Gäste Aufmerksamkeit schenkten, mit dem wir uns jedoch befassen müssen, da es eine neue Figur in unsere Geschichte einführt und weil es uns einen wichtigen Zug im Charakter des Protagonisten enthüllt. Eine große, hagere, schwarzgekleidete Frau erschien in einer der Türen und blieb stehen, um dem Redner zu lauschen, den sie mit einem Ausdruck von so hingebungsvoller Zuneigung ansah, wie man ihn sonst nur in den Augen von Hunden findet. Diese Frau, die Matilde hieß, war eine Kusine zweiten Grades des Schwans, vor allem aber war sie seine *zita*, seine Braut, und zwar schon seit vierunddreißig Jahren: also seit dem Frühling jenes fernen Jahres 1860, in dem er, mit seinem damals noch bartlosen Kindergesicht, davon phantasierte, Garibaldi bis ans Ende der Welt folgen und Italien vereinen zu wollen... Zu dieser Zeit war der Schwan noch überzeugt gewesen, daß seine Zukunft in der Literatur liege, und er hatte auch schon einen Unterhaltungsroman mit dem Titel *Elvira Trezzi* verfaßt, der vom »Giornale di Sicilia« in Fortsetzungen veröffentlicht worden war. Später warf er sich dann auf die Politik; sein Leben und Aussehen veränderten sich, doch die Hochzeit mit Matilde wurde auch jetzt nicht gefeiert, weil – wie Don Raffaele nicht müde wurde, jedem zu erklären, der ihn nach dem Grund für die lange Verzögerung fragte – zwischen ihm und seiner Verlobten noch das Ehehindernis der Verwandtschaft stand: Um zu heiraten, brauche man eine besondere Genehmigung der kirchlichen Obrigkeit, und es sei nicht leicht, sie zu erhalten! Die sich seit Jahrzehnten hinziehende Genehmigungs-Frage war zu der Zeit, in der unsere Geschichte spielt, immer noch offen, und im Hause Palizzolo galt es als ausgemacht, daß die beiden Tauben heirateten, sobald die Erlaubnis endlich erteilt würde; aber im Grunde glaubte kein Mensch mehr daran. Nicht einmal Matilde, die, obwohl sie in Palermo ein eigenes Haus besaß, fest in dem des Schwans wohnte und mit seinen unverheirateten Schwestern zusammenlebte; und auch sie behandelte ihn wie einen Bruder. Wer sie kannte, leugnete in der Tat, daß ihr Verhältnis zu Don Raffaele jemals ein anderes gewesen sei als das platonischer Zuneigung und anbetungsvoller Hingabe an einen Mann, der in ihren Augen kaum weniger war als ein Gott! Mehr als eine Braut oder Gattin war sie eine Anbetende, bereit, sich für dieses höhere Wesen, dem sie sich ganz geweiht hatte, aufzuopfern; und der Schwan, der soviel Treue gegenüber nicht unempfindlich bleiben konnte, vergalt es ihr zuweilen mit einem nachsichtigen Blick, mit einer ironischen Bemerkung, und hin und wieder strich er ihr sogar liebkosend übers Haar oder über den Arm. Matildes Freude war in solchen Augenblicken so groß, daß sie für nichts auf der Welt bereit gewesen wäre, sie gegen die eheliche Normalität derjenigen unter ihren Bekannten einzutauschen, die auf sie herunterschauten, weil sie nicht verheiratet war. Ihr allein war unter allen Frauen das Vorrecht zuteil geworden, die *zita* des Schwans zu sein: Was konnte sie vom Schicksal sonst noch erwarten? Was konnte sie mehr verlangen vom Leben?

Als die Trinkrede zu Ende war und der Schwan, unter dem Applaus und den begeisterten Rufen der *liuni*, wieder Platz nahm, näherte sich Matilde, wie einem plötzlichen Impuls folgend, ihrem Herrn und Gebieter, der in der Zwischenzeit die Lippen an das Champagnerglas gesetzt hatte, und umarmte und küßte ihn mit solchem Ungestüm, daß er hustend stammelte: »Basta, basta ... Ich verschütte ja den Champagner ... Bitte, hör auf!« Sie flüsterte ihm ins Ohr: »Du bist der Größte! Keiner auf der Welt kann so sprechen wie du!«

Palermo, 8. September 1893

Das palermitanische Appartement Seiner Exzellenz befand sich im ersten Stock des Hotels Trinacria, gegenüber der Marina, der Seepromenade, und der Eingang wurde von zwei Polizisten in Zivil bewacht, die dem Onorevole bedeuteten, stehenzubleiben. Es erschien ein korpulenter und fast kahlköpfiger Mann, der beim Anblick des Schwans ausrief: »Don Raffaele!«

»Was für eine Freude, dich wiederzusehen, Don Peppino!« sagte der Schwan, nachdem sie sich umarmt und auf beide Wangen geküßt hatten.

»Du bist es, Don Raffaele«, wiederholte der andere vorwurfsvoll. »Und wenn du in Rom bist, läßt du dich nie blicken! Manchmal erkundigt sich sogar Seine Exzellenz nach dir: ›Hast du Palizzolo gesehen?‹ fragt er. ›Weißt du, ob er in Rom ist?‹«

»In welcher Stimmung ist Seine Exzellenz heute?« wollte der Schwan wissen.

Giuseppe Palumbo Cardella (»Don Peppino«) war der Privatsekretär von Francesco Crispi und kannte den Onorevole Palizzolo gut, weil er mit ihm zusammen im Vorstand der Bank von Sizilien gewesen war, als dort, in der Bank, noch Notarbartolo das Sagen hatte und die Crispini in der Minderheit waren. Er zwinkerte Don Raffaele zu. »Die Stimmung Seiner Exzellenz«, erwiderte er, »ist in diesen Tagen ausgezeichnet; aber ich möchte nicht, daß ausgerechnet du sie ihm verdirbst, indem du mit ihm über die Bankgeschichten redest...«

Der Schwan zog die Brauen hoch und breitete die Arme aus. »Und worüber sollte ich sonst mit ihm reden, Don Peppino? Über die internationalen Probleme? Seine Exzellenz, das wissen wir alle, hat inzwischen nur noch die internationalen Probleme im Kopf, die

Politik der Staaten: Deutschland, Frankreich, die Krise auf dem Balkan... Aber unsere Freunde aus Palermo scheren sich einen Dreck um die internationalen Probleme! Unsere Freunde aus Palermo – du kennst sie ja selber! – sind in Sorge wegen ihrer Aktivitäten in der Bank von Sizilien, und sie erwarten sich Hilfe von Seiner Exzellenz, denn wenn er ihnen nicht hilft, wer soll ihnen sonst helfen?«

»Ich will sehen, ob er dich empfängt«, sagte Don Peppino.

Der Onorevole Francesco Crispi war, zur Zeit unserer Geschichte, ein Mann von vierundsiebzig Jahren, in Wirklichkeit kleiner und schmächtiger, als er auf den Photographien und Zeichnungen der illustrierten Wochenblätter aussah. Auch der große herunterhängende Schnurrbart war, aus der Nähe betrachtet, nicht so groß und dicht, wie man es erwartet hätte. Was jedoch aus den Bildern in der Presse nicht deutlich wurde, waren die Lebhaftigkeit des Blicks und das Gebieterische im Auftreten, die jedem Gesprächspartner Respekt einflößten. Als der Schwan eintrat, erwies ihm Francesco Crispi die Ehre, ihn mit »lieber Palizzolo« anzureden, aber er ging ihm nicht entgegen, obwohl er stand, und streckte ihm auch nicht die Hand hin. Er war erst vor wenigen Minuten ins Hotel zurückgekehrt, nachdem er bei Gericht den Fall eines Mandanten vertreten hatte, und hatte sich außer Jacke und Krawatte auch des Hemdkragens und der Manschetten entledigt. Der Schwan, der nicht daran gewöhnt war, ihn privat zu treffen, fragte sich, ob er ihn umarmen und küssen solle, wie es bei den Wahlbanketten üblich war, oder ob er besser daran täte, ihm lediglich die Hand zu drücken. Weise entschied er sich für diese zweite Lösung und fühlte zwischen seinen Fingern zwei Finger Seiner Exzellenz, die dieser sofort wieder zurückzog. »Sie sehen großartig aus«, sagte der Schwan. »Eine prächtige Gesichtsfarbe!« Er trat einen Schritt zurück, um die Gesichtsfarbe Seiner Exzellenz besser betrachten zu können. »Es stimmt genau«, rief er, »was das ›Giornale di Sicilia‹ geschrieben hat, nämlich daß Sie um zwanzig Jahre verjüngt erscheinen! Ganz Italien steht in diesen Tagen hinter Ihnen, von den Alpen bis zum letzten Zipfel Siziliens, und daß Sie der jugendlichste und tatkräftigste seiner Politiker sind, wollen Sie offenbar nicht nur durch die Kühnheit Ihrer Ideen, sondern auch durch die Frische Ihres Aussehens beweisen!«

Seine Exzellenz dankte mit einem Kopfnicken und einem kurzen Senken der Lider für das Kompliment. Mit einer Geste lud er den Gast ein, in einem Sessel Platz zu nehmen, und setzte sich ihm gegenüber, mit übereinandergeschlagenen Beinen und beiden Händen auf dem Knie, wie es seine Gewohnheit war. Was Palizzolo über sein Aussehen gesagt hatte, stimmte und war die direkte Auswirkung des politischen Erfolgs, denn es gab nichts auf der Welt, was Seiner Exzellenz besser bekommen wäre als der politische Erfolg. Angesichts der öffentlichen Demonstrationen und Tumulte, zu denen es nach dem Massaker an den italienischen Bergarbeitern in Aigues-Mortes in sämtlichen Städten und Dörfern Italiens gekommen war, hatte man nach Crispi als Retter gerufen; und von Tag zu Tag wuchs – im Parlament, in der Presse und sogar bei Hof – die (aus Menschen aller sozialen Klassen und politischen Richtungen bestehende) Partei jener, die die Rückkehr des Mannes zur Macht forderte, den man allein für fähig hielt, Italien im Ausland Achtung zu verschaffen und im Inneren des Reiches die Ordnung zu erhalten: nämlich Seine Exzellenz. Die Popularität und der Erfolg Francesco Crispis waren in jenen Spätsommertagen des Jahres 1893 so groß, daß es ihm selbst irgendwie unheimlich zu sein schien und er in seinem Palermo Zuflucht suchte, wo er von einer Woche zur anderen die angekündigte Rückkehr in die Hauptstadt verschob: wie eine Operndiva oder ein Heldentenor – sagten die Zeitungen –, die die Erregung des Publikums vergrößern wollen, indem sie noch ein paar Augenblicke in den Kulissen verweilen, ehe sie auf die Bühne zurückkehren, um den Applaus entgegenzunehmen...

»Lieber Palizzolo«, wiederholte Seine Exzellenz. »Da sind wir nun! Kann ich in irgendeiner Weise nützlich sein, dir persönlich oder unseren Freunden in Palermo?«

»Zunächst, Exzellenz«, sagte der Schwan, »erlauben Sie mir, daß ich Ihnen als Abgeordneter die Begeisterung und die Hoffnung der Bevölkerung von Palermo zum Ausdruck bringe, die Ihnen zujubelt und sich um Sie schart und Sie bittet, Italien zu retten! Palermo und Sizilien wollen, daß Francesco Crispi wieder an die Spitze der Regierung zurückkehrt; und dieser Wille des Volkes, der sich selbst in den kleinsten und verstreutesten Dörfern unserer Insel manifestiert hat und weiterhin manifestiert, ist auch der lebhafteste Wunsch dessen, der zu Ihnen spricht, und aller sizilianischen Abgeordneten im nationalen Parlament – mit Ausnahme, glaube ich, der Sozialisten...«

Seine Exzellenz zuckte in seinem Sessel zusammen und machte eine rasche Handbewegung zum Gesprächspartner hin. »Ich habe ganz andere gegen mich als die Sozialisten!« erwiderte er. »Vor allem in Sizilien... Meine schlimmsten Feinde sind genau hier, auf dieser Insel, wo mich das Volk tatsächlich liebt, wie Sie soeben gesagt haben: Und es sind dieselben Großgrundbesitzer, Fürsten und Barone, die sich einmal bereit erklärt hatten, alles zu tun, was ich von ihnen verlangte, während sie mich jetzt am liebsten tot sähen ... Ich übertreibe nicht!« Er hob eine Hand gegen den Schwan. »Wenn es ein Attentat auf meine Person geben sollte«, sagte er ernst, »dann ist der Ausführende vielleicht ein Anarchist, aber seine Auftraggeber sind die großen Familien der sizilianischen Aristokratie; allerdings glaube ich nicht, daß Rudiní und die anderen mich umbringen lassen werden, denn das würde immerhin Mut erfordern, und den haben sie nicht. Alle sizilianischen Senatoren hassen mich, angefangen von diesem niederträchtigen Bordonaro, der selbst Unseren Herrn verraten würde, wie es Judas getan hat, bis hin zu jenem verkommenen Camporeale, der an Körper und Geist nur allzusehr dem Rigoletto aus Verdis Oper gleicht ... In der Kammer sind mir die Sozialisten feindlich gesinnt, aber sie bekämpfen mich wenigstens mit offenem Visier, während einige der Abgeordneten, die ich selbst habe wählen lassen und die behaupten, sie gehörten zu meiner Partei, sich mit meinen Feinden verschwören und dabei auch noch glauben, ich würde es nicht merken ... Aber das ist eben die Dankbarkeit der Menschen, und ich wäre der letzte Dummkopf, wenn ich mich darüber beklagen wollte!« Er hielt inne und sah Palizzolo ins Gesicht. »Aber lassen wir dieses Gerede«, sagte er lächelnd, »das uns weiß Gott wohin führt, und kommen wir zu uns ... Über was hast du mit mir zu sprechen?«

Während er den Ausführungen Seiner Exzellenz über diejenigen, die ihn tot sehen wollten und imstande wären, die Hand eines Meuchelmörders zu bewaffnen und ihm nach dem Leben zu trachten, lauschte, fiel dem Schwan wieder ein, daß er in einem Zeitungsartikel gelesen hatte, Francesco Crispi habe immer einen Revolver in Reichweite, und er fragte sich, wo sich in diesem Augenblick die amerikanische Waffe Seiner Exzellenz wohl befinden mochte: in den Kleidern?

In irgendeiner Schublade? Aber weder die Weste noch die Hose des großen Mannes schienen Gegenstände von einem gewissen Umfang und Gewicht zu verbergen, und in diesem Zimmer gab es keine Möbel mit Schubladen. Vielleicht – dachte Palizzolo – hat er ihn unter dem Polster des Sessels oder im Schlafzimmer... Man sah auch nirgends die andere Geheimwaffe Seiner Exzellenz: das berühmte Korallenhorn, dessen er sich zu bedienen pflegte, um die bösen Einflüsse abzuwehren, und das von Zeit zu Zeit auch im Parlament zwischen seinen Fingern zu sehen war, und zwar immer dann, wenn Nicotera oder Guarneri das Wort ergriffen... Die Vertrauten Seiner Exzellenz – erinnerte sich Palizzolo – behaupteten, das sicherste Mittel, ihn nach dem Korallenhorn greifen zu lassen, sei, vor ihm den Namen eines sozialistischen Abgeordneten aus Catania auszusprechen: nämlich den von De Felice Giuffrida, der sämtliche Sozialisten der Stadt- und Landgemeinden der Insel gegen ihn aufhetzte und, vor zwei Jahren, sogar die Frechheit besessen hatte, seiner Frau nachzustellen! Jedesmal, wenn er diesen Namen höre – sagten die Wohlinformierten –, runzle Seine Exzellenz die Stirn, murmle: »Dieser Cagliostro muß im Zuchthaus enden« und fingere nach dem Korallenhorn in der Westentasche, wo es vielleicht, ja höchstwahrscheinlich, auch in diesem Moment steckte... Als jedoch Seine Exzellenz ihn so plötzlich fragte: »Über was hast du mit mir zu sprechen?«, konzentrierten sich alle Gedanken des Schwans wieder auf die Bank von Sizilien, die der eigentliche Grund war, weshalb er sich hier befand. Er holte ein wenig aus. »Ich weiß nur allzugut«, entschuldigte er sich, »daß das, was Eure Exzellenz in diesen Tagen am meisten beschäftigt, die internationale Situation ist, wie es ja auch gar nicht anders sein kann. Eure Exzellenz ist daran gewöhnt, weit zu sehen, wesentlich weiter als wir armen Provinzpolitiker, und einen sehr viel größeren Teil der Welt im Blick zu haben als unsereiner. Aber meine palermitanischen Freunde, die auch die treuen Freunde Eurer Exzellenz sind, bitten Sie durch mich, den Blick auf die Bank von Sizilien zu senken, die, wenn Eure Exzellenz nicht eingreift, um sie zu retten, dazu bestimmt zu sein scheint, die palermitanische Filiale einer Staatsbank zu werden, mit Sitz in Rom und vorwiegenden Interessen in Norditalien.«

Als der Name der Bank von Sizilien fiel, erlosch das Lächeln Seiner Exzellenz; sein Gesicht wurde starr wie das einer Statue, und seine Augen bohrten sich in die seines Gesprächspartners, um dessen Gedanken zu erraten. »Wohin treibt die Bank, Exzellenz?« fragte der Schwan. »Wir sind in Sorge, weil wir fürchten, daß uns etwas genommen wird, das uns und das Sizilien gehört. Vor allem, Exzellenz, sind die Freunde aus dem Vorstand der Bank in Sorge, die so viele Jahre ihres Lebens und einen so großen Teil ihrer Lebenskraft geopfert haben, um sich mit diesem alten Bocksfuß Notarbartolo herumzuschlagen, und die nun fürchten müssen, sich um die Früchte ihrer Mühen betrogen zu sehen, ausgerechnet in dem Moment, in dem sie dachten, sie ernten zu können...« Er senkte die Stimme, flüsterte: »Eure Exzellenz ist natürlich nicht verpflichtet, sich mit solchen Bagatellen abzugeben; aber der politische Kampf in Palermo ist wirklich hart geworden... Wenn es Giolitti und seinen piemontesischen Ministern gelingt, das unselige Werk auszuführen und die Autonomie der Bank von Sizilien abzuschaffen, dann wird auch der Tod Notarbartolos niemandem nützen, und wir haben umsonst so viele Risiken auf uns genommen...«

Der Schwan hatte jetzt die Stimme gesenkt und sah Seine Exzellenz in einer Weise an, als erwarte er ein Zeichen der Zustimmung; aber Francesco Crispi hatte aufgehört, ihm zuzuhören, denn das Schicksal der Bank war bereits besiegelt! Er hing seinen eigenen Gedanken nach. Dieses Männchen, das da vor ihm stand, aufgemacht wie ein Provinzkünstler, hatte ihm eine Episode, die zwei Jahre zurücklag, wieder ins Gedächtnis gerufen: Damals war in Rom, an einer Hausmauer neben dem Palazzo Braschi, eine Aufschrift aufgetaucht: *Es lebe Francesco Crispi, Oberhaupt der Mafia.* Säße – dachte Seine Exzellenz – in diesem Moment ein ausländischer Journalist, genügend vertraut mit den italienischen Verhältnissen, um zu begreifen, was dieser Unglücksmensch mir zu sagen versucht, hier bei uns, so könnte er glauben, daß ich tatsächlich das Oberhaupt der Mafia sei, und in gewissem Sinne hätte er sogar recht: Denn ich habe diese sogenannte Mafia immer benutzt, so wie ich alles benutzt habe, für einen einzigen Zweck, nämlich Italien einig und stark zu machen; aber weil in Italien inzwischen noch viele andere danach trachten, Mafia-Oberhäupter zu werden, gibt es nicht mehr mich allein! Auch Rudiní und selbst Giolitti, der doch Piemontese ist, lassen sich mit der Mafia ein; aber das sind Zauberlehrlinge, die die Geister, die sie riefen, nicht mehr loswerden: Denn nur ein großer politischer Entwurf, unterstützt von einem unbeugsamen Willen, ihn durchzusetzen, kann mit den hunderttausend persönlichen und lokalen Interessen und dem unüberschaubaren Netz von Komplizenschaft, *omertà*, Solidarität und Gemeinschaftsgeist, das all diese Interessen zusammenhält, fertig werden...

Als der Schwan nun zum Schluß gekommen war und wartete, wobei er an seinen Bartspitzen herumdrehte, richtete sich Seine Exzellenz im Sessel auf und betrachtete ihn, als ob er ihn zum erstenmal sähe. »Bringen wir die Dinge nicht durcheinander!« sagte er warnend. »Das politische Urteil über einen Mann und sein Tod sind in einem konstitutionellen Staat wie dem unseren zwei völlig verschiedene und unvereinbare Dinge, die absolut nicht miteinander in Verbindung gebracht werden dürfen. Notarbartolo war in der Politik einer jener kleinen Geister, die ich als Mikromanen bezeichne, weil nur die kleinen Horizonte und die engen Perspektiven sie zu begeistern vermögen. Der gegenwärtige Anführer der Partei der Mikromanen, Giovanni Giolitti, hat als höchstes Ziel in der Wirtschaftspolitik den Ausgleich der Bilanzen und in der Außenpolitik das Ziel, nichts zu riskieren und nichts zu gewinnen ... Als ob einer, der sich seiner eigenen Interessen begibt, um nur ja keinem anderen zu schaden, deswegen geachtet würde und seines Hab und Guts sicher wäre – in der Gemeinschaft der Nationen wie unter den Individuen!«

Der Blick Seiner Exzellenz, der für einen Moment zu einer Stelle der Tapete über dem Kopf des Gesprächspartners gewandert war, senkte sich nun wieder, um sich in die Augen des Schwans zu bohren, und seine Stimme sagte mit Nachdruck: »Ich habe Notarbartolo, solange er am Leben war, nie gemocht, aber sein Ende hat mich mit Entsetzen erfüllt. Der arme Mann! Wenn ich zu dem Zeitpunkt, als das Verbrechen im Zug verübt wurde, Innenminister gewesen wäre, hätte ich dem Präfekten von Palermo, dem Polizeipräsidenten, ja der ganzen Polizei so zugesetzt, daß jetzt die wahren Schuldigen im Gefängnis säßen und nicht nur einer ihrer Helfershelfer!« Für einen Moment blieb er in Gedanken versunken; dann erinnerte er sich: »Als im vergangenen Februar die Nachricht von diesem Mord in Rom bekannt wurde, war das erste, was man in den parlamentarischen Kreisen und in den Zeitungsredaktionen herumredete, daß Notarbartolo von meinen sizilianischen Freunden umgebracht worden sei, und zwar auf meinen Befehl hin... So weit versteigt sich die politische Mißgunst! In Wirklichkeit war dieser Mann bereits vor zwei Jahren von der Bühne abgetreten und hatte keinerlei Möglichkeit, wieder auf sie zurückzukehren, zumindest nicht als Direktor der Bank von Sizilien. Warum hätte ich ihn bis zu einem solchen Grad hassen sollen? Was im übrigen die Frage der Banken betrifft, so ist die Reform der Emissions- und Kreditanstalten ein Mosaikstein, der noch zur Vollendung der nationalen Einheit fehlt, und ich selbst hätte ihn einsetzen wollen, als ich Ministerpräsident war: Aber man hat mir nicht die Zeit dazu gelassen...«

Der Schwan wußte nicht mehr, was er denken sollte: Seine Exzellenz, der jahrelang aus den Banken alles Geld geholt hatte, das nur zu holen war, gab sich jetzt als das Oberhaupt der Partei der Moralapostel, dem es nicht schnell genug gehen konnte, das ganze System moralisch zu machen... Er öffnete den Mund, um etwas zu sagen; dann überlegte er es sich und schwieg. Francesco Crispi dagegen lächelte wieder. Er erhob sich und ging zum Fenster: Er blickte hinaus, die Hand über den Augen, um sie gegen den Widerschein des Meers abzuschirmen, das gleißend hinter den Dünen der Marina lag; dann winkte er Palizzolo zu sich her. »Es gibt viele Arten, Geld zu machen«, sagte Seine Exzellenz und deutete dabei auf etwas in der Straße unter den Hotelfenstern: ein Werbeplakat mit einem Spruch, den der Schwan, ohne Brille, jedoch nicht entziffern konnte. »Ich will dir eine davon zeigen. Siehst du dieses Plakat? Der Signor Bertelli aus Mailand, Inhaber einer Firma, die seinen Namen trägt, hat vor einigen Jahren entdeckt, daß in den Städten Süditaliens, vor allem im Sommer, die Leute verrückt werden vor Angst vor der Cholera, und daraufhin hat er die Anti-Cholera-Seife erfunden: die Crelium-Seife, ein Desinfiziens auf Kreolin-Basis. Der Spruch auf dem Plakat, den du vielleicht nicht lesen kannst, aber ich kann ihn genau entziffern, behauptet, daß man mit der Crelium-Seife der Cholera vorbeugen könne, und dann sieht man eine Frau mit einer Seife in der Hand: einer ganz gewöhnlichen Seife, die sich von den anderen im Handel befindlichen nur durch den Preis unterscheidet, der mehr als doppelt so hoch ist, und durch einen unangenehmen Geruch... Vor zwei Jahren, als ich Ministerpräsident war, habe ich mich beim Ministerium für Industrie und Handel erkundigt und dabei erfahren, daß dieser Signor Bertelli, der die Anti-Cholera-Seife erfunden hat, Millionen macht, in sämtlichen Städten Süditaliens, in Neapel, Messina, Palermo, Catania, und das nur, weil er ein wenig Geld in ein Werbe- und Handelsexperiment investierte, das als solches nichts Unerlaubtes an sich hat: Denn niemand kann leugnen, daß die Sauberkeit des Körpers dazu dient, jeder Art von Krankheiten vorzubeugen, also auch der Cholera; außerdem wird die stinkende Seife nicht als Arznei in den Apotheken, sondern als Seife in den Drogerien verkauft. Das ist ein simpler Einfall, um Geld zu machen, aber er funktioniert...«

Er trat vom Fenster zurück. Der Schwan dagegen blieb neben dem Fensterbrett stehen und fühlte eine große Wut gegen diesen Mann in sich aufsteigen, der ihn über zehn Jahre lang, in Rom, vor allem aber in Palermo, zur Finanzierung seiner Politik und zu jeder Art von Geschäften benutzt hatte und der ihn jetzt offensichtlich nicht mehr brauchte, wenn er sich ihm gegenüber in solchen Reden gefiel, die weder Hand noch Fuß hatten... Was schert denn mich – dachte er verärgert – diese Crelium-Seife und die Cholera und dieser Mailänder Hornochse, der mit der Reklame auf den Straßenplakaten Millionen scheffelt! Am liebsten hätte er Seine Exzellenz gefragt, warum er sich nicht vom Signor Bertelli das Geld habe geben lassen, um die Wechsel der Banca Romana zu bezahlen, aber er hatte nicht den Mut dazu: Niemand in Italien, nicht einmal der König, hätte es gewagt, Seine Exzellenz beim Reden zu unterbrechen! »Ich weiß mit Sicherheit«, sagte Seine Exzellenz, »daß es in unserem großen vereinten Italien Millionen von Menschen gibt wie diesen Bertelli: einfallsreich, unternehmungslustig, die Gelegenheit beim Schopf packend, fähig, Reichtum zu schaffen für sich und für ihr Land, und ich weiß auch, daß sehr viele von ihnen Süditaliener sind, die ihre Fähigkeiten bisher nur nicht unter Beweis stellen konnten, weil das Geld immer in den Banken unter Verschluß gehalten wurde, von solchen Mikromanen wie Sella und wie Giolitti... Die Italiener sind das einfallsreichste und unternehmungslustigste Volk der Welt, und wenn es die Banken verstanden hätten, sie zu unterstützen, zeichnete sich unser junger Staat heute durch den gleichen Elan und die gleiche Vitalität aus wie die Vereinigten Staaten von Amerika: Denn Unternehmungsgeist und Wagemut sind der Weg, der zu Fortschritt und Wohlstand und zur wirtschaftlichen und militärischen Macht der Nationen führt!«

Der Schwan verzog das Gesicht. Jetzt – dachte er – ist er gleich wieder bei seiner Außenpolitik. Seine Exzellenz, das wußten alle, beschloß jede seiner Reden mit dem Hinweis auf die Rolle Italiens in der Welt; und so war es auch jetzt: »Unser Banksystem muß geändert werden«, sagte er mit Nachdruck zu einem Punkt auf der Tapete hinter dem Kopf des Schwans, »und sollte ich wieder Ministerpräsident werden, so werde ich mich persönlich um diese Reform kümmern, auf die eine Nation wie Italien nicht mehr lange warten kann, ohne die Lähmung und den Kollaps seiner produktiven Energien zu riskieren. Ich werde auch in der Wirtschaft für frischen Wind sorgen! Mich bringen diese kleinen Geister vom Typ Giolitti zum Lachen, für die das Italien Garibaldis und Mazzinis ein Kleinbürgerleben führen sollte, das eines bescheidenen subalternen Beamten, der beim Haushaltsgeld mit jedem Centesimo knausert und nie wagen würde, durch eine Geste oder ein Wort den Unmut irgendeines Vorgesetzten hervorzurufen! Italien fehlt nichts, um den ersten Platz auf allen Gebieten menschlicher Tüchtigkeit zu erreichen, es braucht nur zu wollen! Die kleinen Geister bei uns jedoch neigen nur allzuschnell dazu, bei jeder Drohung, die von irgendeiner Macht kommt, die heute militärisch stärker ist als wir, zu erbleichen und sich die Haare zu raufen.« Die Außenpolitik – dachte der Schwan – war für Seine Exzellenz das, was die Musik Giuseppe Verdis im »Othello« für den Tenor Tamagno war; doch ein zweimaliges diskretes Klopfen an der Tür und danach das Auftauchen des Glatzkopfes von Palumbo Cardella unterbrachen das hohe C. Seine Exzellenz richtete den Blick von der Tapete auf das Gesicht des Sekretärs und bedeutete ihm mit einer Kopfbewegung: Ich komme sofort. Er verabschiedete den Schwan, ohne ihm die Hand zu geben, ja ohne ihn überhaupt anzuschauen: »Lieber Palizzolo, ich muß dich leider verlassen. Laß dich mal wieder sehen…«

Marineo, 3. Januar 1894

Filicetta lief von Straße zu Straße, sich das Wolltuch über der Brust zuammenhaltend, das sie gegen die Kälte und Feuchtigkeit dieses Wintertags schützen sollte, und im Laufen horchte sie auf das Stimmengewirr, das vom Rathaus heraufdrang, das Geschrei der Menge, die auf die Piazza geströmt war, um zu rufen: »Es lebe der Sozialismus!« »Nieder mit dem Bürgermeister!« »Tod den *cappeddi*!«, den »Hüten« (nämlich den galantuomini, den feinen Herren) und andere Parolen, die sich dort unten zwischen den Häusern zu einem unbestimmten und beständigen Lärmen vermengten. Als sie zu dem großen weißen Bau der Kirche della Matrice kam, blieb sie stehen, weil sie nicht wußte, was sie tun sollte, und weil sich auf den Stufen der Kirche und dem Platz davor viele andere Frauen wie sie drängten: Frauen, denen ihr Mann verboten hatte, das Haus zu verlassen, und die doch bis hierher gekommen waren, um zu beten und in der Nähe ihrer Männer zu sein, für den Fall, daß diese sie bräuchten. Sie waren alle schwarz gekleidet, eingemummt in ihre Wolltücher, und redeten nur leise, obwohl niemand in der Nähe war, der sie hätte hören können...

»Jesusmaria, *za* Filicetta! Kommt zu uns, damit wir uns gegenseitig Mut machen!«

Die junge Frau ging zu der Gruppe, aus der die Worte gekommen waren, und erkannte *za* Peppe, *za* Nina, die *cummari* Rusidda, die *cummari* Gesualda und die *za* Biniditta: alles Frauen oder Mütter von armen Pachtbauern oder Landarbeitern wie ihr Mann Saro, die eines Tages im Frühling des vergangenen Jahres im Dorf den *Fascio dei lavoratori*, den Arbeiterbund, gegründet hatten und jetzt da unten vor dem Rathaus standen, um die

Abschaffung der Mahlsteuer zu fordern – und das Recht, in einer etwas weniger ungerechten Welt zu leben … Wie viele Hoffnungen – dachte Filicetta – waren mit den *Fasci* aufgekommen, in Marineo und in ganz Sizilien! Und wie viele Diskussionen, abends um das Licht der Petroleumlampe herum, denn die Frauen wollten nicht, daß ihre Männer zu diesen Versammlungen gingen, von denen man sich erzählte, daß »Kommunistinnen« aus Palermo oder sogar aus Norditalien dort aufträten, um die freie Liebe zu propagieren: eine Seite des Sozialismus – riefen die Gevatterinnen –, die in Sizilien nicht einmal in tausend Jahren Fuß fassen und bei ihnen zu Hause mit dem Messer ausgetragen werden würde, falls ihre Männer Lust verspürten, es auch nur ein einziges Mal mit einer von diesen Kommunistinnen zu probieren! Um sie zu überzeugen, daß die Geschichte mit den Kommunistinnen ein Märchen war, von den *cappeddi* und den Pfarrern mit dem Ziel in Umlauf gebracht, sie, die Arbeiter, in Mißkredit zu bringen, mußten die Ehemänner jedesmal ihre ganze Beredsamkeit aufbieten und auf die Toten und die eigenen Kinder schwören; aber einige *cummari*, die ganz sichergehen wollten, begleiteten ihre Männer ins Versammlungslokal und saßen rosenkranzbetend da, bis es Zeit zum Heimgehen war. Auf diesen Versammlungen wurde viel von einer Zukunft gesprochen, in der alle Männer und alle Frauen, unabhängig davon, in welchen Verhältnissen sie geboren waren, über sich und ihre Arbeit selbst bestimmen könnten; und auch Filicetta war, wenn sie den Worten ihres Mannes Saro lauschte, fest davon überzeugt, daß sich diese Welt nun endlich und schon bald ändern werde, und zwar zum Besseren. Wenn abends der Schuster Carmelo Giordano, genannt *Zitamentu* (Verlobung), weil er auch den Heiratsvermittler spielte, zu ihnen ins Haus kam und anfing, von einem gewissen Carlo Marx zu reden und von der Revolution des Proletariats und der Gesellschaft der Zukunft, in der alle Ungleichheiten und alle Mißstände abgeschafft wären, blieb sie da, um ihm mit großen Augen und offenem Mund zuzuhören, wie als Kind, wenn der Großvater ihr Märchen erzählte; und sie ging nur aus dem Zimmer, wenn Nuzzu, ihr gerade erst geborener Sohn, zu schreien anfing, oder wenn Saro ihr mit einem Wink bedeutete zu gehen, weil er und seine Freunde jetzt über »Männerangelegenheiten« zu reden hätten. Tatsächlich hatte sich vor allem in der letzten Zeit um diese Versammlungen eine Atmosphäre von Verschwörung und unmittelbar bevorstehender Gefahr gebildet, die die Frauen in Unruhe versetzte und sie um die Unversehrtheit ihrer Männer fürchten ließ. Die *cappeddi*, also die feinen Herren aus dem »Zirkel« und aus dem Rathaus, wollten nicht, daß sich die Welt änderte; und um dafür zu sorgen, daß alles blieb, wie es war, standen in einer Reihe mit den *cappeddi* die *parrini*, also die Pfarrer, die mit dem Jenseits handelten, aber auch mit den Dingen dieser Welt; und überhaupt: Alle, oder fast alle, standen auf der Seite der Reichen: Da waren die *gabelloti*, die Großpächter und Steuereinnehmer, die sich in die Latifundien der Adeligen teilten, die *curatoli*, die Verwalter, und die *liuni*, die »Löwen«, mit umgehängtem Gewehr, die die Bauern schlechter als das Vieh behandelten; es gab die königlichen Carabinieri, das heißt die Büttel, die für die Sozialisten nur drohende Blicke hatten und vor den *cappeddi* und den *parrini* katzbuckelten; schließlich gab es, seit einigen Tagen, auch noch das Militär. Bersaglieri und Infanteristen hatten in verschiedenen Orten der Insel auf die Menge geschossen, und in Marineo hatten sie am Vortag die Demonstranten aus Belmonte Mezzagno, die zur Verstärkung der Einheimischen gekommen waren, mit Bajonetthieben empfangen. Aber die Angst war nicht erst mit dem Militär ins Dorf gekommen; die Angst ging bereits seit einigen Monaten um. Nach den Streiks und dem Zurückhalten der Ernten im vergangenen Sommer waren in Marineo wie auch in den benachbarten Ortschaften, in Piana dei Greci, in Giardinello, in Belmonte Mezzagno, gewisse Leute aufgetaucht, deren bloßer Anblick schon genügte, um es einem kalt über den Rücken laufen zu lassen: ein Don Piddu, genannt *Facci di lignu*, und ein Don Calò, genannt *Chiaccu*, die Schlaufe (weil es, wie man in einschlägigen Kreisen wußte, seine Spezialität war, seine Opfer so aufzuhängen, daß es nach Selbstmord aussah). Sie tauchten auf, wenn man sie am wenigsten erwartete, mit ihren Banden von Mordgesellen, alle zu Pferd und alle bis an die Zähne bewaffnet; sie bezogen Posten vor dem Vereinslokal des *Fascio* oder vor der Schuhmacherei von *Zitamentu* und verprügelten jeden, der hineinging oder herauskam, belästigten die Frauen und nahmen sich jede Unverschämtheit heraus, ohne daß die Polizei es jemals für nötig gehalten hätte, einzuschreiten und diesem Zustand ein Ende zu machen. Zwischen den Carabinieri und den *liuni* der Mafia – sagten die Bauern – gebe es seit der Gründung der ersten *Fasci* eine Art Waffenstillstand, wenn nicht gar eine Allianz; und es brauche wesentlich mehr als einen verprügelten oder auch ermordeten Sozialisten, um sie dazu zu bringen, aufeinander zu schießen …

Cummari Rusidda wischte sich die Tränen ab. »*Madonnina bella*«, murmelte sie betend, »mach, daß unseren Männern nichts zustößt! Heilige Rosalia, steh uns bei!«

Plötzlich wurde der Lärm der Menge, die man zwar nicht sah, die sich aber dort unten, hinter dem Gewirr von Gassen und Häusern, befand, leiser und verstummte schließlich ganz. Es herrschte eine lange Stille, die die Frauen in Panik versetzte. Viele knieten nieder und streckten die gefalteten Hände im Gebet zur Kirchentür – die der Pfarrer vorsichtshalber hatte zusperren lassen. Alle bekreuzigten sich, auch Filicetta. Die eine oder andere hielt sich sogar die Ohren zu, aber es passierte nichts; man hörte nur eine Männerstimme reden (»Das ist der Bürgermeister«, sagten ein paar von den Frauen. »Dieser Lumpenkerl! Der Bürgermeister spricht«), und dann gab es einen Freudenausbruch der Menge, einen langen Applaus und ein Triumphgeschrei: »*Vittoria*! Sieg! Es lebe der Sozialismus!«

Die Frauen schüttelten den Kopf und schauten einander an, bestürzt und ungläubig: War wirklich alles vorbei – fragten ihre Augen –, und die *cappeddi* und die Herren aus dem Rathaus hatten in der Steuerfrage nachgegeben, ausgerechnet jetzt, wo die Soldaten zu ihrer Unterstützung gekommen waren? Doch nach einem Augenblick erneuten Schweigens hörte man die Stimme eines anderen Redners, den die Frauen sofort erkannten (»Das ist der Vorstand vom *Fascio*! Das ist *zu* Tonino!«). Und als die Stimme zu sprechen aufgehört hatte, gab es einen noch längeren Applaus als vorher, neue Ovationen: »Es leben die *Fasci*!« »Es lebe der Sozialismus!« »Es lebe *zu* Tonino Marretta!«

Andere Stimmen riefen jetzt in den Gassen: »Prozession! Prozession! Der ganze Ort zur Prozession, der Sieg der Arbeiter muß gefeiert werden! *Zu* Tonino Marretta wird eine Rede halten!« Daraufhin begannen die Frauen zum Rathaus hinunterzulaufen, und der Platz vor der Kirche blieb verwaist zurück. Filicetta machte sich zum Lokal des *Fascio* auf, weil sie hoffte, Saro dort zu finden, aber im Grunde ihres Herzens wußte sie schon, daß er nicht da sein würde. Auf ihrem Weg sah sie *Zitamentu*, im Triumph auf den Schultern getragen, in einem Zug von etwa hundert armen Bauern und Taglöhnern, die schrien: »Es lebe der Sozialismus!« Sie sah die Musiker der Dorfkapelle, die sich aufgestellt hatten und die Garibaldi-Hymne und andere patriotische Stücke probten, ohne an Atem oder an Blech zu sparen; sie schaute in den einzigen Raum im Erdgeschoß des Vereinslokals: Saro war nicht da. Sie ging weiter, und an der Ecke zur Piazza stieß sie auf eine kleine Gruppe *liuni* mit umgehängtem Gewehr; in ihrer Mitte war ein Mann, den Filicetta sofort erkannte, weil er seit Monaten die Bauern von Marineo terrorisierte und weil er ein Gesicht hatte, das einer nur einmal gesehen zu haben brauchte, um es so leicht nicht wieder zu vergessen: Don Piddu *facci di lignu*! Zu Tode erschrocken machte sie kehrt und fand sich auf der Piazza wieder, in der Menge, die bereits anfing, sich zu zerstreuen: Die einen suchten ihre Freunde, um mit ihnen den Steuer-Sieg zu feiern, andere machten sich auf den Weg nach Hause, und wieder andere drängten zum Rathaus, weil die Dankprozession von dort ihren Ausgang nehmen sollte. Zwei- oder dreihundert Menschen riefen unter den Fenstern des Bürgermeisters immer noch hin und wieder »Es leben die *Fasci*«, »Es lebe der Sozialismus« und »Nieder mit den *cappeddi*«, aber ohne sich allzusehr ins Zeug zu legen, nur so, um sich die Zeit zu vertreiben, während man auf die Ankunft der Kapelle wartete. Der Bürgermeister und einige der anderen Herren aus dem Rathaus standen auf dem Balkon: Filicetta sah, wie sie dicke Zigarren rauchten und zufrieden lachten, als ob sie und nicht die Bauern die Sieger dieses Tages wären. Um das ganze Rathaus herum waren, zum Schutz der *cappeddi*, die sich darin verbarrikadiert hatten, und um das Gebäude gegen einen eventuellen Angriff des Pöbels zu verteidigen, die Carabinieri und das Militär in kriegsmäßiger

Ausrüstung postiert. Die Carabinieri, in der Minderzahl, schützten den Eingang und waren mit Musketen und Trommelrevolvern bewaffnet; die Infanteristen dagegen waren in drei Reihen aufmarschiert und hatten riesige Gewehre, die mit den aufgepflanzten Bajonetten wie Hellebarden aussahen. Sie trugen Mäntel, die zu lang und zu schwer waren für den milden sizilianischen Winter, und hatten die Gesichter von verängstigten oder vielleicht auch schmollenden Kindern. Auf der anderen Seite der von Bäumen gesäumten Straße standen die Sozialisten mit dem Banner des *Fascio*; Saro war bei ihnen, und Filicetta hob die Hand, um ihn zu rufen, aber es gelang ihr nicht, weil genau in diesem Augenblick jemand sie so heftig anrempelte, daß sie fast hingefallen wäre: Sie drehte sich um und sah wieder einen dieser Männer von Don Piddu, einen großen, hageren Typ mit einer Narbe im Gesicht, der sich weiter gewaltsam seinen Weg durch die Menge bahnte, bis er vor den Carabinieri stand und vor ihnen ausspuckte. Zweierlei schoß der entsetzten Filicetta durch den Kopf: Das erste war, daß dieser Mann, als sie ihn am Ende der Gasse gesehen hatte, ein Gewehr trug, jetzt aber unbewaffnet war; das zweite, daß die *cappeddi* vom Rathausbalkon verschwunden waren und auch das Fenster geschlossen hatten. Dann schrie der Unbekannte die Carabinieri an: »Wenn ihr nur alle verrecken würdet, noch ehe es Nacht wird! Verfluchte Scheißbande!«

Vor dem Rathaus breitete sich eine große Stille aus, und in diese Stille hinein hörte man die Dorfkapelle, die ein religiöses Lied spielte, eines der Bravourstücke aus ihrem Repertoire: *Salve Regina fulgida*. Irgend jemand sagte von dem Mann mit der Narbe: »Das ist ein Provokateur!« Und das Wort »Provokateur« machte die Runde in der Menge, von vielen Mündern wiederholt. Aber niemand hatte den Mut oder die Geistesgegenwart, etwas zu unternehmen; und was hätte man auch schon unternehmen können? Alle erhoben sich auf die Zehenspitzen, um das Gesicht des Fremden zu sehen, aber sie sahen nichts anderes als die Köpfe und die Mützen der Umstehenden; nur die, die in den ersten Reihen standen, starrten, obwohl sie vage spürten, daß sie sich in Gefahr befanden, wie gebannt auf die Carabinieri und den Mann, der sie beleidigte, als wären sie die Marionetten eines jener *pupari*, der Puppenspieler, die von Zeit zu Zeit auch in Marineo Station machten, genau hier vor dem Rathaus, und wundersame Geschichten von Herausforderungen und Zweikämpfen erzählten, die drei Tage und drei Nächte lang dauerten...

Die Augen des Maresciallo der Carabinieri, fest auf den Unbekannten gerichtet, waren in dem runden und nach außen hin unbewegten Gesicht zu zwei ganz dünnen Schlitzen geworden; aber nachdem der Fremde noch einmal ausgespuckt hatte, wandte er sich den in ihre lächerlichen Winteruniformen eingemummten Soldätchen zu. Er zog eine Kupfermünze aus der Tasche und warf sie ihnen grinsend vor die Füße, während der Kommandant der Abteilung mit den Fingern der linken Hand seine blonden Schnurrbartspitzen malträtierte und mit der rechten an die Pistolentasche griff. »Was macht ihr denn in Sizilien?« rief der Provokateur. »Geht doch nach Afrika und biegt den Negern die Bananen grad, wie es schon eure Kameraden gemacht haben! Los, auf nach Dògali!«

Er wandte sich an die Menge. Man vernahm nicht mehr das leiseste Geräusch auf der Piazza und unter den Bäumen, und alle Anwesenden, auch die, die am weitesten weg standen, konnten ohne Schwierigkeit die Worte des Mannes mit dem zerschnittenen Gesicht verstehen, den bis zu diesem Tag noch niemand in

Marineo gesehen hatte. »Ihr seid eine Herde von Hammeln«, rief er. »Benehmt euch wie Männer, wenn ihr was in der Hose habt, und zeigt es diesen feigen Schergen, daß ihr euch von niemandem den Fuß auf den Nacken setzen laßt, schon gar nicht bei euch zu Hause und vor euren eigenen Frauen!« Er hob die Hand zu jener Seite der Piazza, wo sich die anderen *liuni* befanden: »Wenn einer ein Gewehr hat, dann soll er es auch gebrauchen! Ich geh' und hole meins!«

Nach Beendigung seiner Vorführung machte der Fremde kehrt, völlig ruhig und ohne den Offizier zu beachten, der die Pistole gezogen hatte; mit Hilfe der Ellbogen drängte er sich wieder durch die Menge, die ihn verblüfft anstarrte, und verschwand, wie er gekommen war. Nun fiel von der Ecke, an der Filicetta Don Piddu gesehen hatte, ein Schuß aus einer Feuerwaffe, und dann ein zweiter und noch einer; und alle hatten das Gefühl, als ob die Zeit stehenbleiben wolle und die Luft sich in Glas verwandle. Filicetta hätte den Mund öffnen wollen, um zu rufen: »Saro! Saro!« Aber es gelang ihr nicht. Alles war reglos, versteinert vom Schrekken dieses unseligen Augenblicks; auch die Musik der Kapelle hatte aufgehört. Erst als zwischen den Häusern das Echo des letzten Schusses verklungen war, gerieten Menschen und Ereignisse wieder in Bewegung. Die Menge stob schreiend auseinander, während der Maresciallo auf die vor ihm Stehenden zielte, den großen Trommelrevolver mit beiden Händen haltend, und der die Truppe kommandierende Offizier die drei schrecklichen Worte rief, die Filicetta dieses erste Mal zwar nicht hörte (»Laden! Zielen! Feuer!«), die aber in den Ohren der erschrockenen jungen Soldaten wie Peitschenhiebe knallen mußten. Es fielen einige isolierte Schüsse – bum, bum, bum –, während die Leute aneinander vorbeihasteten oder sich zusammendrängten, ohne etwas zu sehen und zu begreifen; dann knatterte die erste Gewehrsalve, und die ganze Piazza war von einer Wolke aus bitterem und gelblichem Rauch erfüllt. Filicetta fand sich in den Winkel zwischen der Mauer und der geschlossenen Tür eines Hauses gepreßt, ohne zu wissen, wie sie dorthin gekommen war; als der Rauch sich vor ihr verzogen hatte, sah man viele Menschen am Boden liegen, Dutzende von Körpern, Männer und auch einige Frauen. Einige dieser Körper brüllten, schlugen um sich, warfen sich auf dem Schotter hin und her, als ob sie eine unsichtbare Feder in sich hätten; andere rangen mit dem Tod, den Mund weit aufgerissen oder Nägel und Fingerkuppen an den Steinen der Straße wundschürfend in dem Versuch, das festzuhalten, was ihnen entfloh und von dem sie nicht einmal wußten, was es war; wieder andere schließlich lagen reglos da, in bizarren Stellungen, Beine und Arme verzerrt und die Augen aufgerissen in einer letzten Frage: »Was ist mit mir geschehen?« Das Banner des *Fascio* lag am Boden, und neben dem Banner Saro, mit einem dunklen Fleck mitten auf dem Hemd und offenem Mund: tot hingestreckt, aber seine Beine bewegten sich von den Knien abwärts noch, wie die Beine eines Paladins im Theater der *pupi*. Leute liefen zwischen den Gefallenen hin und her, traten auf sie, stolperten über sie; viele, die am Boden lagen, suchten verzweifelt von diesem Schreckensort zu entkommen und mühten sich wegzukriechen, sich mit jenen Teilen des Körpers, die sie noch bewegen konnten, fortzuschieben...

»Laden! Zielen! Feuer!«

Filicetta hörte jetzt die Worte des Offiziers, während sie zu Saro lief, und dann fühlte sie, wie jemand sie an der Schulter berührte: ein diskreter, kleiner Schlag, wie um sie auf eine Gefahr aufmerksam zu machen. Sie drehte sich um und fand sich plötzlich ausgestreckt am

Boden, an der Seite eines entfernten Verwandten: eines Taglöhners, den im Dorf alle *Piriteddu*, Fürzchen, nannten, sei es, weil er so klein war oder weil er bei der Arbeit immer im Mist stehen mußte und entsprechend stank. Sie fragte sich: »Was mache ich denn hier auf der Erde neben diesem Mann?« Filicetta wollte aufstehen, aber sie merkte, daß Beine und Arme ihr nicht gehorchten. Sie verlor die Besinnung und blieb unbeweglich in der Stellung, in der sie hingefallen war, die Kleider durcheinander und einen Arm über der Taille von *Piriteddu*...

Filicetta hörte etwas, das ihren Ohren unangenehm klang. Als sie die Augen wieder öffnete, wurde ihr klar, daß das Geräusch wenige Schritte von ihr entfernt nichts anderes war als der *répitu*: die Klage einer Frau, die ihren Mann beweint und dabei so schrille und herzzerreißende Töne ausstößt, daß – dachte Filicetta – der Mann aufstehen und davonlaufen würde, wenn er nicht tot wäre. Sie sah eine andere Frau neben einem anderen Toten knien, die sich hin und her wiegte und im Schmerz einer endlosen Trauerlitanei hundertemal den Namen des Verstorbenen wiederholte: »Janu, Janu«... Filicetta nahm ihren Arm von *Piriteddu*, und an der Kälte des Körpers und seiner Steifheit merkte sie, daß der Mann tot war; sie stützte sich auf einen Ellbogen und entdeckte, daß sie viel Blut verloren hatte: Die Kleider und der Schal waren unter der linken Schulter davon durchtränkt, und auch auf dem Schotter der Straße war ein großer Blutfleck. Sie fragte sich: Wenn ich verwundet bin, warum fühle ich dann keinen Schmerz? Aber sie wußte keine Antwort darauf. Sie blickte sich um. Der Himmel war immer noch grau und hell wie zu dem Zeitpunkt, als sie aus dem Haus gegangen war, aber das Dorf wirkte wie ausgestorben: Die Carabinieri und die Soldaten waren abgezogen, die Türen aller Häuser verschlossen, alle Fenster zu... Auf der Straße waren nur noch diese Frauen, schwarz wie Unglücksvögel, die bei ihren Toten standen oder knieten und ihnen ihre Verzweiflung zuschrien; und ein Priester war da, auch er schwarz von Kopf bis Fuß, der über jedem der Gefallenen ein Kreuzzeichen machte und dabei ein Gebet murmelte. Beim Anblick dieses Priesters und beim Hören der Totenklagen fiel Filicetta wieder ein, daß Saro tot war: Sie versuchte, auf die Beine zu kommen, aber sie schaffte es nicht; nun biß sie die Zähne zusammen und fing an, sich auf allen vieren zu jener Stelle der Straße zu schleppen, wo sie ihren Mann zum letztenmal gesehen hatte. Sie kam an einer Frau vorbei, die sich die Kleider aufriß und das Gesicht zerkratzte, während sie schrie: »Ach, Gnaziu! O weh, Gnaziu! Was werden wir ohne dich anfangen? Oh, Gnaziu! Wie sollen wir durchkommen? Oh, Gnaziu! Oh, Gnaziu, Gnaziu! ...« Eine andere Frau, die neben der Leiche eines Jungen kniete, sang mit leiser Stimme sein Loblied. »Du warst schön wie ein Sonnenstrahl«, sagte sie zu ihm, »du warst gut wie ein glücklicher Tag, du warst gut wie ein frischgebackenes Brot, du warst gut wie das Lamm, das man zu Ostern ißt...« Das rote Banner des *Fascio* lag nicht mehr zwischen den Gefallenen, jemand mußte es weggeholt haben; Saro jedoch lag immer noch da, weiß, als ob er zu Gips geworden wäre, und eine Fliege lief ihm übers Kinn und über die Lippen, wechselte von einer Wange zur anderen, flog weg und ließ sich dann erneut nieder, mit der lästigen Beharrlichkeit, die diesen Insekten eigen ist. Filicetta setzte sich neben ihren Mann und sah ihn unverwandt an, genauer gesagt: sie sah die Fliege an. Sie hatte das Gefühl, als ob ihr Kopf ganz plötzlich leer und riesengroß geworden wäre: eine Höhle, ein verlassenes Tal, in dem die Klagen der Weiber widerhallten, die auch an ihrer Stelle weinten. Sie hätte dem

Toten die Augen schließen, hätte diese verdammte Fliege verjagen wollen, aber die Leere in ihrem Kopf breitete sich immer weiter aus, und ganz langsam glitt sie, bewußtlos, nach vorn, auf den Körper von Saro…

Als sie den Kopf wieder hob, war es Nacht. In dem schweigenden und verlassenen Dorf hatte niemand die Straßenlaternen angezündet, aber die Wolken über den Häusern hatten sich verzogen, und der Mond schwebte dort oben in seinem Licht wie in einer durchsichtigen Flüssigkeit, unendlich fern von den Dingen der Menschen. Die Klageweiber waren verschwunden, der Priester war gegangen, und auch die Leichen vieler Gefallener lagen nicht mehr da. Die Geräusche waren jetzt nächtliche Geräusche. Ein Käuzchen ließ seinen Ruf ertönen, ehe es das kurze Stück Himmel zwischen zwei Häusern durchquerte; von der Piazza her drang das Jammern eines Verwundeten, und dann hörte man Knurren und Kläffen, als ob sich ein Rudel Hunde die Beute streitig machte. Die junge Frau schaute in die Richtung und merkte zu ihrem Entsetzen, daß das, was die Tiere in den Zähnen hatten und wegzuschleppen versuchten, der Arm eines Kindes oder eines sehr kleinen Mannes war und daß an diesem Arm der ganze übrige Körper hing… Es war *Piriteddu*! Filicetta versuchte, sich aufzurichten, aber es gelang ihr nicht; die Wunde an der Schulter schmerzte jetzt, und der Kopf, der leer und leicht gewesen war, wog nun zentnerschwer, so schwer, daß Hals und Schultern ihn kaum mehr tragen konnten. Sie fühlte Kälte, eine schreckliche Kälte, und sie bemerkte, daß ihre Gedanken rasch und unzusammenhängend waren, wie oft im Traum. Und wenn ich träumte? – fragte sie sich. Und wenn das ein Alptraum wäre?

Sie hörte einen leisen Pfiff, das Geräusch von Schritten, und dann das Kläffen der in die Flucht geschlagenen Hunde, die sich zur Piazza hin entfernten. Aus einer ungeheuren Weite nahm sie wahr, daß sich jemand über sie gebeugt hatte und sie mit großer Vorsicht berührte: sie umdrehte, ihren Puls fühlte... Eine Stimme sagte: »Das ist *za* Filicetta! Sie lebt noch.« Eine andere Stimme flüsterte ihr ins Ohr: »Faßt Mut, Filicetta... Wir sind Freunde: Wir bringen Euch nach Hause!«

Nach Palermo, 8. Mai 1894

Durch die Scheiben des kleinen Fensters sah Giuseppina Crispi, außer dem von den Rädern der vorausfahrenden Kutschen aufgewirbelten Staub, jenes Sizilien, von dem sie, seit sie auf der Welt war, nur Wunderbares hatte erzählen hören; alle, die dort geboren waren, auch ihre Mutter und ihr Vater Francesco Crispi, sprachen davon als von einem wunderbaren und phantastischen Land, wo sich alle Gegensätze berührten und nebeneinander Bestand hätten, alle Schönheiten der Schöpfung sich vor den ungläubig staunenden Augen des Reisenden ausbreiteten ... Das, was sie jedoch seit einigen Tagen sah, war die ödeste und eintönigste Landschaft, die man sich vorstellen konnte, zumindest in Italien; Wiesen und Felder im Staub erstickt und schon dürr, noch ehe der Sommer überhaupt angefangen hatte: im Frühling, in der schönsten Zeit des Jahres! Überall sah man Berge und Kuppen aus grauem oder gelbem Tuffstein, ohne einen einzigen Baum, und auf halber Höhe hingeklebt oder ganz oben auf dem Gipfel lagen irgendwelche absurden und kaum erkennbaren Ortschaften, in denen – dachte das Mädchen – kein normaler Mensch freiwillig würde leben wollen: Um da oben zu leben, mußte man schon das Unglück gehabt haben, dort geboren zu sein ... War das das märchenhafte Sizilien? Drei Jahre zuvor, 1891, als sie mit dem Vater nach Palermo gekommen war, um die Nationalausstellung zu besuchen, war ihr Eindruck ein anderer gewesen: Die Spazierfahrt an der Marina, die Theater, die Bälle, das gesellschaftliche Leben hatten sie nicht enttäuscht, ja sie hatte den Eindruck gewonnen, daß die elegante Welt Siziliens den Vergleich mit der Neapels und Roms aushalte. Aber Palermo war Palermo, eine große Stadt mit einer Aristokratie, die mit sämtlichen anderen Aristokratien Europas verwandt war, und die Leute, die sie damals kennengelernt hatte, traf sie später dann in Rom und Neapel wieder, und sie wäre ihnen auch in Paris begegnet, wenn sie dorthin gereist wäre ... Sizilien dagegen war diese Folge von Tuffsteinbergen, war diese kahlgebrannte und schwefelgelbe Landschaft, wo das Gras aussah, als käme es bereits vertrocknet aus dem Boden, und wo auch die Adelssitze – wenn man sie endlich nach stundenlanger Fahrt über holprige Straßen voller Löcher erreichte – vergebens ihren Prunk zur Schau stellten und einen nur traurig stimmten. Auch die Menschen waren der Orte würdig. Die Männer und Frauen, die in diesen Geisterbehausungen mit ihren Fluchten von leeren Räumen und den von Moder befallenen oder von Termiten zerfressenen Salons lebten, waren fast alle stockhäßlich: Monster, die sich, jedes auf seine Weise und aus irgendeinem geheimen Antrieb, alle Mühe gaben, endlich Darwins Theorie zu widerlegen und zu beweisen, daß nicht der Mensch vom Affen abstamme, sondern der Affe vom Menschen ... Zwischen einem Palast und dem nächsten begegnete man auf diesen Staubpisten, die die Sizilianer Straßen nannten, auf Schritt und Tritt Soldaten: Artilleristen, Infanteristen und Bersaglieri, die dahinmarschierten und dabei riesige Staubwolken aufwirbelten und mit ihren staubigen und müden Gestalten die Damen, die Giuseppinas Begleitung bildeten, bis zu Tränen rührten (»So jung und so weit weg von zu Hause! Arme Kinder!«). Was all die Soldaten in dieser Wüste aus Staub und Steinen und gottverlassenen Dörfern schützen sollten, wußte Giuseppina nicht, und ehrlich gesagt, es gelang ihr nicht einmal, es sich auszumalen: Sie wußte nur, weil sie es mindestens hundertmal gehört hatte, seit sie vom Dampfer gegangen war, daß in Sizilien Belagerungszustand und Ausgangssperre herrschten und daß die Soldaten, die man überall sah, von der Regierung, also von ihrem Vater Francesco Crispi, geschickt worden seien, um den sozialistischen Aufstand der *Fasci dei lavoratori* niederzuschlagen. Hin und wieder stieß man in dieser trübseligen Landschaft auf Hirten, von Kopf bis Fuß in Schaffelle gekleidet, und Bauern, nur halb so groß wie ein normaler Mann, halbnackt und barfuß, die Giuseppina Abscheu einflößten. Waren das – fragte sich das Mädchen – die berühmten sizilianischen Männer, die feurigen Liebhaber und unwiderstehlichen Verführer, von denen sie in Rom in den Salons gewisser Damen ihrer Bekanntschaft hatte schwärmen hören? An wirklich schönen Männern war ihr auf dieser Irrfahrt durch Sizilien nur ein einziger begegnet: ein Bronzegott, der einem Geschichtsbuch entstiegen zu sein schien ... Sie schloß die Augen, um sein Bild wieder vor sich zu sehen. Der Bronzegott war wie aus dem Nichts vor ihr aufgetaucht, auf einem bemalten Karren; er hatte schwarze Locken und schwarze Augen, und als er an ihr vorbeifuhr, hatte er sich erdreistet, sie auf eine so unverschämte Art anzusehen, daß sie sich von seinem Blick entkleidet fühlte; sie war nackt, und doch hatte ihr das Gefühl nicht mißfallen. Und während der Karren sich in einer Staubwolke entfernte, hatte der Gott laut zu singen begonnen, auf sizilianisch: »Ich sah eine Frau wie eine Fahne, die Sonne und Mond verdeckte«; und dieser Gesang klang noch aus der Ferne herüber, aber die Worte waren nicht zu verstehen gewesen. Bei der Erinnerung an die Begegnung mit dem Bronzegott dachte Giuseppina, daß in einer idealen Welt ohne Verbote sich jede Frau willig diesem Mann hingegeben hätte, an jedwedem Ort und ohne ihn auch nur nach seinem Namen zu fragen; dann aber dachte sie, daß es diese ideale Welt nicht gebe, oder höchstens in den Träumen. In der Realität wird das Leben der Menschen durch unendlich viele Konventionen und Regeln verkompliziert; und sie, das kam noch hinzu, stand im Begriff, sich zu verheiraten, und das hieß, sich zu verpflichten, einen einzigen Mann – der keineswegs ein Bronzegott war! – bis ans Ende ihrer Tage zu lieben... Sie fragte sich: Was wird passieren, wenn wir eine Weile verheiratet sind? Mit der Zeit beginnen die Menschen einander zu hassen... Sie wandte sich dem Mädchen zu, das neben ihr saß und sich betont zurückhielt, ohne auch nur ein Wort zu sagen, wahrscheinlich aus Schüchternheit. Dieses Mädchen mit dem zu einem Knoten im Nacken gewundenen Haar, dem auf den Boden gehefteten Blick und dem Kleid einer Provinzlerin war ihre Kusine Angela aus Girgenti, die sie ein Stück weit auf ihrer Reise begleitete. Die Damen in Giuseppinas Gesellschaft, die es kaum zu fassen vermochten, endlich über all die Geschichten, die über Giuseppina, über die Liebschaften ihrer Mutter und über die Hörner ihres Vaters kursierten, in aller Ruhe klatschen zu können, hatten den Kusinen eine eigene Kutsche geradezu aufgedrängt, damit die beiden für sich allein reisten. »Wer weiß, wie viele Dinge ihr euch zu erzählen habt, in eurem Alter!« hatten sie gesagt. »Wer weiß, wie viele Geheimnisse ihr einander anvertrauen müßt!« Aber keines der beiden Mädchen hatte bis zu diesem Moment auch nur den Mund aufgemacht. Giuseppina hatte dieser Unbekannten, die sie ein einziges Mal gesehen hatte, als sie noch Kinder waren, wirklich nichts anzuvertrauen. Angela dagegen hätte wer weiß was dafür gegeben, um vor der Tochter Seiner Exzellenz nicht so unbeholfen zu erscheinen, und sie suchte nach einer geeigneten Wendung, um die Unterhaltung einzuleiten: einem ungezwungenen Satz, der ihr jedoch nicht einfallen wollte...

»Und du, Angela«, fragte Giuseppina sie unvermittelt, von einer plötzlichen Neugier bewegt, zu erfahren, wie es in Sizilien die Mädchen der Bourgeoisie hielten, ehe sie heirateten, »hast du schon einen Bräutigam? Und ist es ein schöner Bursche?«

Die Frage, mit der die Kusine ihre Gedanken laut fortführte, traf Angela überraschend und ließ sie erröten. »Ja«, erwiderte sie verlegen, »ich habe einen Bräutigam, und wir werden in ein paar Jahren heiraten, denn er studiert jetzt noch in Palermo, um den Doktor der Rechte zu erwerben. Ob er schön ist, weiß ich nicht«, fühlte sie sich verpflichtet hinzuzufügen, eine Floskel, die ihr irgend jemand, vielleicht sogar ihre Eltern, beigebracht haben mußte, »aber mir gefällt er, wie er ist, und ich würde ihn nicht anders haben wollen.«

»Und wird das dein erster Mann sein?« fragte die Kusine. »Ich meine: Wenn ihr heiratet, wirst du dich dann noch keinem andern hingegeben haben, während dieser nicht da war?«

Diesmal wandte sich Angela ihr mit einer so jähen Bewegung zu, als ob sie jemand mit einer Hutnadel gestochen hätte. Sie hatte den Mut aufzubegehren: »Was sind das für Reden... Es ist doch selbstverständlich, daß das mein erster Mann sein wird und daß ich ihm dann das ganze Leben treu bleibe!« Sie sah Giuseppina offen ins Gesicht: »Warum fragst du so etwas? Was willst du von mir wissen?«

»Und wenn er dich betrügen würde?« gab die andere zu bedenken. »Weißt du, ich stehe kurz davor, mich zu verheiraten«, erklärte sie, »und da scheint es mir angebracht, daß man sich gewisse Fragen stellt... Zum Beispiel: Wenn du wüßtest, daß er dich betrügt, wenn er nicht da ist, mit einem Mädchen aus Palermo oder sogar mit einer verheirateten Frau, würdest du dich dann verpflichtet fühlen, ihm treu zu bleiben?«

Angelas Brauen hoben sich, ihre Augen blitzten im Halbdunkel der Kutsche. »Wenn er mich betrügen würde«, erwiderte sie ohne das leiseste Zögern, »würde ich sie alle beide mit dem Messer umbringen, ihn und das Weibsbild, das versucht hat, ihn mir wegzunehmen!«

Giuseppina betrachtete sie verblüfft. Sie hob die Hand, in einer Art, die besagen sollte: Schon gut, reden wir von was anderem ... Sie dachte an ihren Vater: Wie viele Männer hätte der Ministerpräsident Francesco Crispi niederstechen müssen, wenn er sich in den Kopf gesetzt hätte, sämtliche vergangenen und gegenwärtigen Liebhaber seiner Frau umzubringen? Sie dachte an den Fürsten von Linguaglossa. Wer weiß, ob sich ihr zukünftiger Ehemann der Illusion hingab, ein unberührtes Mädchen wie Angela zu heiraten, oder ob sich jemand die Mühe gemacht hatte, ihn darüber zu informieren, daß Giuseppina Crispi bereits einige Abenteuer hinter sich hatte, darunter eine große Liebe; und im vorigen Jahr hatte sie sich sogar ein Verhältnis mit einem Mann gestattet, der fünfunddreißig Jahre älter war als sie, dem Abgeordneten Pietro Antonelli: Nur so, um zu sehen, was für ein Gefühl es war, ihrer Mutter den Liebhaber auszuspannen ... Sie betrachtete durch das kleine Fenster und durch den Staub jene Dörfer, die man in den Bergen sah, und ihr kam der Gedanke, daß man sich dort oben wahrscheinlich wegen nichts und wieder nichts umbrachte: Ein verstohlener Blick, ein mißverstandenes Wort konnten an diesen absurden Orten wer weiß was für ein Blutbad anrichten! Diese primitive und barbarische Art, die Liebe zu betrachten, ließ sie wieder an eine Episode von vor ein paar Tagen denken, als der Fürst von Linguaglossa sie bei der Besichtigung einer Schwefelmine begleitet hatte und ihr die halbnackten kleinen Knaben aufgefallen waren, die hintereinander aus einem Loch in der Erde herausgekrochen kamen, gebückt unter der Last der Schwefelsäcke. Vor diesen Unglücklichen, die sie mit ihren zu großen und zu schwarzen Augen ansahen, hatte sich Giuseppina unbehaglich gefühlt; Francesco erklärte ihr daraufhin, daß das die sogenannten *carusi* seien, Gehilfen und Sklaven der *pirriaturi*, der Grubenarbeiter, an die sie verkauft würden, noch ehe sie das zehnte Lebensjahr erreichten. Sie kletterten die Leitern der Mine hinauf und hinunter, beladen wie Esel, bis zum Einbruch der Dunkelheit; und dann, in der Nacht, müßten sie die Lagerstatt mit ihren *padroni* teilen, so abstoßend das auch erscheinen möge. Am Tag dienten sie ihnen als Knechte und nachts als Gattinnen...

»Es gibt auf der Welt keine verderbteren Knaben als diese«, hatte der Fürst von Linguaglossa gesagt und dabei einen an seinem Lockenschopf gepackt und ihm den Kopf hin und her geschüttelt, wie er es bei seinem Hund Bakunín zu tun pflegte, einem englischen Setter, dem er den – falsch betonten – Namen des russischen Anarchisten gegeben hatte. »Es vergeht fast keine Woche hier in diesen sizilianischen Dörfern, wo die Schwefelminen liegen, ohne daß einer von den *pirriaturi* nicht einen anderen wegen eines *caruso* verletzt oder umbringt. Dann wachsen die *carusi* heran und werden ihrerseits wieder *pirriaturi*: Generation um Generation, die Männer, die im Schwefel arbeiten, sind alle so...«

Giuseppina hatte damals gedacht, daß das Leben der Schwefelarbeiter doch nicht so schrecklich sein müsse, wenn diese Männer am Ende ihres harten Tages noch zu solchen Leidenschaften fähig waren, daß sie mit dem Messer aufeinander losgingen; aber am Morgen des folgenden Tages – es war noch dunkel, und sie lag in einem großen Baldachinbett in der Villa eines Grafen – hörte sie in der Ferne den Gesang der Schwefelarbeiter, die zur Arbeit zogen:

Mamma nun mi mannati a la pirrera
ca notti e jornu mi pigghiu tirrura…

Es war ein trauriges Lied, so traurig, wie das Mädchen bis dahin noch nie eines gehört hatte. Während sie ihm lauschte, ehe sie wieder einschlief, erinnerte sich Giuseppina, daß sie von ihrem Vater ganz andere Geschichten über die Schwefelarbeiter gehört hatte: daß sie zu Hunderten in den Gruben umkämen, ohne daß die Zeitungen ihnen auch nur einen Millimeter von dem Platz einräumten, den sie so großzügig dem Klatsch über die Soubretten, die Heldentenöre und die unbedeutendsten Mitglieder königlicher Familien widmeten; und daß selbst diejenigen, die dem Grubengas und dem Einsturz der Schächte entkämen, nicht älter als fünfzig Jahre würden, weil der Schwefel ihre Lungen zerstört habe…

Die Kutschen verlangsamten plötzlich ihre Fahrt, bis sie fast zum Stehen kamen. Giuseppina hörte auf, an die Grubenarbeiter zu denken: Sie öffnete den Wagenschlag und beugte sich hinaus, um zu sehen, was es für ein Hindernis gebe, aber sie sah nur eine Staubwolke und in der Wolke den Anführer der Eskorte, der sein Pferd zu ihr hinlenkte und ihr Zeichen machte, sich ins Innere der Kutsche zurückzuziehen. »Ich muß Sie bitten, meine Damen«, sagte der Offizier, »die Wagentüren geschlossen zu halten und die Gardinen vorzuziehen und sich nicht zu zeigen.« Er erklärte: »Wir überholen gerade eine Sträflingskolonne auf ihrem Überführungsmarsch. Es besteht keinerlei Gefahr, aber die Vorsicht und die Vorschriften verlangen es so.«

Die Gefangenen mußten auf irgendeine Weise erfahren haben, daß in einer der Kutschen die Tochter von Crispi saß, und sie riefen mit all dem Atem, den sie noch im Körper hatten: »Gnade! Gnade! Sagt Ihr es dem Präsidenten, schöne Signorina, daß wir nichts Böses getan haben! Wir haben nach Gerechtigkeit gerufen, und die haben uns mit Kugeln geantwortet! Gnade, Gnade!«

»Während wir im Kerker sind, verhungern daheim unsere Kinder!«

»Schaut heraus, Exzellenz: Seht, wie sie uns zugerichtet haben! Erzählt es Eurem Vater!«

»Sie behandeln uns schlimmer als Verbrecher! Wir sind ehrliche Leute!«

Die Ermahnungen des Offiziers mißachtend, schob das Mädchen den Vorhang zurück und schaute hinaus. Sie sah eine lange Reihe Männer, jeweils zu zweit aneinandergekettet, die ihre Ketten hoben, um sie ihr zu zeigen, und die sich vor die Pferde geworfen hätten, um die Kutschen aufzuhalten, wären sie nicht von den Soldaten zurückgetrieben worden. Diese Männer – dachte Giuseppina – mußten die berüchtigten Sozialisten der *Fasci*-Aufstände sein, derentwegen das Militär nach Sizilien geschickt worden war... Sie waren von Kopf bis Fuß so von weißem Staub bedeckt, daß sie aussahen wie die Seelen von Verstorbenen; sie wandten ihr die Gesichter zu und streckten ihr die Arme entgegen, riefen ihre Namen und flehten sie an, etwas für sie zu tun:

»Ich heiße Nannu Gallina! Ich habe sieben Kinder!«

»Ich heiße Carmine Cannizzo! Meine Frau ist unter dem Blei der savoyischen Soldaten gestorben! Nennt mich Seiner Exzellenz, schöne Signorina!«

»Ich heiße Rosario Mancuso und bin aus San Biagio Platani in der Provinz Girgenti! Unser Arbeiterverein hat den Namen Francesco Crispi getragen: Sagt das Seiner Exzellenz!«

»Wir haben nichts als Brot und Gerechtigkeit verlangt, und sie haben uns mit ihren Bajonetten abgestochen wie Schweine!«

An der Spitze der Kolonne sah Giuseppina einige Gefangene, die, obwohl sie genauso abgerissen und staubbedeckt waren wie die anderen, nicht wie Bauern aussahen, sondern wie Bürger und Intellektuelle. Vor allem einer zog ihre Aufmerksamkeit auf sich, und er kam ihr ausgesprochen komisch vor: Es war ein Mann von mittlerer Statur mit kleinen goldumrandeten Brillengläsern, die von einem Stück Schnur zusammengehalten wurden, und einer so hohen Stirn, daß sie fast die Hälfte des Kopfes einnahm. Neugierig geworden, wandte sich das Mädchen, um ihn genauer zu sehen, und der Mann, der einer der führenden Leute der *Fasci*-Revolte gewesen war, fing an, wie ein Besessener mit den Armen zu fuchteln und zu rufen, weil er sich einbildete, sie habe ihn erkannt. »Ihr müßt Eurem Vater sagen«, schrie der Gefangene mit der Goldbrille und versuchte dabei, die Stimmen der Umstehenden zu übertönen, »daß diese Unglücklichen und mit Ketten Beladenen im vergangenen Sommer auf allen Plätzen Siziliens ›Es lebe Crispi‹ gerufen haben und daß er sie jetzt nicht ihrem Schicksal überlassen darf, jetzt, wo er Ministerpräsident ist! Denkt daran, sagt es ihm! Es ist wichtig! Sagt Seiner Exzellenz, daß wir immer noch Vertrauen zu ihm haben, trotz allem, was passiert ist! Sagt ihm, daß er um Himmels willen eine Amnestie erlassen soll, aber er muß es gleich tun!«

Die Pferde setzten sich wieder in Trab, die Rufe verloren sich. Giuseppina richtete ihren Blick wieder ins Innere der Kutsche und sah, daß Angela ein kleines Taschentuch aus dem Ärmel ihres Kleides gezogen hatte und sich damit die Tränen abwischte. »Warum weinst du?« fragte Giuseppina. »Hast du unter diesen Männern jemanden gesehen, den du kennst? Irgendeinen Verwandten von euch?«

Das Mädchen schüttelte den Kopf. Sie schneuzte

sich, um ein Schluchzen zu unterdrücken, dann murmelte sie: »Die Ärmsten! Die armen Familien!« Plötzlich wurde ihr bewußt, daß ihr Mitleid falsch ausgelegt werden könnte, und sie beeilte sich zu präzisieren: »Natürlich war es falsch von ihnen, daß sie die Rathäuser überfallen und die Steuerbuden angezündet haben, aber sie sind aufgehetzt worden, von Leuten, die von auswärts kamen. Es sind alles brave Männer: arme Bauern, Arbeiter und auch ein paar Studenten, ein paar junge Akademiker, ein paar Angestellte...«

Es herrschte einen Augenblick Schweigen, lediglich unterbrochen vom Hufgetrappel der Pferde und dem Geräusch der Räder auf der holprigen Straße. »Wirst du mit deinem Vater darüber reden?« fragte Angela. »Wirst du ihm sagen, in welchem Zustand du sie gesehen hast, wirst du ihn bitten, ihnen zu helfen?«

Giuseppina lachte: »Was für ein Gedanke!« Sie sah Angela kopfschüttelnd an. Dann wurde sie wieder ernst. »Selbst wenn ich es täte«, sagte sie, »würde es nichts nützen, denn mein Vater würde sofort das Thema wechseln. Er hat mit mir noch nie über solche Dinge gesprochen! Und außerdem, nicht einmal er kann die Leute so ohne weiteres aus dem Gefängnis holen. Das sind diffizile Dinge, auch für einen Regierungschef...«

Sie sah aus dem kleinen Fenster. War es noch weit bis Palermo? Sie konnte es nicht erwarten, daß diese Berge ein Ende nahmen, und dieser Staub, und dieses Schauspiel von Elend und Unterdrückung, und daß man endlich in die Stadt käme... Sie dachte, daß sie mit Francesco, ihrem zukünftigen Gatten, offen reden müsse, ehe sie ihn heiratete: Ihr Leben hatte sich immer zwischen zwei Hauptstädten abgespielt, Rom und Neapel, und sie würde sich nie daran gewöhnen, ein Dasein zu führen wie das der sizilianischen Adeligen, die sie in diesen Tagen kennengelernt hatte: den Grafen und die Gräfin von den Schwefelgruben, den Herzog und die Herzogin vom Staub und den Salinen, den Fürsten und die Fürstin vom dürren Gras, den Marchese von der Malaria, dessen selige Gemahlin an ebendiesem Übel verstorben war... Jedes Jahr ein paar Wochen in Palermo, bevor der Sommer anfing, oder an der Riviera von Taormina, das war das Äußerste, was sie würde ertragen können; in den anderen Jahreszeiten aber wollte sie fest in Rom oder Neapel wohnen, sich im Theater zeigen, auf die Bälle gehen, mit Freunden und der guten Gesellschaft verkehren... Niemand auf der Welt, nicht einmal ein Gatte, würde sie zwingen, sich in einer Provinz wie Sizilien zu vergraben, wo es nichts, oder fast nichts, gab, was ihr gefallen könnte!

Die Mittagsstunde war vorbei. Die Sonne brannte jetzt senkrecht auf das schwarze Gehäuse der Kutschen und machte den Aufenthalt darin unerträglich, aber die Landschaft, die man jetzt durch die kleinen Fenster sah, wirkte ein bißchen weniger ausgetrocknet und ein bißchen weniger öde als die, die sie in den ersten Vormittagsstunden passiert hatten. Neben der Straße wuchsen ein paar Eukalyptusbäume; zur Rechten lagen ein beinahe grüner Hügel, auf dem Pferde weideten, und ein fernes, blau-violettes Dorf, das sich mit seinen winzigen Häusern um ein befestigtes Kloster drängte. Es gab einen kleinen Bach mit einigen Pfützen voll Wasser und ein schattiges Tal unter einem Felsen. Die Kutschen hielten, und die Männer sprangen als erste herunter, schüttelten sich den Staub von den Kleidern und scherzten untereinander und mit den Damen, die so taten, als wären sie nicht in der Lage, ohne ihre Hilfe auszusteigen. Der Fürst von Linguaglossa lief herbei, um den Wagenschlag der Kutsche, in der Giuseppina und ihre Kusine Angela reisten, zu öffnen: Er half ihnen beim Aussteigen und hätte sicher noch länger mit ihnen geplaudert, wenn er nicht von einer alten adeligen Dame, der Marchesa d'Avola, gerufen worden wäre, einer entfernten Verwandten, die sich nur von ihm helfen lassen wollte. Die Mädchen schauten sich um, wo sie hingeraten waren, und plötzlich leuchtete Angelas Gesicht auf; in einem fast kindlichen Freudenausbruch klatschte sie in die Hände. Sie ergriff ihre Kusine beim Arm: »Da unten, schau! Da sind die *ciuri de maju* aufgeblüht, die Maiblumen! Wie schön!«

Verwundert drehte sich Giuseppina um und sah die »Maiblumen«: Auf der anderen Seite des Rinnsals, hinter der kleinen Brücke, stand eine Wolke aus goldenen Blüten. Nun nahm Angela sie bei der Hand, und auch sie, das Fräulein aus der Stadt, das gewohnt war, jede Art von Blumen von den Ladenburschen der Blumenhändler ins Haus gebracht zu bekommen, fand sich plötzlich zwischen diesen geheimnisvollen Stengeln, die so hoch waren wie sie beide oder sogar noch höher. (Was ist nur in Angela gefahren, fragte sie sich. Und ich, warum bin ich ihr mitten auf diese Wiese gefolgt? Aber sie wußte keine Antwort darauf.) An jedem Stengel saßen bis zu zehn oder zwölf »Maiblumen«, und in wenigen Augenblicken pflückte Angela einen großen Strauß und drückte ihn Giuseppina in die Hand. »Sie bringen Glück«, erklärte sie, »und ganz besonders dir, die du im Begriff bist zu heiraten: ein Zeichen für Wohlstand! Bei uns sagt man, daß jede Maiblume ein Goldstück bedeutet, und wenn du einen Wunsch äußerst, während du zwischen ihnen stehst, muß dein Wunsch in Erfüllung gehen!« Als sie dann noch einen zweiten Strauß für sich gepflückt hatte, wandte sie sich wieder an die Kusine. »Worauf wartest du?« fragte sie ungeduldig. »Wünsch dir, was du willst, und du wirst sehen, was immer es auch ist, es geht in Erfüllung!«

Zweite Szene

PURGATORIO

(1896–1899)

Palermo, 25. Oktober 1896

Filicetta weinte. Seit einer halben Stunde, vielleicht sogar schon seit einer ganzen, kauerte sie in einer Ecke des Sofas, das Gesicht in der Armbeuge verborgen, und beim Weinen verspürte sie ein Gefühl der Erleichterung, ohne daß sie gewußt hätte, warum. Sie weinte aus keinem bestimmten Grund. An das Entsetzen, das sie gerade erst empfunden hatte, als sie die Wohnungstür öffnete und sich einem Mann gegenübersah, den sie weder hier noch sonstwo je hätte wiedersehen wollen, erinnerte sich Filicetta schon nicht mehr; und ebenso waren auch die Erinnerungen, die zu wecken dieser Mann genügt und die sie für einen Augenblick mit geradezu körperlicher Wucht überfallen hatten, aus ihrem Gedächtnis gewichen. Sie weinte über die Kindheit und Jugend eines Mädchens vom Land, das durch Zufall in die Auseinandersetzungen der *Fasci* geraten war und dann aufgehört hatte zu existieren, weil es zu einem anderen Menschen wurde. Sie weinte über die Vergangenheit jener Filicetta, die sie nicht mehr war: über den toten Ehemann, über die Söhne Saro und Nuzzu, die jetzt bei den Großeltern lebten, über die Verwandten, die Freundinnen, die Bekannten von früher. Sie weinte über das Dorf unter dem Felshang und über die Berge, wo zwanzig Jahre lang das Mädchen gelebt hatte, das ihren Namen trug...

Filicetta war jetzt eine Städterin, in ihrer kleinen Wohnung im dritten Stock in der Via dei Biscottari, mit dem Kanarienvogelkäfig auf dem Balkon und dem Basilikumtopf vor der Eingangstür; aber die Verwandlung hatte ihre Zeit gebraucht. An einem Januarmorgen eines Jahres, das ihr jetzt unendlich weit zurückzuliegen schien, 1894, war sie nach Palermo gekommen, zähneklappernd vor Kälte und wegen des Fiebers, das ihr die Wunde an der Schulter verursachte, um in der Wohnung eines alten Ehepaars Unterschlupf zu suchen, zweier »Genossen«, die sich spontan erboten hatten, sie aufzunehmen, weil ihr Name unter denen der Aufrührer stand, die General Morra auf der ganzen Insel suchen ließ und denen vor den Kriegsgerichten der Prozeß gemacht werden sollte. Diese guten Leute hatten sie aufgenommen wie eine Tochter; und erst nach vielen Monaten, als sie wieder gesund war und die Situation in Palermo sich allmählich normalisierte, rieten sie ihr, sich an den Onorevole Raffaele Palizzolo zu wenden, Abgeordneter des palermitanischen Stadtviertels Albergaria, und ihn zu bitten, er möge ihr doch helfen, ihre Situation gegenüber der Justiz zu klären. »Palizzolo«, sagten ihre Wohltäter, »ist ein Politiker, der dem gegenwärtigen Ministerpräsidenten Francesco Crispi ziemlich nahesteht, und er ist auch ein Erzmafioso und mit allen möglichen Mafiosi befreundet; aber wenn es dir gelingt, sein Mitleid zu wecken, ist er der einzige Mensch in Palermo, der dich wirklich aus dieser Misere retten kann!«

Der Onorevole pflegte die Bittsteller in der Lokalität seines »Wahlkomitees« zu empfangen, einem Büro zu ebener Erde an der Piazza del Carmine; Filicetta war hingegangen, hatte sich mit den anderen angestellt, und als sie an der Reihe war, von dem großen Mann angehört zu werden, klagte sie ihm ihr ganzes Unglück, von Saros Tod bis zu dem jetzigen Elend: Sie könne – erklärte sie ihm weinend – nicht mehr so weiterleben, sich verstecken und von zwei alten Leuten aushalten lassen, die kaum genug hätten, sich selbst zu erhalten, und die ihretwegen riskierten, im Gefängnis zu landen! Es war ein sehr heißer Tag Ende Juni, und Palizzolo hörte Filicetta zu, ohne sie auch nur einmal zu unterbrechen; er runzelte nur von Zeit zu Zeit die Stirn und hielt beharrlich den Blick auf den Ausschnitt ihrer Bluse gerichtet, aus dem sie ständig das Taschentuch herausholte, um sich die Tränen abzuwischen und es dann wieder hineinzustecken. Das Mädchen konnte natürlich nichts dafür, aber Mutter Natur hatte sie mit zwei prallen Brüsten ausgestattet, die der Onorevole verzückt betrachtete, dazu mit anmutigen und regelmäßigen Zügen und mit Augen so schwarz wie ihr Haar. Als Filicetta ihre Geschichte schließlich zu Ende gebracht hatte und ihre tränenerfüllten Augen auf ihn richtete, gab der Schwan zwei- oder dreimal Zeichen der Zustimmung von sich, durch den Ausdruck seines Gesichts und mit seiner ganzen Person; er zwirbelte seine Schnurrbartspitzen mit den Fingern und versicherte ihr sogleich, daß er sich ihres Falls annehmen wolle, gab ihr eindeutig recht. »Es ist nicht billig«, sagte er mit Nachdruck und erhobenem Zeigefinger, »daß eine so junge und so schöne Frau leiden muß, wegen eines puren Mißverständnisses, wegen einer Schuld, die sie nie begangen hat!« Er notierte sich Filicettas Namen und auch die Adresse der Leute, bei denen sie wohnte, um ihr Nachricht zukommen lassen zu können, sobald er ihr etwas mitzuteilen habe. Er hatte sich erhoben, um sie zur Tür zu bringen, und erst da bemerkte Filicetta, daß der große Mann in Wirklichkeit ein sehr kleiner Mann war, eine halbe Handbreit kleiner als sie. Auf der Schwelle verneigte er sich; er nahm ihre Hand und drückte sie lange an seine Lippen, während er dem Mädchen ins Gesicht sah, mit einem bestimmten Ausdruck, der besagen sollte: Sei ganz ruhig! Deine Leiden haben ein Ende, denn jetzt bin ich es, der sich um dich kümmert!

Am Morgen des nächsten Tages – es waren erst wenige Stunden seit jener ersten Begegnung vergangen –

stellte sich eine gewisse *gna* Ancila, Altmeisterin sämtlicher Kupplerinnen von Albergaria, in der Wohnung des Ehepaars ein, das Filicetta aufgenommen hatte, und wandte sich mit folgenden Worten an das Mädchen: »Du Glückspilz, du hast das große Los gezogen, mein Schätzchen, und wenn du das nicht zu nutzen verstehst, dann bist du wirklich dumm!« Und daraufhin erklärte sie ihr, daß »Seine Exzellenz«, der Onorevole (»Ein Mann von Gold, Filicetta! Hör auf mich, denn ich kenne ihn schon, seit er noch in kurzen Hosen herumlief! Einer, der bloß ein Wort zu sagen braucht, in Palermo oder in Rom, und er kriegt alles, was er will!«), über ihren Fall mit dem General Morra sprechen wolle, sobald sich dazu Gelegenheit biete, aber daß er inzwischen von ihren Augen geblendet sei; und es sei nicht recht, wenn sie ihn schmachten lasse, wo sie doch sich und ihn glücklich machen könne! Mit dem Onorevole stehe es so: Selbst mit seinen fünfundvierzig Jahren sei er noch imstande, sich wie ein Knabe zu verlieben, und er erwarte sie noch an diesem Abend, um Punkt neun, im »Wahlkomitee« an der Piazza del Carmine. Er verspreche ihr weder Schmuck noch Geld, denn er wisse, daß er es mit einer ehrbaren Frau zu tun habe, und wolle nicht Gefahr laufen, sie zu kränken; aber sie, Ancila, könne ihr garantieren, daß sie es nicht bereuen werde, wenn sie zum Rendezvous erscheine. Worauf sie denn noch warte, um endlich ein fröhliches Gesicht zu zeigen und dem Himmel zu danken, daß er ihr ein solches Glück beschert habe? Während die *gna* Ancila auf sie einredete, hatte Filicetta sie nur immer wie abwesend angesehen, worauf die Kupplerin mahnend sagte: »Überleg dir, was du tust, und sei nicht dumm, denn das Glück fällt nur einmal vom Himmel!«

Das Mädchen hatte den ganzen Nachmittag im schattigen Winkel des Hofes eines Armeleutehauses gesessen, um den Kindern zuzuschauen, die Verstecken und anderes spielten, und sich zu fragen: Soll ich, soll ich nicht? Aber im Grunde wußte sie bereits, daß sie zu dem Rendezvous mit dem Onorevole gehen würde, denn sie war es leid, Leuten auf der Tasche zu liegen, die es auf sich nahmen, ihre Armut mit ihr zu teilen – aus Liebe zu einem Ideal, dem Sozialismus, an das sie nicht mehr glauben konnte; sie war es leid, sich ständig verstecken und in der Angst leben zu müssen, vor Gericht gestellt und zu zehn oder zwanzig Jahren Gefängnis verurteilt zu werden... Was hatte eine wie sie denn noch zu verlieren? Ihr ehrliches Leben, ihre Träume, ihre Würde waren dort oben gestorben, vor dem Rathaus jenes Dorfes, in das sie nicht mehr zurück konnte, weil man sie dort festnehmen würde, in das sie aber vor allem gar nicht mehr zurück wollte! (Zum ersten Mal seit dem Tod ihres Mannes wurde Filicetta klar, daß sich etwas in ihr endgültig verändert hatte und daß sie nie mehr nach Marineo zurückgehen würde, nicht einmal wegen der Kinder. Im übrigen – und das war vielleicht das, was sie am meisten an ihren merkwürdigen und verwerflichen Gedanken erstaunte – flößte ihr die Aussicht, das Liebchen eines wohlhabenden und einflußreichen Mannes zu werden, nicht den tiefen Abscheu ein, den sie ihr hätte einflößen müssen, ja sie erschien ihr sogar als der einzige Ausweg aus einer Situation, die andernfalls wirklich dramatisch werden könnte... Ein Glück, genau wie es die *gna* Ancila gesagt hatte! Was den Palizzolo betraf, so schien er ihr ein komisches und ziemlich harmloses Kerlchen zu sein mit seinem runden Gesicht, seinem Bauch und seiner Fistelstimme: Vielleicht – dachte sie an jenem Tag – war es eher ein Akt der Nächstenliebe als eine echte Sünde, mit so einem Männchen ins Bett zu gehen...) Als dann die Sonne unterzugehen begann, machte sich

Filicetta so schön, wie es eben möglich war, und lief – um den Soldaten aus dem Weg zu gehen, die sie hätten anhalten und fragen können, wer sie sei – von Gäßchen zu Gäßchen von der Porta Carini bis hinunter zur Piazza del Carmine. Der Onorevole erwartete sie im Schlafrock und führte sie in einen Salon neben seinem Büro, wo er von Zeit zu Zeit weiblichen Besuch empfing und auch jetzt alles Nötige für das Stelldichein vorbereitet hatte. Auf einem Tischchen war verlockend ein Tablett mit Kuchen und Keksen plaziert, in einem Eiskübel wartete eine Flasche Champagner, und in einer Ecke des Zimmers stand ein Gefäß mit brennendem Weihrauch. Als sie sich umsah, bemerkte Filicetta, daß das Kruzifix an der Wand und zwei kleine Bilder – vielleicht Heiligenbilder oder Fotografien von Verstorbenen – mit Taschentüchern verhängt waren, damit sie nicht Zeugen der menschlichen Schwächen des Onorevole werden konnten, und sie sah darin die Bestätigung ihrer Annahme, daß Palizzolo ein bigottes Kerlchen sei, eher langweilig als gefährlich. Sie setzte sich vor das Gebäck, das unter diesen Umständen und an diesem Ort das einzige war, was sie aufmuntern konnte; und während der Schwan sich und sie mit seinem Geschwätz vollstopfte, leerte sie das ganze Tablett mehr oder weniger allein, bis zum letzten Kuchen und bis zum letzten Keks. Auch der Champagner trug dazu bei, daß sie sich wohl- und mit sich und der Welt in Einklang fühlte. Zum erstenmal nach Monaten der Entbehrungen empfand sie in all ihren Gliedern die Trägheit der Sättigung, und sie dachte, daß das Laster, wenn es einem zu derartigen Empfindungen verhalf, jeder Tugend bei weitem vorzuziehen sei. Als sich Palizzolo dann ausgezogen und an sie herangemacht hatte, mußte sich Filicetta Mühe geben, nicht zu lachen: Das Männchen war tatsächlich rosig und rund wie ein

Milchferkel; und es hing an ihren Brüsten, wollte gesäugt und auf den Schoß genommen, ja sogar versohlt werden ... Die größte Angst des Mädchens vor diesem Rendezvous mit einem Unbekannten war gewesen, daß es sie ekeln könnte, wenn er sie berührte, aber es hatte ihr nichts ausgemacht: Mit vollem Magen – so wenigstens schien es ihr bei diesem ersten Mal – hätte sie sich ohne allzu große Überwindung von jedermann berühren lassen können. Zum Schluß war der Schwan, an einer ihrer Brustwarzen saugend, eingeschlafen, und am nächsten Morgen gab er ihr hundert Lire und setzte ein neues Rendezvous für den Samstagabend fest. Er beteuerte, daß ihr Busen leuchtender sei als die Milchstraße, und bat sie, vielmehr befahl ihr, mit keinem Menschen über ihre Zusammenkünfte zu sprechen.

Von diesem Tag an hatte Palizzolo nicht mehr auf die Brüste Filicettas verzichten können, und alles übrige ergab sich dann von selbst im kurzen Verlauf eines Sommers: die Wohnung mit dem Basilikumtopf und den Kanarienvögeln, die Seidenkleider, die Hüte und Täschchen und die Unterwäsche zu fünfundzwanzig oder gar fünfunddreißig Lire das Stück, die aus Paris kam und nur in einem einzigen Geschäft in ganz Palermo, vielleicht sogar in ganz Sizilien, verkauft wurde: Aber der Schwan schwärmte für Damenunterwäsche, und Filicetta hatte – angesichts der Tatsache, daß er es war, der zahlte – keine Schwierigkeiten, ihn zufriedenzustellen! Er hatte auch noch eine andere Schrulle, der Onorevole, und das Mädchen war sich dessen bewußt geworden, als er anfing, ihr Gedichte vorzutragen, die er eigens für sie geschrieben zu haben behauptete und bei denen man nicht einmal verstand, wovon sie handelten, so vollgestopft waren sie mit Wörtern, die kein Mensch benutzte: Aber wehe, man zeigte sich gelangweilt oder verdrießlich! Palizzolo war als Dichter unerbittlich, und man mußte sich seine Tiraden anhören und dabei so tun, als wäre man begeistert, andernfalls spielte er den Beleidigten und ließ sich tagelang nicht mehr blicken. Abgesehen davon jedoch und von seiner Manie, an den Brüsten der Frauen zu saugen, schien er ein absolut harmloses Geschöpf zu sein, das nicht einmal einer Fliege etwas zuleide tun konnte. Zu Filicetta war er sehr nett; er ließ ihr jedesmal Geld da, wenn er sie besuchte, und brachte ihr auch kleine Geschenke mit: ein Bild der Madonna vom Berg Karmel in einem Silberrahmen, eine Schachtel seidener Taschentüchlein, eine Schale Gebäck...

Das war also die erste Wende in Filicettas Leben gewesen, und dann hatte ihr an einem Oktoberabend jenes Jahres 1894, in dem sie ein anderer Mensch geworden war, der Schwan wieder einmal hundert Lire auf den Küchentisch gelegt, ihr aber zugleich erklärt, daß er sie nicht mehr länger so aushalten könne, wie er es bis jetzt getan habe, zumindest nicht allein. Seine Verpflichtungen als Parlamentarier zwängen ihn, einen Teil des Jahres in Rom zu verbringen, und Filicetta müsse sich damit abfinden, während seiner Abwesenheit auch den einen oder anderen Mann zu empfangen: den einen oder anderen guten Freund, der, um sich ihr zu erkennen zu geben, an der Tür »Mich schickt der Onorevole« sagen und sie mit der gleichen Achtung und Großzügigkeit behandeln werde, mit der er sie behandle, denn seine, Palizzolos, Freunde seien alles Ehrenmänner... Während der Schwan redete, ging Filicetta durch den Kopf, daß sie im Begriff stand, in den Augen der Welt in eine andere Stellung abzugleiten, von der der Mätresse zu der der Hure; und sie hatte auch Angst und fragte sich: Mit was für Leuten werde ich es zu tun kriegen? Wie wird es mir ergehen? Aber inzwischen war sie nun einmal bis zu diesem Punkt gekommen, und wenn sie sich jetzt zurückzöge, würde sie alles verlieren: die Wohnung, die Protektion des Onorevole, den Wohlstand … »Natürlich«, sagte der Schwan zu ihr, »werde auch ich dich jedesmal besuchen, wenn ich nach Palermo komme; ja, an diesen Tagen wirst du ausschließlich mir zur Verfügung stehen müssen, denn ich habe nicht die Absicht, dich mit irgend jemandem zu teilen, und wenn ich anderen Männern erlaube, dich zu treffen, während ich fort bin, dann tue ich das nur deinetwillen, denn dir würde das Geld ausgehen, oder du würdest dich langweilen und mich zu guter Letzt doch betrügen.« Und ehe er ging, erzählte er ihr noch einmal die Geschichten, die er ihr immer zu erzählen pflegte und aus denen er auch den Stoff für seine Gedichte schöpfte: von den antiken Priesterinnen der Liebe, die das heilige Feuer bewachten, von ihren Brüsten, die heller leuchteten als Mond und Sonne, von der Zauberin Circe, die die Männer in Schweine verwandelte, von den Nymphen und den Satyrn und von Phryne, die mit ihrer Nacktheit die Richter geblendet hatte …

Die neuen Kunden waren gekommen. Ein ehemaliger Abgeordneter, ein Börsenmakler, zwei Rechtsanwälte, ein Bruder des Schwans, ein Kaufmann und zwei andere schweigsame Männer, über die Filicetta nur hätte sagen können, daß sie Ehrenmänner, sprich Mafiosi, waren, bildeten ihre gewöhnliche Klientel. Und dann erschienen hin und wieder die Unbekannten, die nachts an die Tür klopften und sagten »Mich schickt der Onorevole« … Mit ihnen war Filicetta zur richtigen Hure geworden, und die Sache hatte sich als so normal, so einfach erwiesen, daß sie selbst darüber erstaunt war. Ihr war wieder ein Satz eingefallen, den sie ein paar Jahre zuvor über ein Mädchen aus Marineo hatte sagen hören, das nach Palermo gegangen war, um dort mit einem Zuhälter zusammenzuleben: »Manchen Frauen liegt die Hurerei im Blut!« Dieser Satz, den sie durch Zufall aufgeschnappt hatte, hatte sich in ihrem Kopf festgesetzt und wollte nicht wieder heraus. Es stimmt wirklich – dachte Filicetta –, daß man als Hure geboren wird! Wenn es nicht so wäre, wie könnte ich dann ruhig und ohne schlechtes Gewissen leben? Wie könnte ich mit meinen Kunden sogar manchmal Vergnügen empfinden, wenn ich nur aus Not Hure wäre? Sie ging jeden Sonntag zur Messe, allein, in die Kirche San Niccolò. Oft ging sie auch zur Beichte und zur Kommunion, denn sie sah in der Beichte nicht viel anderes als in der Säuberung des Körpers: nämlich eine Säuberung der Seele; aber wie oft sie auch dem Beichtvater versprach, ihr Leben zu ändern, sie wußte doch, daß sie es nicht ändern und daß der Priester ihr jedesmal, wenn sie wieder zur Beichte käme, erneut verzeihen würde: Wozu waren sie denn sonst auf der Welt, die Priester, wenn sie den Menschen nicht die Sünden verziehen? Manchmal hatte sie das Gefühl, aus zwei Personen zu bestehen, dem anständigen Mädchen und der Mutter von zwei Söhnen, die sie einmal gewesen, und dem Weibsstück, das sie jetzt war; andere Male dagegen war sie absolut sicher, daß ihre eigentliche Identität die gegenwärtige sei und daß ihr ganzes Leben vor Palermo nur deshalb so verlaufen war, weil sie, der doch die Hurerei im Blut lag, in Marineo keine Möglichkeit gehabt hatte, sich auszuleben.

Palermo gefiel ihr. Es gefiel ihr, diese Stadt um sich herum zu fühlen, so süß und so geheimnisvoll, so vulgär und lärmend an einigen Plätzen und dann wieder so still und herrschaftlich an anderen ... Es gefiel ihr, sich in das Eiscafé Messinese an der Marina zu setzen und sich von den *donninnari*, den jungen Männern, die auf Brautschau waren, mustern zu lassen, aber auch von anderen Stutzern, die zwar nicht mehr jung und auch keine Junggesellen mehr waren, aber einen großen Teil ihrer nutzlosen Zeit dort verbrachten, auf der Suche nach einem Abenteuer, das sie freilich fast nie fanden. Es gefiel ihr, die Kutschen der Adeligen mit ihrer livrierten Dienerschaft vorbeifahren zu sehen und den Leuten aus dem Volk zuzuhören, wenn sie sich die Namen der Besitzer dieser Kutschen zuraunten, mit leiser Stimme, denn gewisse Dinge kann man wirklich nicht laut auf der Straße herausschreien, man muß sie mit Diskretion behandeln. »Da, hast du gesehen?« flüsterten die Ehemänner ihren Frauen und die Verlobten ihren *zite* zu. »Der Graf von Toledo ist vorbeigefahren.« Oder: »Der Fürst von Trabia ist vorbeigefahren«; »Die Herzogin von Pietratagliata ist vorbeigefahren«; »Der Fürst von Mirto ist vorbeigefahren« … Es gefiel ihr, über den Càssaro zu schlendern, an den Vormittagen im Winter oder im Frühling, wenn die Sonne noch nicht brennt und die Haut rötet, und die Schaufenster der Geschäfte anzuschauen oder die Passanten zu betrachten; es gefiel ihr, in eine Droschke zu steigen und sich an den Sommerabenden aus der Stadt fahren zu lassen, zu den Quattro Canti di Campagna oder noch weiter, bis zur Grotte der heiligen Rosalia auf dem Monte Pellegrino. Sie hatte sich mit ihrer Schneiderin angefreundet, einer jungen Frau, die ihren Mann verlassen hatte, um die Geliebte eines Fürsten zu werden, und die mit ihr jeden Sonntag in den Favorita-Park ging, um die Pferde des Fürsten beim Rennen zu sehen; aber dann hatte der Fürst den beiden Frauen bestellen lassen, sie möchten doch bitte aufhören, das Hippodrom zu besuchen, denn ihre Anwesenheit sei bereits aufgefallen und könne ihn ins Gerede bringen. Daraufhin fingen die beiden Freundinnen an, ihre Spaziergänge in die Seebäder von Acquasanta und in den Park La Flora-Villa

Giulia zu verlegen, wo sie samstags die Festbeleuchtung bewunderten und sich die Vorführungen der *pupari* auf den Alleen ansahen …

Filicetta hatte auch einen Verehrer: einen großen, hageren und rothaarigen Studenten, der aus Girgenti stammte, Antonio hieß und (aber das wußte sie erst seit ganz wenigen Tagen!) in seinem Heimatort bereits verlobt war – und zwar mit einer Großnichte Crispis, ebenjener Angela, die 1894 für sich und die Tochter Seiner Exzellenz die *ciuri de maju* gepflückt hatte. In Palermo wohnte Antonio mit zwei Kommilitonen in demselben Haus in der Via dei Biscottari, in dem auch Filicetta lebte, und er hatte es sich in den Kopf gesetzt, sie zu verführen, obwohl er, wie alle anderen auch, genau wußte, daß sie die Geliebte des Onorevole Palizzolo und seiner Mafia-Freunde war und daß, wer sich mit denen anlegte, mit dem Feuer spielte … Doch diese Gefahr erregte ihn, statt ihn abzuschrecken. Um jeden Preis – wiederholte er sich immer wieder, während er sich auf sein Doktorexamen vorbereitete – mußte es ihm gelingen, in Filicettas Wohnung und in ihr Bett zu schlüpfen, ehe er nach Girgenti zurückkehrte. Er machte ihr Liebeserklärungen im Stiegenhaus, bestürmte sie mit Briefchen und Gedichten, die das Mädchen lachend las (»Wer hätte je gedacht«, murmelte sie, »als ich noch eine Bäuerin in meinem Dorf war, daß ich einmal eine von den Frauen werden sollte, die die Dichter begeistern!«), und er legte ihr Blumensträußchen vor die Tür, die er auf dem Heimweg von der Universität in den öffentlichen Parkanlagen pflückte, wenn die Aufseher gerade nicht da waren. Um den Widerstand der schönen Nachbarin zu brechen, war er sogar so weit gegangen, ihr einen Heiratsantrag zu machen, was Filicetta sehr überraschte. Er muß wirklich ganz naiv sein – hatte sie sich gesagt –, wenn er nicht weiß, wovon ich lebe! Aber dann dachte sie sich, daß auch der Heiratsantrag wohl lediglich eine List sei, um sie dazu zu bringen, mit ihm ins Bett zu gehen. Sie bat ihre Schneiderinnenfreundin, unauffällig ein paar Auskünfte über den so in sie vernarrten jungen Mann einzuholen, und erfuhr die Wahrheit: Gleich nach dem Examen würde der schöne Antonio seine richtige und langersehnte Hochzeit mit einer Signorina der guten Gesellschaft von Girgenti feiern, einer Großnichte Crispis ...

In Palermo war Filicetta fast glücklich. Sie lebte von einem Tag zum anderen, es ging ihr gut, und nach der Amnestie für die Aufständischen der *Fasci* mußte sie nicht einmal mehr Angst haben, man könnte sie für das, was ihr im Dorf zugestoßen war, verfolgen. Auch die Erinnerung an die Kinder hatte im Lauf der Zeit aufgehört, sie zu quälen. Saro und Nuzzu – dachte die junge Frau – waren dazu geboren, Bauern zu werden, und keiner würde das Schicksal der beiden ändern können, so wie keiner mehr das ihre ändern könnte. Ihr vorheriges Leben, ihre Vergangenheit schienen ihr endgültig vorbei. Aber als sie, vor knapp einer Stunde, die Wohnungstür einem Unbekannten geöffnet und sich plötzlich Don Piddu *facci di lignu* gegenübergesehen hatte, war diese Vergangenheit wie mit einem Donnerschlag über sie hereingebrochen, und die beiden Personen, die wie zwei Fremde in ihr zusammenlebten, das Bauernmädchen von früher und die Frau von heute, hatten sich in einer entsetzten Umarmung wieder aneinandergeklammert, ja vielleicht waren sie für einen Moment wieder zu einer einzigen Person geworden. Don Piddu hatte wiederholt: »Mich schickt der Onorevole«, und dann, als Filicetta nichts sagte und ihn nur weiter mit aufgerissenen Augen anstarrte, versucht, sie beiseite zu schieben, um in die Wohnung zu gelangen. Da hatte sie sich die Haare gerauft und zu schreien angefangen: »Hilfe! Hilfe!«, so laut, daß schließlich die Nachbarn herausgekommen waren. »Geht, geht!« hatte sie den Mann angefahren.

Facci di lignu hatte keine Miene verzogen, doch wenn sein Gesicht es auch nicht erkennen ließ, dieser unerwartete Empfang verblüffte und irritierte sogar ihn. Er fragte sich, wer dieses Mädchen sein mochte, das schon früher gesehen zu haben er sich nicht erinnern konnte, und kam zu dem Schluß, daß es sich um die Witwe oder die Tochter eines der zahlreichen von seiner Hand Ermordeten handeln mußte – von wem, spielte keine Rolle. Besser, man ging zu einer anderen Frau... »Schon gut«, hatte er ihr geantwortet, »ich gehe.« Dann aber hatte er sie am Arm gepackt und ihr in einer Weise in die Augen gesehen, daß Filicetta das Gefühl überkam, sterben zu müssen. Noch einmal hatte er gesagt: »Ich gehe. Aber wenn du wieder anfängst zu kreischen, solange ich auf der Treppe bin, dann komm' ich zurück und dreh' dir den Hals um wie einer Henne!« Er hatte ihr den Rücken zugewandt und war ans Geländer getreten, um hinunterzuschauen. Daraufhin waren alle Hausbewohner, die auf den Treppenabsätzen standen, wieder in ihren Wohnungen verschwunden; man hatte das Geräusch der Türen gehört, die sich auf den verschiedenen Stockwerken schlossen, bis im Treppenhaus wieder völlige Stille eingekehrt war. Und Don Piddu war in aller Ruhe hinuntergegangen, ein Liedchen pfeifend, das in diesen Tagen ganz Palermo sang; er hatte die Haustür geöffnet und war verschwunden.

Palermo, 28. April 1897

Alle Straßen und Plätze Palermos waren noch sonnen- und menschenerfüllt und alle Läden noch geöffnet. In der Apotheke des Dottore Salvo hatten sich einige Müßiggänger, die die Zeitungsnachrichten kommentierten, in zwei Lager geteilt: Diejenigen, die auf der Seite Crispis standen, behaupteten, es sei eine Schande, den ehemaligen, inzwischen fast achtzigjährigen Ministerpräsidenten mit den Geldern, die bei der Bank von Neapel fehlten, in Zusammenhang zu bringen; vielmehr gehöre deren Direktor, der Commendatore Favilla, eingesperrt, und man müsse ein für allemal damit aufhören, einen Mann wie Seine Exzellenz – der schließlich Italien geschaffen habe! – mit Dreck zu bewerfen. Die Gegenpartei aber behauptete, daß Seine Exzellenz der große Korrumpierer der italienischen Politik sei und sich zwanzig Jahre lang Gelder in Millionenhöhe von der Bank von Rom, der Bank von Sizilien und der Bank von Neapel unter den Nagel gerissen habe; es müsse ihm schleunigst der Prozeß gemacht werden, ehe er sterbe, damit die Welt sehe, wer er tatsächlich gewesen sei! (Aber diese andere, in ihren Forderungen so drastische und mitleidlose Partei setzte sich in Wirklichkeit nur aus zwei Personen zusammen: den Brüdern Onofrio und Salvatore Curreri, Händlern in Bonbonnieren und Geschenkartikeln, die nie ein Geheimnis aus ihren radikalen, wenn nicht sogar anarchistischen Ideen gemacht hatten.) Paolo Costanzo, der Provisor, den alle respektvoll mit »Dottore« anredeten, hatte sich aus der Diskussion herausgehalten, einmal, weil sie ihn nicht besonders interessierte, und zum zweiten, weil er ihr Ende doch nicht hätte abwarten können: Und in der Tat, als die Pendeluhr siebenmal schlug (sieben Uhr abends), zog er sich den weißen Kittel aus und verließ, nachdem er mit der Besitzerin leise ein paar Worte gewechselt hatte, den Laden. Er ging zu Fuß den Càssaro hinauf, auf die Zurufe von Bekannten mit Handbewegungen und Blicken antwortend, die besagen sollten: Nehmt es mir nicht übel, aber ich bin in Eile! Er bog in die Via Maqueda und von dort aus in die Via Sant'Agostino ein, die zur Zeit unserer Geschichte noch nicht das war, was sie heute ist, nämlich ein Bazar, eine Marktstraße, wo man Schmuckwaren, Stoffe und Haushaltsartikel verkauft; schließlich trat er in ein dreistöckiges Haus, über dessen Eingang ein Adelswappen prangte. Dieses Haus hieß nach einer neben dem Eingangstor angebrachten Tafel eigentlich »Palazzo Villarosa«, war bei den alten Bewohnern des Viertels aber als »Casa Palizzolo« bekannt und hatte eine Geschichte, die eng mit der der Familie des Schwans verflochten war und hier in wenigen Zeilen zusammengefaßt werden kann, während der Dottore Costanzo sich beim Pförtner meldet:

Das Haus war um die Mitte des Jahrhunderts von den Brüdern Pietro und Eugenio Palizzolo gekauft worden, zwei *liuni* aus Caccamo, die, nachdem sie in ihrem Dorf zu Reichtum gekommen waren, es sich auch noch in den Kopf gesetzt hatten, in den Adelsstand aufzusteigen; und in der Hoffnung, dieses Ziel zu erreichen, waren sie nach Palermo gegangen. Der lange Marsch der Palizzolos auf dem Weg in die sizilianische Aristokratie hatte hier, im Haus in der Via Sant'Agostino, seinen Anfang genommen; aber der Schwierigkeiten, denen sie dabei begegneten, gab es viele. Vor allem am Anfang, als den beiden kleinen Dorftyrannen zur Bestätigung ihrer aristokratischen Herkunft nichts Besseres einfiel, als den Mädchennamen ihrer Mutter, Concettina Nobile, dem ihren hinzuzufügen und sich fortan

Palizzolo de' Nobili zu nennen. Über dem Eingangstor des Hauses Palizzolo erschien ein Adelswappen, von dem man in keinem Heraldikhandbuch eine Spur gefunden hätte: ein Phantasiewappen mit einem Turm, erdacht und ausgeführt von einem Marmorsteinmetz in der Via Sant'Antonino, eigens für das neue Geschlecht derer von Nobili. Der echte Adel hatte nicht mit der Wimper gezuckt; aber die Angelegenheit erledigte sich nach wenigen Monaten von selbst, da aus einem Neffen der Concettina – auch er ein Nobile – ein berüchtigter Bandit geworden war, der mit seinem Namen und mit seinen Verbrechen die Spalten der Zeitungen füllte. Das in den Dreck gezogene Geschlecht derer von Nobili verschwand von der Bildfläche; das Wappen mit dem Turm dagegen blieb an seinem Platz über dem Haustor der Casa Palizzolo, denn in der Zwischenzeit war es den beiden *liuni* gelungen, doch noch einen Titel zu ergattern, nämlich den eines »Cavaliere«, der, da er keine wirkliche Adelsqualifikation darstellte, von jedwedem Wappen begleitet werden konnte. Dann starb der Cavaliere Eugenio, der Onkel des Schwans, am Herzschlag, und der Cavaliere Pietro, sein Vater, beschloß, sich die Beförderung zum Aristokraten dadurch zu verdienen, daß er sich in den Dienst Seiner Majestät stellte. Man schrieb damals das Jahr 1866, das Jahr des Aufstands von Palermo und der Choleraepidemie. Pietro Palizzolo gab ein kleines Büchlein in Druck (*Getreues Abbild der Umstände und Nöte, in denen sich die Arbeiter Siziliens befinden, oder: Über die allgemeine Kalamität seiner Völker*), das dem König und den Mitgliedern des Nationalen Parlaments gewidmet war und in Wirklichkeit seine Kandidatur für das Amt des Gouverneurs der Insel begründen sollte. Das Büchlein – das halb Italien und ganz Palermo zum Lachen brachte – enthielt einige drastische Schilderungen der Übel, die Sizilien heimsuchten (»Signori, erschaudern Sie! Immerzu ereignen sich Fälle von Selbstmord! Ein Familienvater, der sieht, wie sich seine lieben Kleinen um seine Knie drängen und um Brot bitten, um Brot, das sie am Leben erhalten soll, ruft bei so herzbewegender Bitte aus: O harte Erde, warum tust du dich nicht auf!«), dazu eine Reihe von Vorschlägen, wie man in diejenigen Bereiche der Wirtschaft und des öffentlichen Lebens eingreifen könne, um die sich der Cavaliere Palizzolo persönlich zu kümmern gedachte, falls das Parlament und der König ihm das Amt übertrügen. Er wollte alles allein in Ordnung bringen: die Landwirtschaft, das Kreditwesen, die Eisenbahnen, die Kirchengüter, die Pensionen, die Preise... Lediglich für ein Gebiet, das Gesundheitswesen, war Pietro Palizzolo geneigt, eine andere Person zu beauftragen, nämlich seinen Hausarzt Cataldo Cavallaro, dem es – wie er schrieb – gelungen sei, die Cholera zu besiegen, und den man unverzüglich (»mit der Geschwindigkeit der Elektrizität«) in die Lage versetzen müsse, Tausende von Leben retten zu können. (»Er war es, der das Gegenmittel gegen das gastrische Fieber gefunden hat, so daß dieses am dritten Tag erlosch. Ich war davon befallen, zusammen mit meinem Sohn, und mit mathematischer Exaktheit hat Cavallaro lächelnd konstatiert, daß am dritten Tag danach das Fieber vorbei war.«)

Das Büchlein des Cavaliere Palizzolo – in seinen wichtigsten Teilen in gotischen Lettern gedruckt – wurde dem König von einem seiner palermitanischen Adjutanten überreicht und per Post an alle Mitglieder des Parlaments und an alle Zeitungen geschickt, zeitigte aber keinerlei Ergebnis: Das Parlament trat nicht zusammen, um darüber zu diskutieren, und Seine Majestät geruhte nicht, den Autor zu empfangen, um ihm das Amt des Gouverneurs von Sizilien zu übertragen, was als erste und selbstverständliche Konsequenz die Verleihung eines Grafen- oder sogar Fürstentitels nach sich gezogen hätte… Niemand, in Italien und in der Welt, schien die Vorschläge von Pietro Palizzolo überhaupt zur Kenntnis genommen zu haben; und der Gouverneurs-Aspirant dachte bereits verbittert daran, ein neues kleines Werk in Druck zu geben, das noch einmal in aller Deutlichkeit das im ersten zum Ausdruck Gebrachte unterstreichen und auch die Verschwörung des Schweigens aufdecken sollte, deren Opfer er geworden war: Aber er erkrankte an der Cholera und starb im Alter von nur neunundfünfzig Jahren, trotz des Gegenmittels des Dottore Cavallaro. Er hatte nicht einmal mehr die Zeit gehabt, an der Hochzeit seiner Tochter Irene mit einem zwar mittellosen, aber dafür waschechten Adeligen teilzunehmen, durch den das Haus in der Via Sant'Agostino zu einem Palazzo geworden war, dem »Palazzo Villarosa«; und er hatte nicht mehr gesehen, wie das – ebenfalls echte – Wappen des Mittellosen den Turm derer von Nobili über dem Haustor verdrängte…

Doch jetzt ist es an der Zeit, daß wir uns wieder unserem Apotheker zuwenden. Nachdem er sich *zu* Tano, dem Portier, präsentiert hatte, stieg der Dottore Costanzo drei Treppenabsätze hinauf und läutete an einer Tür, an der geschrieben stand: »Onorevole Raffaele Palizzolo. Abgeordneter beim Parlament des Königreichs Italien«. Er erwartete, sofort empfangen zu werden, weil Tag und Stunde des Treffens schon vor einiger Zeit vereinbart worden waren und das Problem, über das er mit dem Onorevole sprechen mußte, den Apotheker-Stand betraf, der, zumindest in Sizilien, von den Politikern sämtlicher Parteien geschätzt und hofiert wurde: Doch er bekam vom Hausmädchen zu hören, daß der Onorevole noch mit anderen Besuchern beschäftigt sei und ihn bitten lasse, ein paar Minuten zu warten. Allein im Vorzimmer, bemerkte der Dottore, daß die Tür zum Arbeitszimmer des Schwans halb offenstand; hinter der Tür war niemand, und unser Apotheker, der die Gewohnheiten des Hausherrn recht gut kannte, dachte, daß sich die Zusammenkunft, die das Hausmädchen angedeutet hatte, wahrscheinlich in der Nähe des Klosetts abspiele. Er schüttelte den Kopf und lächelte. Der Schwan war in Palermo auch wegen des Ticks berühmt, seine Besucher – vor allem die, die er »Freunde« nannte (»Kümmert euch nicht um das, was ich mache! Wir sind ja Freunde! Geniert euch nicht!« pflegte er bei solcher Gelegenheit zu sagen) – zu veranlassen, ihm ihre Anliegen vor der Toilettentür vorzutragen, während man von der anderen Seite ein gewisses Plätschern oder Plumpsen hörte, das nicht immer im Einklang mit dem Ernst des Problems stand, für das die Intervention des Politikers erbeten wurde. Vor zwei Jahren war es auch dem Dottore Costanzo passiert, daß er um neun Uhr morgens, im Schlafzimmer, von einem Palizzolo empfangen wurde, der eher einem Seehund oder einem kleinen Walroß als einem menschlichen Wesen glich, mit dem Haarnetz über dem Kopf und der Binde um den Bart. Dann war der Onorevole, in Unterhosen, aus dem Bett gestiegen und ins Badezimmer gegangen, doch bevor er darin verschwand, hatte er seinen Gesprächspartner aufgefordert, ruhig weiterzureden, was immer auch hinter der Tür passieren möge: »Ich«, hatte er gesagt, »hör' dir trotzdem zu …«

Der Apotheker stand noch neben der Tür des Schwans, als man aus dem anderen Zimmer ein Geräusch von Schritten und die Stimmen von einigen Personen vernahm, die in erregtem Ton über etwas sprachen, das sie stark zu beunruhigen schien. Er trat zur Seite, um nicht gesehen zu werden. Jetzt also –

dachte er – wird die Zusammenkunft vom Klosett ins Arbeitszimmer des Onorevole verlegt! Er spitzte die Ohren. Viele Worte waren nicht zu verstehen, aber aus denen, die deutlich durch die Tür bis zu ihm drangen, begriff Costanzo, daß der Schwan und seine Gäste über einen Kriminalfall diskutierten, der, nach Jahren des Schweigens und des Vergessens, seit wenigen Wochen wieder auf die Seiten der Zeitungen zurückgekehrt war: das Verbrechen an Notarbartolo! Es verging fast kein Tag in Palermo, ohne daß die Zeitungsverkäufer des »Giornale di Sicilia« an den Quattro Canti di Città neue und sensationelle Enthüllungen über diesen Mord ausriefen, der, da er ungesühnt geblieben und geheimnisumwittert war, immer noch die öffentliche Meinung erregte; wieder war der Name des Onorevole Palizzolo als Auftraggeber des Verbrechens ins Spiel gebracht worden, vor allem aber hatte man, zum erstenmal und in deutlichen Lettern, den Namen des Mörders genannt: Don Piddu Fontana. Das Thema war hochbrisant; und nachdem sich der Apotheker überzeugt hatte, daß ihn vom Eingang her niemand sehen konnte und auch sonst niemand da war, legte er das Ohr an die Tür. Er erkannte die Stimme des Onorevole. »Auch wenn sie Don Piddu einsperren«, flüsterte dieser, »werden sie nichts herausbringen, denn er hat alle Beweise, die er braucht, daß er zur Tatzeit in Tunesien war...« Von den folgenden Worten verstand Costanzo nur den Namen des Senators Codronchi Angeli, der nach der Niederschlagung der *Fasci*-Aufstände als Sonderkommissar nach Sizilien geschickt worden war, in Verbindung mit dem Wort »Schuft«: »Dieser Schuft Codronchi...« Er hörte auch noch: »doppeltes Spiel« und »die irren sich«.

»Seid ganz ruhig«, sagte eine Stimme, die der Apotheker noch nie zuvor gehört hatte und die er daher auch nicht identifizieren konnte, in überzeugendem Ton. »Es gibt keine Beweise, und man wird nie welche finden ... solange wir im Polizeipräsidium sitzen, landet alles, was eingeht, im Papierkorb ... nur niederträchtiges Geschwätz ... Wind und Staub ...«

»... alles wieder von vorn anfangen«, sagte eine andere, ebenfalls unbekannte Stimme. »Polizeispitzel. Um die kümmern wir uns ...«

»Ja, ja«, bestätigte der, der vor ihm gesprochen und seine Gesprächspartner ermahnt hatte, Ruhe zu bewahren. »Nur nichts dramatisieren ...« Und dann wieder der Onorevole, nach ein paar unverständlichen Sätzen der beiden anderen: »Bis jetzt ist alles gutgegangen ... auch Lucchesi ...« (Michele Lucchesi war der Polizeipräsident von Palermo.) »Du wirst alles bekommen, was dir von der Eisenbahn noch zusteht ... die Zinsen zahlen wir dir ja schon ... Geduld ... zum Teufel auch!«

An dieser Stelle mischte sich eine leise und schrille Männerstimme in den Dialog, die Costanzo, nach kurzem Zögern, einwandfrei erkannte: Diese Stimme gehörte dem Eisenbahnschaffner Giuseppe Carollo, der während der ersten Ermittlungsphase im Verdacht gestanden hatte, der Mörder Notarbartolos oder zumindest ein Komplize der Mörder zu sein. Der Dottore Costanzo war jahrelang in einer Apotheke in der Via Sant'Antonino, fast gegenüber dem Bahnhof, beschäftigt gewesen, und Carollo hatte zu seinen Stammkunden gehört: zum einen, weil er voller Krankheiten steckte – oder zu stecken glaubte –, und zum andern, weil diese Apotheke ein Ort war, an dem sich das dienstfreie Personal der Sizilianischen Eisenbahnen in Palermo zu treffen pflegte. Der Schaffner war dann, nachdem man ihn aus dem Gefängnis entlassen hatte, nach Catania versetzt worden, so daß sich für Costanzo keine Gelegenheit mehr ergab, ihm zu begegnen; doch seine Stimme besaß ein so eigenes Timbre, daß der Apotheker sie fast unmittelbar wiedererkannte. »Wenn ich euch doch sage, daß sie diesmal Ernst machen«, jammerte Carollo. »Sie brauchen einen Schuldigen … politische Gründe … ich und der Bremser Garufi … Zuchthaus … ich habe Angst …« Es herrschte für einen Moment Schweigen. »Da, schaut! Hier und hier … in Catania haben sie mich beim ersten Mal geschlagen … noch einmal ins Gefängnis … für die Freunde … ich habe über ein Jahr gesessen …« Jetzt hörte man, daß er weinte. »Sie werden mir Zuchthaus geben … sechs Kinder …«

»Hier sind zweitausend Lire, Gevatter.« Das war wiederum die Stimme des Schwans, der, um beruhigend zu wirken, lauter sprach. »Zum Teufel noch mal! Wenn man dir doch sagt, daß du ruhig schlafen kannst … Hier unter uns ist ein hoher Polizeibeamter; ich bin Abgeordneter; wir haben Heilige im Paradies und Freunde überall auf der Welt …« Nach ein paar leiser gesprochenen Sätzen erhob der Schwan von neuem die Stimme. »Fahr zurück nach Catania«, sagte er zum Eisenbahner, »und hab Vertrauen, was immer auch geschieht! Du hast ja selber gehört, was der Inspektor gesagt hat, während ich im Bad war: Die Polizei hat nichts in Händen, was einem Beweis ähnlich sieht, nicht einmal eine Zeugenaussage, und sie versucht nur, dich einzuschüchtern, um dich zu einem Geständnis zu bringen. Das ist die übliche Methode, das weißt du besser als ich … Du hast es ja schon mitgemacht!«

Man hörte Stühlerücken, ein Getrappel von Schritten, und Costanzo fand kaum Zeit, sich von der Tür zurückzuziehen, ehe der Onorevole sie aufriß. Der Abgeordnete hatte eine Hand auf die Schulter von Carollo gelegt; er entdeckte den Apotheker und sagte zu ihm: »Ich komme sofort! Lassen Sie mich nur noch diese

Freunde verabschieden, und dann bin ich ganz für Sie da!« Unter der Wohnungstür küßte der Schwan seine Gäste auf beide Wangen, und der Eisenbahner nutzte das, um ihm ins Ohr zu flüstern: »Dieser Mann … der Dottore Costanzo, er kennt mich! Er könnte unser Gespräch gehört haben!« Palizzolo machte eine ärgerliche Geste. »Sag es dem Portier«, murmelte er, und dann wandte er sich lächelnd dem Repräsentanten der Apotheker zu und wies auf die Tür seines Arbeitszimmers: »Bitte kommen Sie, kommen Sie!«

Die Unterredung zwischen dem Apotheker und dem Onorevole verlief knapp und völlig unproduktiv, weil beide Gesprächspartner anderes im Kopf hatten (»Muß ich zur Polizei gehen und erzählen, was ich gesehen und gehört habe?« fragte sich Costanzo. »Und was passiert mit mir, wenn ich hingehe?«) und weil Palizzolo, obwohl er in der Vergangenheit einige Forderungen des Standes unterstützt hatte, nicht sonderlich an einer Wahlhilfe durch die Apotheker interessiert war: Er pflegte sich seine Stimmen auf andere, wirksamere Weisen zu besorgen als durch die Empfehlung eines Pillenverkäufers!

Nachdem er vom Schwan das ebenso formelle wie vage Versprechen erhalten hatte, daß sich dieser im Parlament für eine besondere Berücksichtigung der sizilianischen Apotheker im neuen Apothekengesetz verwenden wolle, fand Costanzo sich wieder im Treppenhaus und dann auf der Straße, wo er über das nachgrübelte, was er gesehen und gehört hatte. Doch schon nach wenigen Schritten stieß er gegen einen untersetzten, vierschrötigen Burschen mit einer ausgegangenen halben Zigarre zwischen den Lippen und bis über die Ellbogen aufgekrempelten Hemdsärmeln. Der Apotheker war gezwungen, stehenzubleiben; daraufhin fragte ihn der *picciotto*, dessen nahezu quadratisches

Gesicht wenig ausdrucksvoller als ein Knie war, nach einem Streichholz, um die Zigarre wieder anzuzünden, und drängte ihn dann unter dem Vorwand, daß da zuviel Wind sei, gegen eine Hausecke, wo er ihm die Spitze eines spannenlangen Messers auf den Magen setzte. »Wer bist du? Wie heißt du?« herrschte er ihn an.

Zu Tode erschrocken blickte Costanzo um sich und begriff, daß ihm keiner zu Hilfe kommen würde, auch wenn er zu schreien anfinge; die Passanten wandten den Kopf, um nicht zu sehen, was da vor sich ging, und eine Ladenbesitzerin, die wenige Meter entfernt in der Tür ihres Geschäfts stand, war sofort hineingestürzt, nachdem der junge Mann das Messer gezogen hatte. Das Leben – dachte der Apotheker – ging weiter, und es würde auch weitergehen, nachdem er tot war! Er stammelte: »Ich heiße Paolo Costanzo… ich bin Apotheker… Die Brieftasche ist innen in der Jacke: Bitte, nehmen Sie sie, und nehmen Sie auch die Uhr, aber tun Sie mir nichts!«

»Was hast du im Haus des Onorevole gemacht?« wollte der Bursche wissen.

Er sah ihn an, wie der Metzger das Viertel Ochse ansieht, ehe er es für den Verkauf in Stücke zerlegt, und Costanzo fühlte sich verloren. (Irgendein Mafioso des Palizzolo – dachte er – muß mich also beim Lauschen entdeckt und mir diesen Mörder auf den Hals gehetzt haben… Lieber Gott, ich gebe mich in deine Hände: Steh du mir bei!) »Ich mußte ihn um eine Gefälligkeit bitten«, erklärte er demütig. »Nicht für mich, sondern für den Apotheker-Stand. Man ist dabei, ein neues Gesetz zu diskutieren, im Parlament…«

Der *picciotto* verzog angewidert das Gesicht. Er schnitt ihm das Wort ab: »Waren Leute in der Wohnung des Onorevole? Wen hast du erkannt?«

»Ich habe niemanden gesehen...«, stammelte der arme Costanzo. »Ich weiß von nichts ... bitte, lassen Sie mich ...!«

Nun setzte ihm der Kerl mit einer blitzartigen Bewegung das Messer an die Kehle. »Wen hast du erkannt?« wiederholte er.

Der Apotheker versuchte zu beharren: »Niemanden...«; aber er fühlte, wie die Spitze des Messers in sein Fleisch eindrang, und die Tränen kamen ihm. »Nur eine einzige Person ... von allen anderen weiß ich nicht, wer sie waren ... ich schwöre es ...«, schluchzte er.

»Den Eisenbahner?« fragte der andere.

»Jawohl ... nur den Eisenbahner ... der war ein Kunde von mir ...«

Der Druck der Klinge wurde stärker. Costanzo fühlte die Wärme des Blutes – seines Blutes! –, das ihm über den Hals und unter das Hemd lief. Er konnte nur noch denken: »Jesus, hilf mir!« Nun näherte der Meuchelmörder seine breite und niedere Stirn der des Apothekers, so daß er sie fast berührte. Mit drohender Stimme murmelte er: »Wenn du darüber redest, bist du ein toter Mann! Kümmere dich um deine Angelegenheiten!« Er nahm das Messer von Costanzos Kehle und ging, als wäre nichts gewesen, nachdem er sich die halbe Zigarre mit den Streichhölzern seines Opfers angezündet und die Schachtel dann in die Tasche gesteckt hatte.

Als unser Apotheker merkte, daß er allein war, bestand sein erster Impuls darin, davonzulaufen: Aber als er die Beine bewegen wollte, fühlte er, daß er nicht fähig war, sich aufrecht zu halten, und daß er stürzen würde, wenn er sich von der Mauer entfernte. Er blieb stehen, wo er war, und betrachtete mit vor Staunen aufgerissenen Augen das Taschentuch, das er in Händen hielt, voll von seinem Blut, und die Leute, die kamen und gingen und ganz nah an ihm vorbeispazierten, ohne ihn zu sehen, als wäre er durchsichtig geworden: den Mann, der die Straßenlaternen anzündete, die Frauen mit ihren Einkaufstaschen, die Ladenbesitzer, die die Waren hereinholten und die Rolläden der Geschäfte herunterließen ... Alles war ruhig und normal um ihn herum, und es lag sogar eine große Sanftheit in dieser Dämmerung eines heiteren Frühlingstages und auf den Gesichtern und in den Augen jener Leute, die ihn fast mit Zuneigung ansahen, ohne ihn zu sehen. Zum erstenmal in seinem Leben wurde sich der Dottore Costanzo seiner unendlichen Einsamkeit als Mensch und als Sizilianer bewußt, und das ließ ihn traurig werden. Ein Zeitungsausrufer in der Via Maqueda schrie wie ein Besessener: »Neue Enthüllungen im Fall Notarbartolo! Aufsehenerregende Wende in den Ermittlungen! Der Hauptzeuge Bartolani in Palermo!« Aber Costanzo hörte ihm nicht zu. Er stand da, versuchte, mit dem Taschentuch das Blut der Wunde an der Kehle zu stillen, und sagte sich immer wieder: »Es ist nichts! Mir ist nichts passiert! Ich lebe noch!«

Palermo, 16. Mai 1897

Der Eilzug um 9.50 Uhr aus Messina fuhr mit der üblichen Verspätung von einer halben Stunde in den Hauptbahnhof Palermo ein. Dem Waggon erster Klasse, in der Mitte des Zuges, entstieg ein einziger Reisender: ein Mann um die Vierzig, von mittlerer Größe und kräftiger Statur, der sich müde und besorgt umsah und dann mit den anderen Reisenden der Bahnhofshalle zustrebte. Dieser Mann – der vielleicht unbeschwerter gewesen wäre, wenn er gewußt hätte, daß er sich in einem Roman bewegte, der nicht der seine war, und daß er nur als Komparse in unserer Geschichte fungiert – hieß Salvatore Diletti, war Bahnhofsvorstand in Messina und hatte ein Telegramm von der Direktion der Sizilianischen Eisenbahnen in der Tasche, das ihn, »dringendster Mitteilungen« wegen, mit diesem Zug nach Palermo berief. Seit er, am Morgen des Vortages, dieses Telegramm erhalten hatte, befand sich der arme Salvatore in Angst und Sorge und hatte sich mindestens tausendmal gefragt, was der Grund für diese Vorladung sein könnte: eine Versetzung, eine Beförderung, eine Maßregelung? Die anonyme Denunziation eines neidischen Kollegen, der ihm wer weiß was für Vergehen in die Schuhe schob? Er hatte einen guten Teil der Nacht zugebracht, ohne ein Auge zu schließen und seine Frau eines schließen zu lassen, und sich ruhelos im Bett hin und her gewälzt, aber er war zu keinem Schluß gekommen: Je länger er darüber nachdachte, desto unwahrscheinlicher kam es ihm vor, daß etwas Gravierendes gegen ihn vorliegen könnte; etwas derart Gravierendes, daß seine Vorgesetzten sich veranlaßt gesehen hätten, sich so dringlich mit ihm zu befassen, noch dazu am Sonntag! Er war vor fünf Uhr aufgestanden, um den Zug zu nehmen; und jetzt, da er endlich in Palermo angekommen war, hatte er nur den einen Wunsch: daß sich dieses Geheimnis so rasch wie möglich aufklären möge. Raschen Schritts erreichte er das Gleisende, aber noch ehe er die Halle betreten konnte, wurde er von zwei Polizisten angehalten, die die Identität der Reisenden überprüften und ihn, kaum hatten sie seinen Namen gehört, aufforderten, ihnen zu folgen. Also – schoß es Salvatore Diletti durch den Kopf – waren sie eigens dort postiert worden, um ihn zu erwarten! Er erbleichte, stammelte: »Was wollen Sie? Sind Sie sicher, daß Sie sich nicht irren? Ich habe nichts verbrochen!« Einer der beiden Polizisten versuchte ihn zu beruhigen. »Machen Sie sich keine Sorgen«, sagte er zu ihm – als ob solche Worte hätten genügen können, den Ärmsten zu beruhigen. »Es liegt nichts gegen Sie vor. Sie werden nur bei einer Ermittlung benötigt.«

»Aber was denn für eine Ermittlung? Was sagen Sie denn da? ... Ich bin doch eben erst aus dem Zug gestiegen!« Der völlig verstörte Bahnhofsvorstand begriff überhaupt nichts mehr. Gab es womöglich – fragte er sich – einen direkten Zusammenhang zwischen seiner Vorladung nach Palermo und diesen Polizisten, oder waren das zwei völlig verschiedene Dinge und gehörten nur zu einem bösen Zauber, der ihn seit dem gestrigen Tag zu verfolgen begonnen hatte und dessen Ende nicht abzusehen war? Er versuchte, mit den Polizisten vernünftig zu reden. »Bitte«, sagte er, »lassen Sie mich gehen! Ich bin Bahnhofsvorstand in Messina, hier ist mein Ausweis, und das ist das Telegramm, mit dem mich meine Vorgesetzten herbestellt haben. Wollen Sie, daß ich meine Stellung verliere? Ich bin dienstlich hier!«

»Folgen Sie uns«, befahl der zweite Polizist, der bis zu diesem Moment den Mund noch nicht aufgemacht hatte. Diletti reagierte mit einer ärgerlichen Geste, und ohne noch etwas zu sagen, verließ er mit den Polizisten den Bahnhof, in der Meinung, sie würden ihn zum nächstgelegenen Kommissariat bringen. Aber an der Ecke zur Via Sant'Antonino – heute Via Lincoln – wartete eine große schwarze Kutsche, und die Polizisten sagten zu Diletti, er solle einsteigen. »Herr Doktor Lucchesi, der Polizeipräsident, wünscht Sie zu sprechen.«

Der Bahnhofsvorstand hatte das Gefühl, einen Traum zu erleben: einen häßlichen Traum, einen jener Angstträume, aus denen man erwachen möchte und die dennoch weitergehen ... Da ihm nichts anderes übrigblieb, fügte er sich. Er stieg in die Kutsche und fand sich an der Seite eines korpulenten und fast kahlköpfigen Mannes sitzend, der ihm eine fleischige, verschwitzte Hand hinstreckte und sagte: »Beunruhigen Sie sich nicht, Diletti. Ich bin der Polizeipräsident von Palermo, und ich bitte Sie, mir zu vergeben, daß ich Sie von der Eisenbahndirektion vorladen ließ, anstatt Sie selbst vorzuladen; aber, Sie verstehen, wenn ich mich des normalen Dienstwegs bedient hätte, dann wäre die Nachricht von unserer Zusammenkunft sofort publik geworden, und die Journalisten hätten sich auf Sie gestürzt, noch ehe ich mit Ihnen hätte sprechen können ... Ich habe Sie ein wenig in Aufregung versetzt, aber ich hatte keine andere Wahl!«

»Bitte, sagen Sie mir, worum es sich handelt«, flehte ihn der Bahnhofsvorstand an, den Tränen nahe. »Welche Schuld oder welches Versäumnis wirft man mir vor? Ich habe nie meine Pflichten vernachlässigt, und ich habe gegen kein Gesetz verstoßen! Bitte, glauben Sie mir!«

Lucchesi betrachtete den Mann, der neben ihm saß, und merkte, daß er in Panik war. Er fing an zu lachen. »Um Himmels willen, beruhigen Sie sich«, sagte er.

»Sie brauchen keine Angst zu haben! Es liegen weder Anklagen noch Beschwerden gegen Sie vor, absolut nichts!« Er gab dem Kutscher, der sich mit einem fragenden Blick umgedreht hatte, ein Zeichen, und der Wagen setzte sich in Richtung Via Maqueda in Bewegung, während der Polizeipräsident fortfuhr zu sprechen. »Sie, Diletti«, erklärte er dem armen Bahnhofsvorstand, der ihn mit großen Augen ansah, begierig, endlich etwas von dem zu begreifen, was mit ihm geschah, »sind der einzige, der einen Mann von Angesicht gesehen hat... einen Mann, der vielleicht der Mörder des armen Notarbartolo ist, erinnern Sie sich noch daran? Damals haben Sie eine entsprechende Aussage gemacht und auch eine sehr präzise Beschreibung des Mannes gegeben; eine Beschreibung, die ich und die Richter in diesen letzten Monaten immer wieder gelesen haben...«

Diletti riß die Augen noch weiter auf: Jetzt verstand er! Er sah Lucchesi an, und am liebsten hätte er gesagt: Verfluchter Schnüffler! Deinetwegen habe ich mich also einen Tag und eine Nacht lang herumgequält, und als mich die Polizisten am Bahnhof anhielten, fehlte nicht viel, und mich hätte der Schlag getroffen! Doch die Gewißheit, daß weder die Sizilianischen Eisenbahnen noch die Polizei etwas gegen ihn hatten, erleichterte ihn so, daß er beinahe vergaß, was er bis zu diesem Augenblick durchgemacht hatte. Also – dachte er – wegen des Verbrechens im Zug hat mir dieser Kerl den Streich mit dem Telegramm gespielt und mich nach Palermo gehetzt. Und jetzt erinnerte er sich, vor ein paar Tagen in der Zeitung gelesen zu haben, daß das Ermittlungsverfahren im Fall Notarbartolo wiederaufgenommen worden sei und daß man drei Personen festgenommen habe: die beiden bereits beim ersten Mal in Untersuchungshaft genommenen Eisenbahner sowie einen dritten Mann, einen gewissen Giuseppe Fontana aus Villabate, der im Verdacht stand, der eigentliche Mörder gewesen zu sein. Er, Diletti, kannte den Schaffner Carollo und den Bremser Garufi aus der Zeit, in der er am Bahnhof Termini Imerese Dienst getan hatte, und er wußte, daß Carollo ein Mafioso untersten Ranges war, den niemand mit einem Mord beauftragt hätte, noch dazu an einer so wichtigen Persönlichkeit wie dem Marchese Notarbartolo! Über Fontana wußte er dagegen nichts. Aber bei der Lektüre der Beschreibung, die die Zeitungen von dem Mann gaben, war ihm jener Februarabend von vor vier Jahren wieder in Erinnerung gekommen, als er das Abfahrtssignal für den Zug nach Palermo gegeben hatte und auf dem Bahnsteig stehengeblieben war, um die Wagen vorbeifahren zu sehen: Und da war ihm am Fenster des ersten Abteils im Waggon erster Klasse ein Mann mit finsterem und entschlossenem Gesichtsausdruck aufgefallen, der ihn für einen kurzen Moment anblickte, ohne ihn wirklich zu sehen, und dann mit dem Zug verschwand... Selbst nach vier Jahren erinnerte sich der Bahnhofsvorstand noch an das Gesicht dieses unbekannten Reisenden, an die Unerbittlichkeit seines Blicks; und als er in der Zeitung las, daß Giuseppe Fontana, verhaftet im Zusammenhang mit der Ermordung des Marchese Notarbartolo, *Facci di lignu* genannt werde, dachte er, daß dieser Beiname sehr gut zu dem Mann in dem Abteil erster Klasse passen würde...

Nachdem der Wagen die Via Maqueda bis zu den Quattro Canti hinuntergefahren war, bog er auf den Càssaro ein, auf dem sich zahlreiche sonntäglich gekleidete Männer, Frauen und Kinder tummelten, und fuhr in Richtung des Hafenbeckens La Cala weiter. »Ich brauche Ihre Hilfe«, erklärte Lucchesi dem Bahnhofsvorstand. »Ich habe einen Mann verhaftet, und ich glaube, daß er der Mörder Notarbartolos ist. Es gibt eine Zeugenaussage und ein paar Indizien, aber keinen sicheren Beweis, der es mir ermöglichen würde, ihn länger in Haft zu halten. Alles wäre jedoch anders, wenn man mit Bestimmtheit sagen könnte, daß es derselbe Mann ist, den Sie am Abend des 1. Februar 1893 im Zug nach Palermo, in dem Abteil, in dem sich das Opfer befand, gesehen und in Ihrem Bericht für die Polizei so gut beschrieben haben. Apropos: Glauben Sie, Sie wären noch imstande, diesen Menschen aus dem Zug wiederzuerkennen, jetzt, nach vier Jahren?«

»Ja«, erwiderte der Bahnhofsvorstand ohne die geringste Unsicherheit. »Gesichter wie dieses bekommt man Gott sei Dank nur selten zu sehen; und der Umstand, daß ich gleich nach dem Verbrechen den Polizisten Rede und Antwort stehen mußte, hat es mir wie eine Photographie ins Gedächtnis eingeprägt.« Dann merkte er jedoch, daß er schon zuviel gesagt haben könnte, und seine Miene wurde wieder besorgt. »Wer immer auch dieser Mann ist, der da im Gefängnis sitzt«, schrie er den Polizeipräsidenten fast an, »ich will nichts mit ihm zu tun haben! Ich will ihn nicht sehen! Ich habe meine Bürgerpflicht bereits vor vier Jahren erfüllt und der Polizei alles gesagt, was ich wußte: Was kann sie mich denn noch fragen?« Er ergriff die Hand des Beamten. »Ich bitte Sie, Herr Polizeipräsident«, flehte er ihn an, »seien Sie so gütig und lassen Sie mich zum Bahnhof zurückbringen, denn in Messina sind die Meinen in großer Sorge, und ich muß heim, um sie zu beruhigen! Ich weiß nichts!«

Der Wagen fuhr nun auf das Gefängnis Ucciardone zu, und Lucchesi betrachtete den Mann, der da neben ihm saß und wahrscheinlich der einzige Mensch auf der Welt war, mit dessen Hilfe der oder die Mörder des Commendatore Notarbartolo verurteilt werden konnten, der Hauptzeuge der ganzen Ermittlung. Und da – dachte er – wirft man mir vor, ich sei der Polizeipräsident der Mafia, weil ich noch nie einen wichtigen Mafioso hinter Schloß und Riegel gebracht habe und weil ich mich wohl oder übel mit den Mafiosi zu arrangieren versuche ... Was sollte ich denn anderes tun in einer Stadt wie Palermo, wo sich sogar die Witwen der Ermordeten weigern, der Polizei zu helfen, und wo es einem Polizisten noch nicht einmal gelänge, auf der Straße den Namen des Monte Pellegrino aus den Leuten herauszubekommen? Hin und wieder findet man dann einen wie diesen Diletti: einen weißen Raben, einen ehrlichen Menschen, der kommt und erzählt, was er bei einem Verbrechen tatsächlich gesehen hat, und uns einen Schlüssel in die Hand gibt, der allein genügen würde, den Ermittlungen Tür und Tor zu öffnen, in Wirklichkeit aber überhaupt nichts öffnet, weil es in ganz Sizilien keinen Menschen gibt, der bereit wäre, in einem Gerichtssaal gegen einen Mafioso auszusagen oder ihn bei einer offiziellen Gegenüberstellung wiederzuerkennen! Er wird lügen, widerrufen, alles abstreiten, Nägel und Glas schlucken, um sich als Verrückten hinzustellen ... Lucchesi seufzte. »Ich werde es so einrichten, daß Sie unseren Mann sehen können, ohne selbst gesehen zu werden«, sagte er zum Bahnhofsvorstand, »und Sie werden mir dann sagen, ob es wirklich der mit dem finsteren Gesicht ist, der am Zugfenster stand. Ich muß sicher sein, verstehen Sie? Schließlich ist es keine kleine Sache: Da geht es um Zuchthaus ...«

Diletti war voller Angst. »Ja, das weiß ich«, sagte er immer wieder. »Aber wenn der Gefangene der Mann ist, den ich in Termini Imerese gesehen habe, dann kommt die Sache in die Zeitungen, da führt kein Weg vorbei! Man wird erfahren, daß ich derjenige war, der ihn erkannt hat, und von dem Moment an ist mein Leben keinen Centesimo mehr wert!«

»Niemand weiß, daß Sie heute bei mir sind«, sagte der Polizeipräsident, »und niemand wird je erfahren, was Sie mir in wenigen Minuten, unter vier Augen und hinter den Mauern eines Gefängnisses, sagen werden. Ich gebe Ihnen mein Ehrenwort, daß diese ganze Angelegenheit mit der größten Diskretion behandelt wird. Sie haben ja selbst gesehen, mit welcher Heimlichkeit Sie vorgeladen worden sind...«

Der Wagen passierte das Gefängnistor und fuhr in einen Hof ein, wo der Gefängnisdirektor und einige Aufsichtsbeamte warteten, die die Ankömmlinge zu einem Korridor geleiteten, auf dessen beiden Seiten sich Tür an Tür reihte. Um die Häftlinge in ihren Zellen zu beobachten, mußte man sich der Spione bedienen, die sich oben an jeder Tür befanden, und Lucchesi bat den Bahnhofsvorstand zu schauen, ob er jemanden erkenne. Er ermahnte ihn, mit aller Ruhe vorzugehen: »Denn der drinnen«, sagte er, »kann nicht erkennen, wer draußen ist, und Sie gehen nicht das geringste Risiko ein!«

Gefolgt vom Polizeipräsidenten und dem Gefängnisdirektor, machte sich Diletti daran, eine Klappe nach der anderen zu öffnen und durch den jeweiligen Spion zu spähen. Fast alle Gefangenen waren halbnackt und lagen oder saßen auf dem Strohsack, ohne etwas zu tun; doch da gab es auch einen, der ungeniert onanierte, und einen anderen, der mit einem Bleistift etwas in ein Heftchen kritzelte, Wörter oder Zeichnungen. Bei der vierzehnten oder fünfzehnten Zelle sah der Bahnhofsvorstand, der dieses Spiel allmählich leid war, einen Mann von hinten, der unter dem Fensterschacht stand, aus dem die Luft und das Licht kamen; beim Geräusch der Klappe drehte sich der Gefangene um, und Diletti, der sich plötzlich Don Piddu *facci di lignu* gegenübersah, konnte eine spontane Reaktion der Überraschung und auch der Angst nicht unterdrücken. Er schloß den Spion, trat einen Schritt zurück und sah den Polizeipräsidenten und den Gefängnisdirektor, die ihn gespannt beobachteten, verwirrt an. »Das ist er!« sagte er.

»Sind Sie wirklich sicher, Diletti?« fragte Lucchesi scheinheilig. »Sie haben ihn nur einmal, vor vier Jahren, und nur ganz kurz gesehen. Bitte seien Sie so gut und machen Sie noch einmal auf und sehen Sie ihn sich genau an. Bei diesen Dingen zählen nicht die Eindrücke; es zählen nur die Gewißheiten ...«

Seinen Widerwillen überwindend, öffnete der Bahnhofsvorstand noch einmal die Klappe, und Don Piddu, der sich beobachtet fühlte, richtete seinen Blick auf den Spion, mit dem gleichen Gesichtsausdruck, den er am Abend des Verbrechens gehabt hatte. Der Zeuge zog sich zurück. »Er ist es eindeutig«, wiederholte er. »Da gibt es nicht den geringsten Zweifel! Seine Haare sind vielleicht ein bißchen grauer, als ich sie in Erinnerung hatte, und er kommt mir auch etwas dicker vor, aber es ist ganz bestimmt derselbe Mann, den ich am 1. Februar 1893 in Termini Imerese, im Erster-Klasse-Wagen des Zugs nach Palermo, gesehen habe!«

Lucchesi war zufrieden. Endlich – dachte er – kommt auch in diesen Fall, der bis vor wenigen Tagen noch völlig dunkel schien, Licht! Aber er wußte, daß die Schwierigkeiten noch nicht zu Ende waren, ja daß sie, jedenfalls in gewisser Hinsicht, überhaupt erst anfingen. Er sah dem Bahnhofsvorstand ins Gesicht. »Ich hoffe, Sie sind sich im klaren darüber, Diletti«, sagte er ernst, »daß das, was Sie bestätigt haben, zu wichtig ist, um ein Geheimnis zwischen uns beiden zu bleiben, und daß wir den Generalstaatsanwalt davon in Kenntnis setzen müssen. Deshalb werden wir jetzt zum

Justizpalast fahren, wo Doktor Cosenza uns erwartet, um den Ausgang dieser Gegenüberstellung zu erfahren, und Sie werden die Güte haben, vor ihm das zu wiederholen, was Sie mir gesagt haben, ohne etwas hinzuzufügen oder wegzulassen. Es ist Ihre Pflicht.«

Der Bahnhofsvorstand hatte sich eingebildet, sofort nach der Identifizierung wieder nach Messina zurückfahren zu können, und die Worte Lucchesis brachten ihn völlig aus der Fassung. »Herr Polizeipräsident«, stammelte er, als er wieder in der Lage war, ein Wort hervorzubringen, »Sie hatten mir versprochen ... das war eine Falle ... erst jetzt begreife ich ... O Gott, meine Kinder!« Der Gedanke an die Kinder, aus denen ohne Zweifel Waisen würden, wenn er, Salvatore Diletti, die Schändlichkeit beging, bei Gericht gegen Don Piddu Fontana auszusagen, bewegte ihn bis zu Tränen. Weinend flehte er den Polizeichef an: »Bitte, werfen Sie mich doch nicht diesen Mördern zum Fraß vor! Haben Sie Mitleid mit meiner Familie! Ich bin ein anständiger Bürger! Was wollen Sie eigentlich von mir? Daß ich mich umbringen lasse für Ihre Justiz? Ist es ein Märtyrer, was Sie brauchen?« Er schluchzte wie ein Kind und schneuzte sich geräuschvoll in ein großes Leinentaschentuch. Aber Lucchesi blieb ungerührt. »Machen Sie keine Geschichten, Diletti«, sagte er streng, »und benehmen Sie sich wie ein Mann! Ich warne Sie: Wenn Sie sich weigern, mit ins Gericht zu kommen und das Protokoll über die Gegenüberstellung von heute vormittag zu unterschreiben, lasse ich Sie als Komplizen in einer Mordsache verhaften und halte Sie hier im Ucciardone fest, in derselben Abteilung, in der sich der Mann befindet, den Sie wiedererkannt haben – so lange, bis Sie Ihre Stellung los sind und Ihre Ehre dazu. Wohlgemerkt, ich scherze nicht!«

Begleitet vom Gefängnisdirektor, passierten die beiden Männer aufs neue sämtliche Gitter und sämtliche Wachposten, die sie bereits hatten passieren müssen, um bis zu Don Piddu vorzudringen, und stiegen wieder in den Wagen des Polizeipräsidenten. Die Gemütsverfassung des Bahnhofsvorstands auf dem Weg zum Justizpalast war die eines Mannes, den aus heiterem Himmel ein schreckliches Unglück wie ein Blitz getroffen hat, wenn nicht gar die eines zum Schafott Verurteilten. Er hörte nicht auf zu jammern, sich mit dem Taschentuch Stirn und Augen abzuwischen und vor sich hin zu murmeln: »Mein Gott, was für ein Tag ... eine Verschwörung ... in einer Mordsache ... Jesus, steh mir bei ...« Lucchesi dagegen schaute vor sich hin, ohne daß seine Miene seine Gedanken verraten hätte, und sprach auf dem ganzen Weg kein einziges Wort. Als sie am Justizpalast angekommen waren, nahm der Polizeipräsident sein Opfer beim Arm und schob es die breite Treppe bis in den ersten Stock hinauf und dann noch weiter bis ins Büro des Doktor Cosenza. Der Staatsanwalt war ein schmächtiger Mann mit Glatze und Goldbrille, der lächelte und des öfteren wiederholte: »Gut, gut ...«, ohne daß es einen ersichtlichen Grund dafür gegeben hätte. Lucchesi berichtete ihm den Ausgang der Gegenüberstellung und erzählte ihm auch, daß er Diletti mit Anklage und Verhaftung habe drohen müssen, weil der Zeuge, nachdem er Piddu Fontana unter mehr als einem Dutzend anderer Häftlinge auf Anhieb und zweifelsfrei identifiziert hatte, sich angesichts der Notwendigkeit, diese Tatsache offiziell zu bestätigen und ein Protokoll zu unterschreiben, widerspenstig gezeigt habe. Cosenza sah Diletti weiterhin lächelnd an, und da sprang der Bahnhofsvorstand mit einem Satz von seinem Stuhl auf und fing an, mit dem Kopf gegen die Wand zu schlagen, daß das ganze Zimmer dröhnte, und zwischen einem Schlag und dem nächsten schrie er: »O dieser verfluchte Kopf! O ich Unseliger! Es ist alles meine Schuld!« Der Polizeipräsident und auch der Staatsanwalt versuchten – letzterer ehrlich gesagt mehr mit Worten als handgreiflich –, ihn zur Ruhe zu bringen, aber er entwand sich wie ein Besessener, und erst als die beiden auf dem Stockwerk diensthabenden Wachtmeister hinzukamen, gelang es, ihn zu überwältigen und wieder auf seinen Stuhl zu setzen. Der Mann war jetzt blau angelaufen und röchelte: »Das Herz ... ich sterbe ... es schmerzt ... o Gott ... die Kinder ...«

»Beruhigen Sie sich doch«, sagte Cosenza. »Warum regen Sie sich denn so auf? Sie brauchen ja bloß zu sagen, was Sie gesehen und wen Sie erkannt haben, und dann lassen wir Sie nach Hause fahren ... Eine Unterschrift unter ein Protokoll, was kostet Sie das schon? Und dann ist alles vorbei ...«

Als er was von Unterschrift und Protokoll hörte, fing unser Moribundus an, die Augen zu rollen und sich auf dem Stuhl zu krümmen und wie ein Besessener zu schreien: »Nichts da! Nichts da! Wann wollt ihr denn endlich begreifen, daß ich nichts, aber auch nicht das geringste gesehen habe? Alles, was ich gesagt habe, waren Lügen! Das einzige, was ich an jenem Abend in Termini wirklich gesehen habe, war mein Ruin und der meiner Familie! Ich habe nichts gesehen und ich unterschreibe nichts! Nichts, gar nichts!«

»Ich verstehe nicht, wovor Sie Angst haben, Diletti«, sagte der Staatsanwalt freundlich. »Wenn Sie reden, landen dieser Mann und seine Komplizen im Gefängnis, und Sie können in Ruhe leben, in Ihrem Haus und mit Ihrem Gewissen. Will Ihnen denn das nicht in den Kopf?«

Die Lippen des Eisenbahners verzerrten sich zu einem Grinsen, seine weit aufgerissenen Augen hefteten sich auf den, der zu ihm sprach. »Wie viele Personen gedenken Sie festzunehmen?« fragte er. »Hundert, tausend, hunderttausend? Und für wie lange wollen Sie sie im Gefängnis behalten?« Cosenza antwortete nicht, und daraufhin gab Diletti sich selbst die Antwort. »Je mehr Sie festnehmen und verurteilen werden, desto eher bin ich ein toter Mann! Nein, nein, Sie müssen begreifen, daß ich nichts weiß und daß ich niemanden gesehen habe, weder heute noch vor vier Jahren. Auch damals habe ich mir alles nur ausgedacht, wie heute vormittag! Warum, weiß ich nicht: vielleicht um mich wichtig zu machen oder um die, die mich verhört haben, nicht zu enttäuschen ... Die Wahrheit ist, daß ich ein Idiot bin! Jawohl, ein elendiglicher Idiot! Ja, das kann ich Ihnen schriftlich geben! Wenn mich einer fragt, was ich gesehen habe, dann sage ich es ihm, auch wenn ich in Wirklichkeit gar nichts gesehen habe! Ich erzähle ihm: Ich habe einen Mann gesehen, so und so, der an einem Zugfenster stand ... Ich bin verrückt!«

Er schluchzte und schlug sich gegen die Stirn. Cosenza sah Lucchesi über seine Goldrandbrille an, mit einem Ausdruck, der besagte: Was machen wir bloß? Lucchesis Gesicht wurde hart. »Jetzt reicht es aber!« fuhr er den Bahnhofsvorstand an. »Wir haben genug von Ihrem Geheule und Getue! Wir schreiben jetzt ein ordentliches Protokoll, in dem steht, daß Sie den Mann aus dem Zug gesehen und wiedererkannt haben, und das unterschrei ...« Er unterbrach sich mitten im Wort und im Satz, denn Diletti war auf einmal nicht mehr da. Blitzschnell war es dem Eisenbahner gelungen, die Tür zu erreichen und von dort aus die Treppe – und alle erstarrt zurückzulassen: den Staatsanwalt, den Polizeipräsidenten, die Wachtmeister, die ihn hätten aufhalten sollen und vor Verblüffung keinen Finger gerührt hatten. Der erste, der sich von seiner Überraschung erholte, war Lucchesi. Er schrie die Polizisten an:

»Worauf wartet ihr noch? Ihm nach! Bringt ihn zurück!« Inzwischen war Diletti bereits in der Eingangshalle und rannte zum Ausgang, ohne an etwas anderes zu denken, als von hier wegzukommen, so schnell und so weit wie nur möglich. Mit dem Polizeipräsidenten allein zurückgeblieben, sah Cosenza diesen kopfschüttelnd an, mit jenem entnervenden Lächeln, das – dachte Lucchesi – einen manchmal wirklich reizte, ihm eine Ohrfeige zu verpassen... »Gut, gut«, konstatierte der Staatsanwalt, »er ist uns regelrecht entwischt!« Er lehnte sich in seinem Sessel zurück. »Wollen Sie wissen«, fragte er, immer noch lächelnd, »wie diese ganze Angelegenheit ausgehen wird? Ich kann es Ihnen auf der Stelle sagen. Morgen werde ich dem Bahnhofsvorstand Salvatore Diletti eine offizielle Vorladung zu einer Gegenüberstellung mit Giuseppe Fontana, Sohn des Vincenzo, Häftling im Gefängnis von Palermo, schicken. Er wird erscheinen, denn er kann sich einer gesetzlichen Verpflichtung nicht entziehen; er wird dem Mann, den er heute mit solcher Sicherheit wiedererkannt hat, ins Gesicht schauen und behaupten, er habe ihn noch nie gesehen.« Er hob die Hand, als wolle er den zu erwartenden Einwand seines Gesprächspartners schon im vorhinein abwehren. »Ja, ich weiß, wir könnten ihn wegen Behinderung der Ermittlungen belangen und für ein oder zwei Wochen einlochen, damit er sich anders besinnt: Aber er würde sich nicht anders besinnen. Es war alles umsonst...«

Lucchesi machte eine ärgerliche Bewegung. »Wenn Sie wüßten, wie egal mir dieser Bahnhofsvorstand ist, dieser Fontana und alle, die die Mafia umgebracht hat!« sagte er zum Staatsanwalt. »Von mir aus könnten es noch viel mehr sein, denn es stecken ja sowieso alle unter einer Decke: Mörder, Opfer... Für alle ist nur das eine wichtig, daß die Polizei nicht die Nase in ihre

Angelegenheiten steckt! Und was den Fall Notarbartolo betrifft«, fügte er nach einer kurzen Pause hinzu, »so schwöre ich bei meiner Ehre, daß ich ein ganzes Monatsgehalt hergäbe, wenn einer mir diese Crux abnähme! Denn in Sizilien einen Mörder ins Gefängnis zu bringen, noch dazu nachdem vier Jahre seit der Tat vergangen sind, das ist, als ob man das Meer mit einem Löffel ausschöpfen wollte: Völlig absurd! Aber diese gottverdammten Zeitungen haben die Geschichte wieder aufs Tapet gebracht, und die großen Tiere in der Politik bombardieren mich von Rom aus mit Telegrammen und Anweisungen: Sie wollen das Ermittlungsverfahren in einer Woche abgeschlossen sehen, sie wollen, daß der Prozeß noch vor dem Sommer beginnt ... Als ob der Abschluß des Ermittlungsverfahrens von mir abhinge, und als ob ich es wäre, der die Untersuchungen behindert! Ich tue alles, was menschenmöglich ist, das sehen Sie ja selbst! Aber ich bin nicht der liebe Gott, ich kann keine Wunder wirken, und ich habe keine Mittel, diese verfluchten Kerle, die als Zeugen auftreten sollen, mehr in Schrecken zu versetzen, als die Mafia es tut ...«

Mailand, 5. Dezember 1899

»He, du, *terún*! Wir sind hier nicht im Grandhotel! Es ist Zeit, daß du in Schwung kommst!«

Der Hausdiener des Nachtasyls, genannt Zerberus, zog Salvatore Cancilli die beiden numerierten Decken weg, die er ihm am Vorabend gegeben hatte, und riß ihn, im schönsten Moment, aus einem wunderbaren Traum: einem jener Träume, die eine Liebesnacht mit einer echten Frau zwar vielleicht nicht ganz aufwiegen, aber doch eine Art Ersatz darstellen können. Jäh in die Realität eines Wintermorgens in einem öffentlichen Nachtasyl in Mailand zurückgerufen, schimpfte der Sizilianer hinter dem Störenfried her: »Verfluchter Kerl! Leck mich doch am Arsch!« Er setzte die Beine auf den Boden. Immer noch voll Groll, schaute er dem Mann nach, der ihn zum Aufwachen gezwungen hatte und nun weiter durch den Saal ging und den Säumigen die Decken wegzog. Salvatore rieb sich die Schläfen mit den Fäusten. Noch einmal sagte er laut: »Der Teufel soll dich holen! Du Dreckskerl!«

Er schloß die Augen, um noch ein letztes Mal die unbekannte Mailänderin vor sich zu sehen, die bis vor einem Moment nackt und warm in seinen Armen gelegen und ihn mit solcher Hingabe geliebt hatte, daß er darüber seine vier Kinder, die sizilianische Gattin und sogar die Voraussetzungen des Traums vergaß: Wo war er diesem so willfährigen Mädchen begegnet? Es gelang ihm, sie wieder vor die innere Linse zu bekommen: Sie war klein, blond und erging sich in tausenderlei koketten Bewegungen … Aber genau in dem Augenblick, in dem sich die Frau wieder zu ihm auf die Pritsche setzen wollte, wurde Salvatore durch einen zweiten Stoß geweckt. Wiederum donnerte ihm die Stimme des Zerberus in die Ohren: »Was machst du denn, *terún*? Schläfst du im Sitzen?«

Als er sich umsah, merkte er, daß es tatsächlich spät war und die anderen Sizilianer schon alle auf und davon waren. Zwischen den Pritschen drückten sich nur noch wenige Gauner herum: ein paar Landstreicher und zwei unerfreuliche Individuen aus der Mailänder Unterwelt, die die Aufforderungen des Zerberus mit Beschimpfungen wie *struns mal cagà* (Scheißhaufen, schlecht geschissener) oder Hurensohn quittierten und ihm drohten, draußen auf ihn zu warten, um ihn abzustechen... Salvatore kam, ein wenig taumelnd, auf die Beine und ging in die Garderobe, um Mantel und Jacke abzuholen; und während er die Sachen anzog, die viel zu weit und zu lang für ihn waren, kamen ihm wieder seine ersten Tage in Mailand in den Sinn, als er aus Sizilien heraufgekommen war, in einem Waggon dritter Klasse, voll von armen Teufeln beiderlei Geschlechts, die man hergekarrt hatte, um in einem völlig sinnlosen Prozeß auszusagen... In diesen ersten Tagen – erinnerte sich Salvatore – waren die Gassen um den Justizpalast plötzlich voll von kleinen, schwarzhaarigen Männern, die *coppola* (die typische schwarze Schirmmütze der Sizilianer) auf dem Kopf, und von Frauen in ihren langen schwarzen Tüchern, die auch einen Teil des Gesichts verdeckten; ging man an diesen Menschen vorbei, so konnte man bei jeder ihrer Bewegungen unter den Kleidern die Pappe und die Zeitungen rascheln hören, mit denen sie sich hatten polstern müssen, um nicht zu erfrieren. Sie nächtigten samt und sonders in Armenunterkünften, in Klöstern oder in den Wartesälen der Bahnhöfe, und der eine oder andere war sogar mit einer Lungenentzündung oder mit ersten Erfrierungserscheinungen im Hospital gelandet.

Aber dann hatten die Mailänder Zeitungen sie entdeckt, und die engherzige Nächstenliebe der Norditaliener war über sie hereingebrochen und hatte sie mit Wohltaten bedacht.

An einem Sonntagmorgen, als Salvatore Cancilli gerade völlig steifgefroren in einer Straße voll von Restaurants und Schaufenstern unterwegs war, hatte ihn von der Tür eines dieser Restaurants aus ein Hüne mit weißer Schürze hergewunken und gefragt: »Bist du einer von denen, die wegen dem Notarbartolo-Prozeß aus Sizilien gekommen sind?« Er hatte seine Jacke befühlt, um die Dicke des Stoffes zu prüfen, ihn dann ins Lokal gezerrt und Frau und Tochter hergerufen: »Teresina! Ghitta! Schaut euch mal diesen armen Kerl von einem *terún* an, der mit nichts am Leib durch Mailand läuft, bei der Kälte, die es draußen hat! Er ist der reinste Eiszapfen! – Geht und holt ihm meinen Mantel: den alten, den ich sowieso nicht mehr anziehe! Und einen Wollpullover! Und Strümpfe! – Schaut auch ganz hinten im Schrank nach: Da müßte noch ein Schal sein, und ein Paar Handschuhe!«

Im Nu war das Lokal voller Menschen gewesen: Köche, Küchenjungen, Ladenbesitzer, Verkäufer und Verkäuferinnen aus den umliegenden Geschäften drängten herein, um den *terún* zu sehen, der nach Mailand gekommen war, »weil es«, wie ihnen der Hüne erklärte, »in seinem Land einen Verbrecherverein gibt, genannt Mafia, der alles beherrscht, selbst die Gerichte, und wenn die Mafia da unten einen umbringt, dann müssen sie den Prozeß hier in Mailand veranstalten, denn sonst könnten sie es genausogut bleibenlassen!« Er ermahnte seinen *terún*: »Sag die Wahrheit! Sei ein guter Zeuge!«

Salvatore hatte große Scham und große Wut empfunden, als er so schlecht über sein Sizilien reden hörte (»Was denn für eine Mafia?« brummte er. »Das stimmt doch alles gar nicht!«), und er hatte auch versucht, sich der Wohltätigkeit des Hünen zu erwehren: Er wollte sich nicht hier, vor den Frauen, ausziehen, und er wollte auch nicht dieses Zeug anziehen, das ihm noch dazu viel zu groß war! Der Hüne hatte aber nicht lokkergelassen und absolut unverständliche Sätze gebrüllt: *»Ten a ment, terún, che Milan gh'a 'l coeur in man!«* Und zum Schluß hatte Salvatore nachgeben müssen. Er hatte sich mit den abgelegten Sachen seines Wohltäters von Kopf bis Fuß neu eingekleidet und sich dabei immer lächerlicher gefühlt. Dann war er auf die Straße hinausgegangen und hatte gemerkt, daß mit einem Mantel am Leib selbst eine Stadt wie Mailand beinahe erträglich wird und daß ihm diese warmen Sachen wieder Lust machten, auf der Welt zu sein. Unterwegs hatte er dann andere Sizilianer getroffen, wie er in zu große oder zu kleine Wollsachen gehüllt, die ihm erklärten, was geschehen war. Die Mailänder Zeitungen – hatten sie ihm erzählt – hätten über sie und ihre Leiden geschrieben, und die Leute seien gerührt gewesen. Einige Leser hatten sich angeboten, Sizilianer aufzunehmen; viele holten sie, wenn sie sie auf der Straße sahen, zu sich herein, um sie mit Mänteln, Schals, Handschuhen und Wollpullovern zu beschenken. In der Via Larga, im Haus des Konsumvereins, war eigens eine Kantine für sie eingerichtet worden, wo die sizilianischen Frauen die Gerichte kochten, an die sie gewöhnt waren, und das Essen – eine ganze Mahlzeit! – nur zehn Centesimi kostete. Mittlerweile satt und gut gegen die Kälte geschützt, hatten die männlichen Zeugen begonnen, den größten Teil ihrer Zeit um die Gemüsehändlerinnen auf dem Verziere herumzuschwänzeln oder um die Kindermädchen, die ihre Schützlinge in den Anlagen des Kastells spazierenführten. Alle hatten nur das eine im Sinn: die Mailänderinnen! Und sie erzählten einander unglaubliche

Geschichten, von Abenteuern, in die sie, wie sie behaupteten, einfach so hineingeraten seien, ohne daß sie sie irgendwie gesucht hätten – nur er, der arme Salvatore, geriet nie in etwas hinein! »Wie ist es möglich«, fragte sich unser sizilianischer Bahnarbeiter auch an jenem Morgen des 5. Dezember 1899, während er die Stufen des Nachtasyls hinunterging, »daß von allen, die ich kenne, bloß ich noch kein Abenteuer mit einer Frau von hier erlebt habe? Bin ich denn wirklich soviel blöder als die anderen?«

Die Uhr an der Ecke der Via Brera zeigte zehn nach sieben. Es war noch dunkel, aber die Stadt war bereits von Geräuschen und vom Verkehr erfüllt, und auf den Gehsteigen drängten sich die Menschen, die zur Arbeit gingen oder zu den Haltestellen der Straßenbahn eilten oder ihren Kaffee in irgendwelchen Lokalen tranken, wo um diese Tageszeit die Stühle noch auf den Tischen standen und der Boden mit Sägemehl bedeckt war... Wenn es nicht so kalt und flach wäre – dachte Salvatore auf seinem Weg zum Justizpalast –, könnte dieses Mailand sogar eine schöne Stadt sein, mit seinen sauberen und ordentlichen Straßen, seinen Wohnhäusern, die größer waren als die größten Palazzi in Palermo, und seinen mit Reklame vollgepflasterten Hauswänden: Reklame für die Schuhcreme Nubiani, die sich ohne Bürste auftragen läßt; für das natürliche Mineralwasser Hunyadi Jànos, »das beste unter den Purganzien«; für den Kräfteerneuerer »Ischirogeno«; für den Fernet Branca, mit dem man selbst Steine verdaut; für die Iberbiotina Malesci, die stärkt und das Leben verlängert; für die Handwärmer und Brustwärmer Rituali, prämiert auf der Weltausstellung von 1892... Salvatore Cancilli hatte noch nie soviel Reklame, so viele Schaufenster, so viele Waren, so viele elektrische Lichter gesehen – und so viele Frauen auf der Straße, die ihres

Weges gingen, als wären sie Männer. Und da er sie alle ansah und zu allen etwas sagen wollte, riskierte er bei jedem Schritt, unter eine Straßenbahn zu kommen oder von einer Kutsche angefahren zu werden. Manchmal stellte er sich regelrecht in Positur, wie ein Hund, der den Hasen ausgemacht hat, um irgendwelchen Zimmermädchen und kleinen Näherinnen aufzulauern, deren Aufzug eigens dazu ersonnen schien, den Männern den Kopf zu verdrehen: hohe Absätze und so eng anliegende Mäntelchen, daß man sich all das vorstellen konnte, was darunter war. Diese Mädchen, die ihre Kleider wie eine zweite Haut trugen – dachte Salvatore –, waren ohne Zweifel verderbt, wesentlich verderbter als ihre sizilianischen Altersgenossinnen, und verdienten daher keinerlei Respekt. Es waren *boddane,* Huren, die man bestrafen mußte; und jedesmal, wenn eine von ihnen zufällig seinen Weg kreuzte, pflanzte er sich vor ihr auf und fixierte sie mit einem durchdringenden Blick, der die Schamlose hätte veranlassen sollen, wenn schon nicht zu bereuen, so doch wenigstens über ihre Schuld nachzudenken ... Aber keines von diesen Dienst- oder Schneidermädchen, mochten sie auch *boddane* sein, soviel sie wollten, hatte bis jetzt Interesse für die moralische Mission unseres Sizilianers gezeigt. Und so passierte es auch an diesem Morgen, daß zwei Mädchen sich darauf beschränkten, ihn wegzuschieben, während eine dritte mit dem Griff ihres Schirmchens auf ihn einschlug und »terún« und »Weg da!« schrie. Und dann kam noch eine vierte, fast schon bei der Piazza della Scala, die ihm erklärte: »Hau doch ab, du häßlicher Zwerg! Hast du dich noch nie im Spiegel angesehen? Du siehst aus wie ein Pferd ohne Beine!«

An der Piazza della Scala, auf der Seite des Cafés Martini, rannten die Zeitungsverkäufer des »Corriere della sera« und des »Secolo«, ihr Bündel von Zeitungen auf dem linken Arm balancierend, von einem Kunden zum andern; von Zeit zu Zeit riefen sie eine Schlagzeile aus, etwa: »Die vier Skandale im Notarbartolo-Prozeß!« »Kein Antrag, gegen Palizzolo vorzugehen!«, »Fontana soll sich in Villabate versteckt halten!«, »Letzte Nachrichten der Nacht: Der Brigant Musolino vor den Toren Cosenzas!« Die Passanten, zerstreut und fröstelnd, streckten dem Verkäufer eine Münze hin und nahmen ihre Zeitung, ohne auch nur stehenzubleiben; aber es gab auch Neugierige, Männer und Frauen, die sich um die an einer Schnur aufgehängten Blätter drängten und die Nachrichten laut kommentierten: »Da hört sich doch alles auf! Das ist ja die Höhe!« Salvatore näherte sich, um die Schlagzeilen zu lesen, wie er es jeden Morgen tat, seit er in Mailand war. Ihn interessierten die Unternehmungen des Briganten Musolino und die Dinge, die in der Welt passierten, vor allem in Amerika; der Prozeß dagegen war ihm ziemlich gleichgültig, weil der, wie er dachte, ohnehin wie eine Seifenblase platzen würde und weil er ihn nichts anging. Er, Salvatore, war nur ein viertrangiger Zeuge, einer von den Bahnarbeitern, die auf das Rufen eines ihrer Kollegen, eines gewissen Giuseppe Sanfilippo, herbeigeeilt waren, als dieser auf seinem Weg entlang den Geleisen zwischen Altavilla und Trabia auf die Leiche eines Mannes gestoßen war, den man dann als den Commendatore Notarbartolo identifiziert hatte. Er hatte einen Toten am Boden liegen sehen, das war alles: Und es kam ihm nicht nur seltsam, sondern geradezu verrückt vor, ganz und gar der verschrobenen Köpfe dieser Norditaliener würdig, daß man ihn deshalb bis nach Mailand hatte kommen lassen und ihn zwang, wochen-, vielleicht sogar monatelang hier zu bleiben, in der Erwartung, daß der Gerichtsschreiber ihn aufrief und der Richter eine Frage an ihn stellte, auf die er wahrlich wenig zu antworten haben würde! Er kannte die beiden Angeklagten Carollo und Garufi, Eisenbahner wie er, und er war sicher, daß sie Notarbartolo nicht umgebracht hatten; das war, wie soll man sagen, eine Sache der professionellen Kompetenz: Die Mörder – dachte Salvatore – arbeiten nicht als Eisenbahner, dazu bleibt ihnen weder die Zeit noch haben sie es nötig, und die Eisenbahner wiederum hätten nie den Mut, den Beruf eines Mörders auszuüben. Wer in Sizilien lang leben will, muß auf seinem Platz bleiben! Andererseits sah er jedoch auch nichts Ungewöhnliches in der Tatsache, daß Carollo und Garufi wegen eines nicht von ihnen begangenen Verbrechens der Prozeß gemacht wurde, denn erstens würde man sie sowieso freisprechen und zweitens, das wußte jeder, war es bei dieser Art von Prozessen höchst selten der Fall, daß die wirklich Schuldigen vor Gericht kamen. Kurz und gut, die ganze Angelegenheit war absolut normal; und sie wäre es auch geblieben, wenn sich nicht in einer der ersten Verhandlungen etwas abgespielt hätte, das in Palermo nahezu unbemerkt geblieben wäre, wie ein Furz in der Kirche, in Mailand aber einen Krawall hervorrief, einen Ausbruch von Volksentrüstung, für die die Zeitungen den Resonanzboden bildeten. Der Kapitänleutnant Leopoldo Notarbartolo, Sohn des Opfers, hatte den Richtern erklärt, er wisse mit Sicherheit, daß sein Vater von dem Mafioso Giuseppe Fontana im Auftrag des Onorevole Raffaele Palizzolo ermordet worden sei, und alle großen nationalen Zeitungen hatten sich mit Verve auf diese Nachricht und die sogenannte Mafia-Spur gestürzt. Es verging fast kein Tag, ohne daß die Zeitungsverkäufer auf den Plätzen der italienischen Städte die Neuigkeiten aus dem Notarbartolo-Prozeß ausriefen, der jeden anständigen Menschen leidenschaftlich bewegte und ganz Italien in Atem hielt. Sie, die Zeitungsverkäufer, verkündeten, daß Palizzolo als Abgeordneter zurückgetreten sei; daß sich der Mafioso Fontana ins Ausland abgesetzt habe; daß der Rücktritt Palizzolos dementiert worden sei; daß der Abgeordnete Palizzolo unauffindbar sei; daß der flüchtige Giuseppe Fontana sich in Sizilien aufhalte und Beschützer habe, die gewillt seien, ihn zu verstecken; daß ein Beamter des Polizeipräsidiums von Palermo die Ergebnisse der ersten Ermittlungen nach dem Mord vertuscht habe ... In Mailand waren die Leute betroffen. Überall hörte man von der Mafia und von Sizilien reden, und überall hörte man sagen, daß man da unten im Süden Ordnung schaffen müsse, einmal richtig auskehren, daß man genug habe von all diesen Geschichten über Banditentum und Mafia und daß solche Spitzbuben wie Palizzolo ins Gefängnis und nicht ins Parlament gehörten! Salvatore hörte sich diese für ihn weitgehend unverständlichen Sätze an, und für sein Gefühl lag etwas Seltsames und Krankhaftes in dem Interesse der Norditaliener für Angelegenheiten, die sie nichts angingen und die, seit die Welt besteht, immer so gewesen waren: Was wußten sie, die Mailänder, denn schon von der Mafia, und wieso erlaubten sie sich, darüber zu reden? Die Mafia war wie der liebe Gott: Sie war alles oder nichts, und wie der liebe Gott hatte sie es nicht gern, wenn man ihren Namen im Munde führte.

Auch an diesem Morgen vor den Zeitungen auf der Piazza Scala dachte Salvatore wieder, daß es nichts Dümmeres auf der Welt gebe als diese Besessenheit, unter der in Mailand alle, nicht nur die Richter, zu leiden schienen, die Besessenheit, die Wahrheit entdekken zu wollen. »Die Wahrheit!« sagte unser Zeuge laut vor sich hin und beschleunigte in der Galleria seinen Schritt auf dem Weg zum Justizpalast. »Die Wahrheit!« wiederholte er. »Wem wird denn die Wahrheit, die man in den Gerichten sucht, schon nützen können? Den Richtern? Den Ermordeten? Den Zeitungen?«

Er bog in eine Gasse ein. »Diese verdammten Mailänder«, fuhr er fort, während er von ferne ein Mädchen in einem kirschroten Mäntelchen ins Visier nahm, »täten besser daran, sich nicht um die Wahrheiten der anderen zu kümmern, sondern um ihre eigenen! Sie sind sowieso schon ein wenig verdreht von der Kälte, und die Frauen müssen all das herzeigen, was sie eigentlich verbergen sollten: Hintern, Busen, Beine...« Er rempelte das Mädchen absichtlich an: »Ciao, du Hübsche! Ich möchte dich vernaschen wie eine Kirsche! Hör zu, ich hab' dir was zu sagen!«

Im Hof des Justizpalastes an der Piazza Beccaria wimmelte es von Sizilianern: von *zu* und *cummari* und auch ein paar *don*, alle damit beschäftigt, sich zu bemitleiden und Nachrichten über entfernte Verwandte auszutauschen, während sie darauf warteten, daß der Gerichtsschreiber kam und die Liste der Zeugen vorlas, die an diesem Tag vernommen werden sollten. Ein Mann, den alle Don Rosario nannten, heischte mit lauter Stimme von sich und den anderen Auskunft über die Existenz der Mafia. »Ich schenke hundert, nein tausend Lire«, brüllte er, »dem, der mir endlich sagt, was diese berühmte Mafia sein soll, von der ich hier in Mailand zum erstenmal gehört habe!« Die *zu* und die *picciotti* standen um ihn herum und hörten ihm kopfnickend zu: Ja, genauso ist es; einige riefen auch: »Da habt Ihr wohl recht!«, und Don Rosario geriet immer mehr in Eifer. »Ist das etwas, das man mit Händen greifen kann?« fragte er sich und seine Zuhörer, die Augen rollend und wild gestikulierend. »Etwas, das man ißt? Dem man auf der Straße begegnet? Ist es vielleicht so beschaffen wie das Wasser oder wie die Luft?« Mochten die Fragen auch interessant sein, Salvatore wußte, daß keiner der Anwesenden Don Rosario enthüllen würde, was die Mafia sei, und daher ging er weg. Eine Gruppe scharte sich um einen anderen Zeugen der Verteidigung, einen gewissen Totò Tartamella, der seine Tage in den Mailänder Bordellen zuzubringen pflegte und immer etwas Neues zu berichten wußte. An diesem Morgen schwärmte Don Totò von einer Frau aus dem Bordell in der Via Pantano, die sich – sagte er – Elvira nennen lasse, aber in Wirklichkeit eine Maria Rosaria aus der Provinz Syrakus sei: »eine Landsmännin von uns«, sinnlich und feurig, wie nur die sizilianischen Frauen es sein könnten! Ein älterer und kränklich aussehender Mann, in einem Mantel, der ihm so viel zu groß war, daß die Hände nicht aus den Ärmeln hervorschauten, meinte vorwurfsvoll, er werfe sein Geld zum Fenster hinaus, doch Don Totò lachte ihm ins Gesicht: »Aber im Gegenteil! Ich gebe mein Geld für meine Gesundheit aus, und ich rate Euch, es genauso zu machen!« Und dann erklärte er allen, die um ihn herumstanden und ihm zuhörten, daß die *boddane* seine Medizin seien: Ihnen sei es zu verdanken, daß er mit siebenundfünfzig Jahren immer noch verdaue, schlafe und scheiße wie ein Jüngling! Und mit erhobenem Finger ermahnte er seine Zuhörer: »Hört auf mich! Eine gute *cura di boddane*, wenn ihr sie euch leisten könnt, hält euch besser in Form als ein Monat an den heißen Quellen!«

Als der Gerichtsschreiber auf der Freitreppe erschien, wurde es sofort still. Dieser zog ein doppelt zusammengelegtes Blatt aus der Tasche, entfaltete es, und fing, nachdem er sich die Nahbrille auf die Nase gesetzt hatte, an, eine Liste von Namen herunterzulesen, wobei er bei jedem Namen den Kopf senkte, um über den Brillenrand zu sehen, ob der Aufgerufene auch da sei. Er las: »Giuseppe Sanfilippo ... Santa Sorge ... Salvatore

Piazza ... Candeloro Mangiò ... Giuseppe Romano ... Salvatore Cancilli ...« »Hier«! rief Salvatore. Er ging zur Freitreppe, und während er in den oberen Stock hinaufstieg, dachte er mit Bedauern, daß sein Aufenthalt in Mailand nun zu Ende gehe und daß er auch nicht ein einziges Abenteuer mit einer der Frauen erlebt habe, die man auf der Straße sah, wie sie sich, eng in ihre Mäntel gehüllt, in den Hüften wiegten. In zwei Tagen würde er zurück in Palermo sein und alle wiedersehen: seine Gattin Carmela, seine vier Kinder, die Verwandten, die Arbeitskollegen ...

Der Gerichtssaal war brechend voll. In den ersten Reihen, vor den Plätzen der Richter, saßen die Advokaten, in drei Gruppen unterteilt; auf der Pressetribüne drängten sich die Journalisten, und auch in dem für die Zuhörer reservierten Teil gab es keinen Platz mehr, der nicht von Damen oder Herren aus der gutbürgerlichen Mailänder Gesellschaft besetzt gewesen wäre, die, Zeitung lesend oder ihre Eindrücke über den Verlauf des Prozesses austauschend, auf den Beginn der Verhandlung warteten. Salvatore blickte sich um und sah die Neuankömmlinge aus Sizilien, die Männer mit den *coppole* auf dem Kopf und die Frauen mit ihren zu schwarzen und zu dünnen Tüchern, vor dem Gerichtspräsidenten Schlange stehen, um die kostenlosen Essensgutscheine des »Corriere della sera« in Empfang zu nehmen. Er sah den Gerichtspräsidenten Rossignoli, einen kleinen Mann mit blauen Augen und rötlichen Haaren, wie er damit beschäftigt war, die Essensbons zu zählen; neben ihm unterhielt sich eine andere Gerichtsperson im Talar – vielleicht der Staatsanwalt – mit zwei Anwälten. Auf der anderen Seite des Saals, hinter den Carabinieri in Paradeuniform, stand der Käfig mit den Angeklagten Carollo und Garufi, und Salvatore empfand es als seine Pflicht, hinzugehen und sie zu begrüßen: Aber der Empfang entsprach nicht seinen Erwartungen. Garufi saß in einer Ecke des Käfigs und starrte ins Leere; die Advokaten hatten ihm gesagt, er solle nicht mit den Zeugen reden, und als Salvatore das Wort an ihn richtete, hob er lediglich das Kinn und schnalzte mit der Zungenspitze gegen den Gaumen, eine Geste, die in Sizilien ziemlich häufig ist und, je nach den Umständen, bedeuten kann: »Ich hab' dir nichts zu sagen«, »Ich kenn' dich nicht«, »Ich will nichts mit dir zu tun haben« – und noch vieles andere mehr. Carollo dagegen stand da und klammerte sich mit beiden Händen an die Käfigstäbe; seine Augen waren auf den Präsidenten Rossignoli gerichtet, und er merkte überhaupt nicht, daß jemand ihn rief. Er machte den Eindruck eines kranken Mannes: Er war abgemagert, die olivfarbene Gesichtshaut hatte einen grünlichen Ton angenommen, die Augen glänzten vom Fieber, und die Lippen waren fast völlig farblos. Die Zeitungen bezeichneten ihn seit dem ersten Prozeßtag als einen Simulanten und Heuchler, der bemüht sei, die Rolle des Moribunden zu spielen, und sich alles nur Erdenkliche einfallen lasse, um die Arbeit des Gerichts zu behindern; und um zu beweisen, daß es ihm ernst war, bereitete er sich tatsächlich im Stil der ihm zugeschriebenen Rolle aufs Sterben vor: mit erst zweiundvierzig Jahren und umgeben von der Gleichgültigkeit und dem Amüsement aller, die um ihn herum waren.

»Herr Präsident!« schrie Carollo, mit einer Stimme, die bereits aus dem Jenseits zu kommen schien, so heiser und hohl war sie. »Ich habe eine wichtige Erklärung abzugeben, eine sehr wichtige! Ich verlange, daß sie ins Protokoll aufgenommen wird!«

Die Journalisten stürzten sich auf den Käfig, aber der Präsident Rossignoli, der die Gabe der Unbeirrbarkeit besaß, fuhr fort, sich mit den Essensgutscheinen für die

Neuankömmlinge aus Sizilien zu beschäftigen, ohne sich im geringsten um die Vorkommnisse im Gerichtssaal und um die Worte des Angeklagten zu kümmern. »Ich bin unschuldig wie Jesus Christus!« schrie ihm Carollo zu. »Wie er habe ich die Dornenkrone getragen, und wie er bin ich ein Santo« (ein Heiliger). »Jawohl! Mein Vater hieß Santo, und ich, der ich durch Ihre Hand am Kreuz sterbe, bin der würdige Sohn dieses Santo und aller Santi!«

»Ihr, die ihr mich heute verfolgt, Advokaten, Polizisten, Richter, ihr werdet noch auf meinem Grab niederknien! Ihr werdet weinen und euch an die Brust schlagen, aber dann ist es zu spät!«

Im Gerichtssaal herrschte nun Schweigen, lediglich unterbrochen von ein paar Lachern der Advokaten und der Zuhörer sowie von der Stimme des Präsidenten Rossignoli, der zusammen mit dem Gerichtsschreiber die Liste der kostenlosen Essensgutscheine vom Vortag kontrollierte.

»Was ist das für eine Gerechtigkeit, die mich im Gefängnis festhält? Was habe ich getan?« schrie Carollo, während er an den Käfigstangen rüttelte und seine fieberglänzenden Augen auf das hölzerne Kruzifix richtete, das über den Köpfen der Richter an der Wand hing. »Wer sind die, die über mich richten sollen? Und ihr, wer seid ihr?« fragte er die Journalisten, die vor ihm standen. Er starrte sie an, als ob er bis zu diesem Augenblick noch nie Wesen mit zwei Beinen und zwei Armen und in Wollmänteln gesehen hätte. »Was ist das für ein Ort, an den ihr mich gebracht habt? Wo bin ich?«

Fast alle Anwesenden im Saal des Schwurgerichts von Mailand lachten jetzt laut, und es gab auch einen kurzen Applaus hinten im Saal, so wie man im Theater die Schauspieler anfeuert (»Sehr gut! Bravo!«); aber Carollo ließ sich nicht drausbringen. »Ich verstehe nichts von dem, was hier vorgeht«, konstatierte er. Dann wandte er sich wieder an Rossignoli. »Ich bin hier wie ein Schatten«, warnte er, »aber viele Augen werden weinen nach meinem Tod, und viele Tränen werden auch von euren Kindern vergossen werden, um das Blut des Gerechten zu sühnen! Denkt daran!«

Es gab einen zweiten Applaus, wesentlich lauter und länger als der erste, und einige unter den Zuschauern wollten den ganzen Monolog noch einmal hören (»Da capo! Da capo!«); aber Carollo setzte sich, nachdem er sich bekreuzigt hatte, in den hintersten Winkel des Käfigs und drehte sich zur Wand. Nun beugte sich der Gerichtsschreiber zum Präsidenten Rossignoli, der genau in diesem Moment mit der Verteilung der Essensbons fertig war, und flüsterte ihm, auf Carollo deutend, ins Ohr: »Muß ich ins Protokoll aufnehmen, daß der Angeklagte vor der Sitzung das Wort ergriffen und sich drohend gegen die Richter geäußert hat?« Ohne auch nur den Blick zu heben, machte Rossignoli lediglich eine Bewegung mit der linken Hand, als müsse er eine Fliege von seiner Nase verscheuchen. Mit der rechten ergriff er die Glocke, die vor ihm stand, und schwang sie mehrmals. »Die Sitzung ist eröffnet!« erklärte er.

Palermo, 8. Dezember 1899

Im schwachen Licht einer Gaslampe, die mit einem Schleier abgedeckt war, damit sie den Kranken nicht blendete, fungierte das Schlafzimmer des Onorevole Raffaele Palizzolo, mit seinen Heiligenbildern und Devotionalien (Kruzifixen, Skapulieren, heiligen Herzen, kleinen Medaillen und geweihten Ölzweiglein) an den Wänden, als das Zentrum eines Melodrams, das bereits seit einigen Tagen in dem kleinen Palazzo in der Via Sant'Agostino gespielt wurde und den Titel »Der sterbende Schwan« hätte tragen können. An diesem Freitag, dem 8. Dezember, abends um sieben, befanden sich fast sämtliche Akteure auf der Bühne, um den Epilog zu proben. Rechts vom Bett des Hauptdarstellers saßen, rund und rosig wie zwei Schweinchen im Rock, die beiden unverheirateten Schwestern Concettina und Cecchina, gestärkte Häubchen auf dem Lockenhaar und die Rosenkranzperlen fest zwischen den Fingern. Links vom Bett standen die Brüder Antonio und Eugenio sowie die ewige Braut Matilde, die leise mit der dritten Schwester des Schwans, der Herzogin Irene von Villarosa, sprach. Nicht mehr da, aber bis vor wenigen Minuten dagewesen, war der Herzog von Villarosa: ein kleiner Mann, der in der palermitanischen Gesellschaft jener Zeit den Spitznamen »Seine Hohlheit« hatte, weil er äußerst hochmütig und eitel war und weil jedesmal, wenn er den Mund zum Reden aufmachte, nur dummes Zeug herauskam. Der dritte Bruder des Protagonisten, Hauptmann Gandolfo Palizzolo, wegen seiner Vorliebe für Duelle »Capitan Fracassa« genannt, lief zwischen dem beleuchteten Arbeitszimmer und dem im Halbdunkel liegenden Schlafgemach des Sterbenden hin und her, gestikulierte, murmelte, schnaubte, gab Zeichen der Verwünschung und Drohung von sich, als ob er sich mit der ganzen Welt schlagen wolle und sich nur noch nicht entschieden habe, wen er als ersten fordern solle. Auch das an das Schlafgemach angrenzende Arbeitszimmer des Onorevole war in die Aufführung einbezogen. Der Advokat Bordonali, Vermögensverwalter des Hauses Palizzolo, saß auf dem Stuhl, auf dem der Schwan selbst, ehe er erkrankt war, sein edles Hinterteil niederzulassen pflegte, und sprach leise mit dem Advokaten Raffaele Scherma, Neffe eines anderen Advokaten, Lucio Scherma, der mit Palizzolo zu Notarbartolos Zeiten im Vorstand der Bank von Sizilien gesessen hatte. Auf der rechten Seite stand der *curatolo*, der Verwalter des Landgutes Villabate, Matteo Filippello, und starrte auf den Advokaten und die anderen Personen, die sich in diesem Raum befanden, als könne er das, was er hier sah, schlechterdings nicht begreifen. Wie ist es möglich – fragten seine Augen –, daß ein so großer Mann wie Palizzolo, ein Unantastbarer, dem Zorn der Menge preisgegeben wird, ohne daß er etwas wirklich Schwerwiegendes verbrochen hätte, lediglich wegen einer *ammazzatina*, wegen eines Mördchens, das noch dazu sechs Jahre zurückliegt? Außerdem standen noch Salvatore Geraci und Tanino Scandurra herum, zwei *picciotti*, die darauf warteten, daß ihnen jemand einen Auftrag erteile: Aber niemand hatte mehr Aufträge an sie zu erteilen, weil niemand mehr hätte sagen können, wo die Feinde des Onorevole Palizzolo standen, und wie viele es waren, und ob es überhaupt noch eine Möglichkeit gab, den Belagerungsring zu sprengen. Die Feinde lauerten überall. Wie ein Alptraum durchwehte diese beiden Zimmer die Ahnung von einer bevorstehenden Katastrophe, die sowohl die Erregung des Haudegens Gandolfo, gewöhnt, seine Kontroversen mit Säbelhieben auszutragen, als auch die offensiven und defensiven Machenschaften der Advokaten nichtig erscheinen ließ; so glich die Atmosphäre mittlerweile der einer kleinen Festung, die sich nicht ergeben will, aber dennoch unmittelbar davorsteht, in die Hand des Feindes zu fallen. Der Kommandant der Garnison lag schwer verwundet in seinem Bett, mit einem Eisbeutel auf der Stirn, und gab von Zeit zu Zeit stöhnende Laute (»Ahi«, »Ohi«) von sich, die bei den Umstehenden tiefstes Mitgefühl auslösten. »Der Ärmste, wie er leidet!« murmelte die Herzogin von Villarosa, während Matilde ihrem Verlobten den Rücken zuwandte, um ihm nicht zu zeigen, daß sie weinte, und die Rosenkranzperlen immer schneller durch die Finger der Schweinchenschwestern liefen. »Ist es denn möglich, ein menschliches Wesen so erbarmungslos zu verfolgen? Und unsere Freunde, was tun sie? Wo sind sie? Worauf warten sie noch, sich Gehör zu verschaffen, da oben in Rom?«

Auch der Schwan auf seinem Schmerzenslager dachte an die Freunde, und es war genau dieser stechende Gedanke, der ihn hin und wieder trieb, Augenlider und Lippen zu öffnen und mit dünnem Stimmchen zu hauchen: »Irene, Concettina, Cecchina, bitte ... schickt jemand zum Telegraphenamt; er soll sich erkundigen, ob ein Telegramm vom Onorevole Gattorno oder vom Onorevole Gallo da ist, für Matilde ... Die Telegramme an mich, das wissen wir jetzt, werden von der Polizei konfisziert; aber meine Freunde in Rom haben auch Matildes Adresse, und sie werden sich bei ihr gemeldet haben ... So können wir nicht weitermachen, ohne etwas zu tun, nur auf das Ende warten ...«

Nun trat Matilde ans Bett und strich dem Todgeweihten über Stirn und Gesicht. »Mein armer Liebling«, antwortete sie ihm, »sei ganz ruhig! Wir haben an alles gedacht: Einer unserer Männer ist im Telegraphenamt, und sobald etwas ankommt, wird er es uns bringen. Inzwischen darfst du dir keine Sorgen machen. Du kennst doch das Sprichwort: Keine Nachricht, gute Nachricht...«

»Es ist das Ende, es ist das Ende...«, wiederholte der Schwan mit dünner Stimme und schloß erneut die Augen. Gleich darauf öffnete er sie jedoch wieder und erklärte in drohendem Ton: »Das werden sie mir büßen, bei Gott, das werden sie mir büßen! Ich weiß genau, wer!«

»Beruhige dich«, ermahnte ihn Matilde. »Du darfst dich nicht so aufregen! Wir sind ja bei dir, und auch deine Freunde werden sich im rechten Augenblick melden. Verlier nur nicht die Geduld!«

Don Raffaele hatte sich an diesem Morgen gegen elf Uhr ins Bett gelegt, nachdem *zu* Tano, der Portier, heraufgekommen war, um zu berichten, daß das Haus von Polizisten in Zivil umstellt sei und Don Nicola Cacace, der beste Mann des Chefs, der jeden einzelnen Polizisten in Palermo kannte, mehr als zehn von ihnen allein zwischen der Piazza degli Aragonesi, der Via Agostino und dem Vicolo San Marco gezählt habe. Aber die Agonie, wie es Palizzolo selbst gefiel, seinen Zustand zu bezeichnen, hatte bereits Mitte November eingesetzt, als die Richter des Schwurgerichts von Mailand den Kapitänleutnant Leopoldo Notarbartolo als Zeugen vernahmen und dieser verfluchte Dreckskerl, dieser niederträchtige Schuft, anstatt sich so zu verhalten, wie sich die Angehörigen der Ermordeten normalerweise in Mafia-Prozessen verhielten, die Welt dadurch verblüffen wollte, daß er ihn, den Onorevole Raffaele Palizzolo, beschuldigte, den Mafioso Piddu Fontana beauftragt zu haben, seinen Vater zu ermorden. Es hatte einen riesigen Aufruhr gegeben. Die Sozialisten, die sich in Mailand als Herren aufspielten, hatten sich auf diese Geschichte gestürzt wie Raben auf ein Aas und ihr ganze Seiten ihrer Schmierblätter gewidmet. Niemand auf der Welt – dachte der Schwan und malträtierte dabei mit den Fingern seine Schnurrbartspitzen – hätte sich jedoch vorstellen können, daß aus den wenig gelesenen und noch weniger einflußreichen Zeitungen der Sozialisten sowie aus den Phantastereien des jungen Notarbartolo die Argumente für seine und Don Piddus Schuld bis in die sogenannten unabhängigen Informationsorgane dringen würden: vom »Secolo« zum »Corriere della sera«, von der »Stampa« zum »Messaggero«, zur »Nazione« und sogar zum »Giornale di Sicilia«! Und kein Mensch mit gesundem Menschenverstand hätte je geglaubt, daß ein Mann wie er, geachtet und gefürchtet, ein Commendatore, ein Abgeordneter im Königlichen Parlament, sich jemals einer solchen Lynchjustiz ausgesetzt sehen könnte, von einem Tag auf den anderen und ohne auch nur den kleinsten Solidaritätsbeweis von denen, die noch bis zum Vortag die Macht in Palermo mit ihm geteilt hatten. So überrumpelt, hatte Palizzolo sich zu verteidigen versucht, indem er behauptete, das Opfer eines Komplotts zu sein, das darauf ziele, außer ihm auch Crispi und ganz Sizilien zu treffen; aber sein Versuch, eine so große und dichte Staubwolke aufzuwirbeln, daß alles und alle darin verschwanden, war ihm bei diesem ersten Mal nicht gelungen. Aus Neapel hatte Seine Exzellenz Francesco Crispi den Zeitungsredaktionen bestellen lassen, daß ihn die Angelegenheiten Palizzolos nichts angingen: unschuldig oder schuldig, das solle dieser mit den Richtern ausmachen! Und was Sizilien betraf, so hatte die verbreitetste und einflußreichste Tageszeitung der Insel Palizzolo mit den gleichen Argumenten und mit der gleichen Entschiedenheit attackiert wie die Presse des Nordens und ihn beschuldigt, das

Oberhaupt jener kriminellen Organisation namens »Mafia« zu sein, deren Existenz damit, zum erstenmal und auf unzweideutige Weise, von den Sizilianern selbst zugegeben wurde! »Es ist nur ein kurzes Gewitter, das geht vorüber« – hatte sich der Schwan gesagt. Die Zeitungen brauchen immer neue Nachrichten, um das Interesse ihrer Leser wachzuhalten, und eine so abgestandene Sache wie der Fall Notarbartolo wird ihnen höchstens noch für ein paar Tage nützen können! Statt dessen hatte sich der Skandal ausgeweitet und eine völlig neue Resonanz gefunden, die nichts mehr mit der üblichen Neugier der Leute für einen Kriminalfall zu tun hatte. Es lag etwas anderes in der Welle von Empörung, die alle aufrechten Italiener, von den Alpen bis Sizilien, erfaßte und wütend machte. Und Palizzolo hatte das an jenem Vormittag Ende November in aller Deutlichkeit erkannt, an dem er in der Kammer eine Interpellation über die sizilianische Verarbeitung von Gerbersumach einbringen wollte und es ihm nicht gelang, über den ersten Satz hinauszukommen. Geschrei, Pfiffe, beleidigende Zurufe übertönten seine Worte von Anfang an, obwohl der turnusmäßige Vizepräsident immer wieder die Glocke schwang und rief: »Meine Herren Abgeordneten und Kollegen! Ich bitte Sie! Ein bißchen mehr Ruhe!« Von allen Seiten des Halbrundes riefen zahlreiche Stimmen: »Erzähl uns lieber was von der Mafia! Sag uns was über die Bank von Sizilien! Wir wollen wissen, warum Notarbartolo tot ist!« Als er jedoch hartnäckig bei seinen Sumach-Sträuchern blieb, fingen die sozialistischen Abgeordneten an zu skandieren: »Notarbartolo! Notarbartolo! Notarbartolo!« und dabei zu klatschen oder auf die Bänke zu trommeln, und im Handumdrehen fielen alle im Saal anwesenden Deputierten, von der äußersten Linken bis zur äußersten Rechten, in diesen Chor ein. Ein außergewöhnlicher

Vorfall: Die Aula des Monticitorio verwandelte sich in ein Höllenspektakel, und für drei oder vier entsetzlich lange Minuten klatschte das ganze italienische Parlament und skandierte den Namen des Ermordeten: »Notarbartolo! Notarbartolo! Notarbartolo!«

Der Schwan war daraufhin nach Palermo zurückgekehrt. Er hatte den ersten Abend mit Filicetta verbracht, an ihren Brüsten gesogen und gejammert, daß sich die ganze Welt gegen ihn verschworen habe, daß er der italienische Dreyfus sei und daß die Sozialisten seinen Tod wollten – bis die Frau einschlief und auch noch zu schnarchen begann. Dann, in den folgenden Tagen, hatte er wieder angefangen, sich bei den Leuten sehen zu lassen, die zählten: im Rathaus, im Casino Bologni, im Circolo Unione ... Überall jedoch war er auf abweisende Gesichter und verschlossene Münder gestoßen, und einer, den er in seiner Wohnung aufsuchen wollte, hatte ihm von der Dienerschaft ausrichten lassen, er sei nicht zu Hause. Palizzolo hatte sich in seinem Hauptquartier in der Via Sant'Agostino verschanzt, zwischen Arbeitszimmer, Bad und Schlafzimmer, umgeben von den Verwandten und Freunden, die ihm die Nachrichten aus der Stadt und aus dem Telegraphenbüro brachten wie Meldungen vom Kriegsschauplatz. Aber als ein Telegramm aus Rom, von einem sizilianischen Abgeordneten, eingetroffen war, das die wahrscheinlich unmittelbar bevorstehende Genehmigung des Parlaments ankündigte, gerichtlich gegen ihn vorzugehen, hatte Palizzolo einen letzten Ausweg versucht. Er war in den Justizpalast gegangen, zum Generalstaatsanwalt Vincenzo Cosenza, der ein Freund der Freunde und ein ehrenwerter Mann war, um seinen Rat zu erbitten: Was sollte er tun? Cosenza hatte sich jedoch darauf beschränkt, ihn, lächelnd wie immer, zu betrachten und mit ein paar ausweichenden

Sätzen abzuspeisen, in denen häufig die Worte »gut, gut« und »Geduld« wiederkehrten. Vom Justizpalast hatte sich der Schwan dann zur Präfektur bringen lassen, wo er anstatt vom Präfekten von einem drittrangigen Beamten empfangen wurde und wo er endlich begriff, daß seine Lage verzweifelt war. Er hatte sich im Haus eingeschlossen, mit den Familienangehörigen und einem immer kleiner werdenden Grüppchen Getreuer, um auf Nachrichten aus Rom zu warten, die nicht eintrafen. Bis an diesem Morgen, kurz vor elf Uhr, *zu* Tano heraufgekommen war, um zu berichten, daß das Haus von Polizei umstellt sei, und er sich daraufhin ausgezogen und ins Bett gelegt und mit kläglicher Stimme erklärt hatte, er fühle sich nicht wohl; es tue ihm mehr oder weniger alles weh: das Herz, die Nieren, die Eingeweide, die Milz, der Kopf …

Man hörte es an der Wohnungstür klingeln. Matilde ging aus dem Zimmer, und als sie wenige Minuten später wieder zurückkam, legte sie eine Hand auf die Stirn des Schwans, der die Augen öffnete und sie fragend ansah. »Nunzio Puleo ist da«, berichtete ihm Matilde. »Er wartet draußen im Eingang. Willst du mit ihm reden, oder genügt dir das, was er mir bereits erzählt hat?«

Nunzio Puleo war einer der Männer von Matteo Filippello, ein *picciotto* aus Villabate, der als Türsteher in der Präfektur arbeitete. »Warum ist er nicht früher gekommen?« murmelte der Todkranke. »Was weiß er?«

»Er sagt, daß er während der Dienstzeit das Büro nicht hätte verlassen können, ohne aufzufallen«, erwiderte Matilde. »Er sagt, in der Präfektur seien alle sehr aufgeregt, als ob jeden Moment etwas passieren müsse. Es scheint, daß aus Rom, vom Innenministerium, ständig verschlüsselte Telegramme kommen, die der Marchese De Seta als einziger dechiffriert, ohne sie auch nur seinem Sekretär zu zeigen. Allein heute nachmittag sind drei angekommen.«

Der Schwan schloß wieder die Augen. Er stöhnte: »Ahi. Ohi.«

»Willst du, daß er hier ins Schlafzimmer kommt«, fragte Matilde, »oder soll ich ihm sagen, daß er gehen kann? Meines Erachtens weiß er sonst nichts ...«

Es kam keine Antwort, und Matilde ging wieder hinaus, um den Präfekturangestellten zu verabschieden. Es war kurz nach acht Uhr, und eine der unverheirateten Schwestern flüsterte dem Schwan ins Ohr: »Ich bin Concettina! Ich gehe jetzt in die Küche und mache dir ein Ei und ein bißchen Fleischbrühe, aber zuerst mußt du mir versprechen, daß du dann auch was ißt, bei unserer seligen Mutter! Wie willst du denn deinen Gegnern die Stirn bieten, mit leerem Magen?«

»Du bist so abgemagert und blaß, daß du wie ein Gespenst aussiehst«, bekräftigte die andere unverheiratete Schwester, Cecchina, und versuchte ihn aufzurütteln: »Du mußt reagieren! Du mußt dich zusammennehmen! Noch nie hat man einen so bedeutenden Mann wie dich gesehen, Cavaliere und Commendatore und Königlicher Abgeordneter, der sich von ein paar Lumpenkerlen ins Bockshorn jagen läßt und ihretwegen nicht einmal mehr was essen will!«

»Diese Lumpenkerle sind Millionen«, keuchte der Schwan und führte seine Hände an die Schläfen, die ihn in diesem Moment sehr zu schmerzen schienen, »und sie wollen meinen Tod ... O Gott, mein armer Kopf!« Concettina fing daraufhin zu weinen an, und plötzlich hörte man Stimmen auf der Treppe, so als ob zwei oder mehr Männer miteinander stritten. Der Onorevole fuhr zusammen: Er riß die Augen auf, nahm die Hände von den Schläfen und setzte sich im Bett hoch. »Was ist da los?« fragte er. »Wer ist hier im Haus?«

Die Stimmen kamen rasch näher, und eine davon war die von *zu* Tano, der schrie: »Der Onorevole ist krank! Wie oft soll ich Ihnen noch sagen, daß er Sie nicht empfangen kann?« Auch die andere Stimme, die des Mannes, der *zu* Tano antwortete (»Krank oder gesund, ich muß ihn sehen, und Sie gehen jetzt aus dem Weg!«), war Don Raffaele nicht ganz fremd, doch er hätte im Moment nicht zu sagen gewußt, wo er sie einordnen sollte, wäre die betreffende Person nicht, gefolgt vom Portier und von der Signorina Matilde, in sein Zimmer eingedrungen: Es war der Polizeikommissar Francesco Ronca! Er ist hier, um mich zu verhaften – dachte der Schwan, der diesen Polizisten seit vielen Jahren kannte und ihm auch zu seiner Beförderung verholfen hatte. Und gleich darauf: Oder vielleicht doch nicht, wenn er allein kommt... Doch nach dem Kommissar Ronca entweihte nun ein weiterer Fremdling das Halbdunkel des Schlafzimmers: ein großer, korpulenter Mann, der ein bißchen länger gebraucht hatte, um die Treppen hochzusteigen, und sich unter der Tür vorstellte: »Ich bin Hauptinspektor Stroili vom Polizeipräsidium Palermo.«

Es herrschte einen Moment Schweigen, unterbrochen allein vom Schluchzen der Schweinchenschwestern. »Sehen Sie denn nicht, daß ich krank bin?«, fragte der Schwan mit schwacher und klagender Stimme. »Wer gibt Ihnen das Recht, in mein Haus einzudringen, ohne meine Erlaubnis und zu dieser späten Stunde?«

»Bitte machen Sie Licht«, sagte Stroili zu den Brüdern des Schwans. Eugenio Palizzolo nahm den Schleier von der Gaslampe, und es war wie im Theater, wenn im letzten Akt eines Melodrams die Lichter im Saal und auf der Bühne angehen, während der Held noch unter dem Klagen des Chores sein Leben aushaucht. In diesem für ihre Inszenierung zu hellen und zu weißen Licht schauten die Geschwister und die Braut des Schwans einander mit flatternden Augenlidern an, und dann blickten sie auf die Eindringlinge: Was wollten diese Polizisten in ihrem Haus? Wen glaubten sie mit ihrem rücksichtslosen Vorgehen einschüchtern zu können? Inspektor Stroili trat an das Bett des Schwans. »Ich muß Sie ersuchen, sich sofort zu erheben«, teilte er ihm mit, »und uns ins Polizeipräsidium zu folgen.« Dann merkte er, daß er ein wenig zu brüsk gewesen war, und versuchte, zumindest die Form dieser Aufforderung zu mildern, deren Bedeutung, angesichts der Umstände, mehr als deutlich war. Erklärend fügte er hinzu: »Der Cavaliere Sangiorgi« (der Polizeipräsident) »wünscht Sie zu sehen, um sich mit Ihnen über ein paar dringende Probleme zu unterhalten.«

Der Angesprochene sah den Inspektor lange an, als ob er den Sinn seiner Worte nicht verstehe und sie ihm vom Gesicht ablesen müsse. Er nahm sich den Eisbeutel vom Kopf, der ihn lächerlich aussehen ließ. Dann fragte er, mit einem Schluchzen in der Stimme: »Bin ich verhaftet?«

Stroili breitete die Arme aus und nickte mit dem Kopf. »Ja«, sagte er.

»Das Parlament hat die Genehmigung zum gerichtlichen Vorgehen erteilt?«

Erneutes Kopfnicken des Inspektors: »Es hat sie erteilt.«

Der Schwan legte nun beide Hände auf die Brust, auf der Seite des Herzens, und ließ sich in die Kissen zurückfallen, keuchend und die Augen verdrehend, daß man nur das Weiße sah. »O Gott… einen Doktor…«, flüsterte er mit schwacher Stimme. Sein Bruder Antonio, der am nächsten bei der Tür stand, rannte hinaus, um einen Arzt zu holen, und die Schweinchenschwestern neben dem Bett fingen an, schauderhaft schrille Schreie auszustoßen, die einem in den Ohren schmerzten und die man bis auf die Straße hinunter hören konnte. Eugenio Palizzolo, dessen Gesicht tränenüberströmt war, stürzte sich auf die Polizisten und schrie sie, auf den sterbenden Schwan deutend, an: »Wohin wollen Sie ihn bringen, in diesem Zustand? Wollen Sie, daß er stirbt? Ist das Ihr wahres Ziel? ... Haben Sie denn gar kein Mitleid? Was sind Sie nur für Menschen!«

»Schämen Sie sich«, rief der Hauptmann der Artillerie Gandolfo Palizzolo, Capitan Fracassa. Seine Wangen waren zwar trocken, aber dafür zitterten ihm Unterlippe und Kinn. Mit grimmiger Miene ging er auf den Inspektor Stroili los und hob eine Hand, als ob er ihn ohrfeigen wolle, während er mit der anderen auf seine Rangabzeichen am Kragen deutete. »Wenn Sie kein Polizist wären«, sagte er drohend, »und wenn ich nicht diese Uniform trüge, hätten Sie es zu bereuen, in unser Haus gekommen zu sein, ohne daß eines von meinen Geschwistern sie eingeladen hat! Gehen Sie, solange Sie dazu noch imstande sind!«

Der Inspektor Stroili trat einen Schritt zurück. »Ich mache Sie darauf aufmerksam, meine Herren«, sagte er zu Gandolfo und Eugenio Palizzolo sowie zu allen anderen Personen, die sich im Schlafzimmer und im Arbeitszimmer des Schwans befanden, »daß ich unten auf der Straße genügend Polizeikräfte habe, um in jedem Fall meinen Auftrag auszuführen, und auch um jeden zu verhaften, der versucht, mich daran zu hindern...«

Einen Augenblick herrschte spannungsgeladene Stille; dann kehrten die Augen des Moribundus wieder in ihre normale Stellung zurück, und seine Stimme keuchte: »Gandolfo, Eugenio, sagt keine Dummheiten... Er ist im Recht!« Indem er sich mit den Ellbogen auf die Kissen stützte, gelang es dem Schwan, sich wieder im Bett aufzusetzen, und er wandte sich an die

Schweinchenschwestern: »Bitte, hört auf damit! Die Totenklage könnt ihr mir singen, wenn ich gestorben bin!« Er wies auf die Polizisten. »Diese Herren«, erklärte er seinen Angehörigen, »trifft keinerlei Schuld an dem, was passiert. Sie tun nur ihre Pflicht...«

Inspektor Stroili konnte es kaum mehr erwarten, dieses Irrenhaus zu verlassen und die Sache hinter sich zu bringen. Er fragte den Schwan: »Können Sie gehen? Wenn nicht«, fügte er sofort hinzu, »transportieren wir Sie im Krankenwagen. Es tut mir leid, aber das Gesetz schreibt es so vor!«

»Es geht mir besser«, murmelte der Schwan. »Jetzt geht es mir besser.« Er machte den unverheirateten Schwestern ein Zeichen, sich vom Bett zu entfernen. Dann schlug er die Decken zurück, setzte die Füße auf den Boden und stand auf, in Unterhose und wollenem Hemd; er taumelte, und sein Bruder Eugenio mußte ihn stützen. Mitten im Zimmer blieb er stehen. »Ich«, sagte er, »bin unschuldig, und die Justiz wird mir das bestätigen. Kein anständiger Mensch kann an meine Schuld glauben! Keiner, der mich kennt und weiß, wieviel ich für meine Stadt getan habe und noch tun könnte, kann wünschen, mich im Gefängnis zu sehen!« Er wandte sich an den Inspektor Stroili. »Also«, fragte er ihn, »halten Sie mich für unschuldig oder für schuldig? Sagen Sie es ganz offen!«

»Es steht mir nicht zu, über Sie zu urteilen«, antwortete der Inspektor. »Ich habe den Befehl, Sie festzunehmen, und deswegen bin ich hier. Alles übrige geht mich nichts an.«

Der Schwan nickte zustimmend, als ob der Inspektor erklärt hätte, daß er ihn für unschuldig halte. Er insistierte: »Und Cavaliere Sangiorgi, hält der mich für schuldig?«

Der Inspektor Stroili war ein erfahrener und geduldiger Polizeibeamter, der geduldigste des Polizeipräsidiums von Palermo, aber diese Geschichte ging ihm allmählich auf die Nerven, und dieser Mann in Unterhosen, der wie traumverloren inmitten seiner Angehörigen stand und keinerlei Anstalten machte, sich anzuziehen, hätte auch einen Heiligen die Geduld verlieren lassen. »Woher soll ich das denn wissen?« entfuhr es ihm. »Am besten fragen Sie ihn das in ein paar Minuten persönlich!« Dann jedoch wurde er wieder höflich. »Onorevole«, sagte er, »haben Sie die Güte, sich anzuziehen und sich von ihren Angehörigen einen Pyjama für diese erste Nacht geben zu lassen, die Sie im Ucciardone verbringen müssen. Für die Wäsche und alles übrige können sie dann morgen vormittag sorgen: Es genügt, daß jemand kommt und ihnen bringt, was sie benötigen, und nach den vorgeschriebenen Kontrollen werden Sie es erhalten.«

»Glauben Sie, daß man mich nach Mailand schicken wird?« fragte Palizzolo. »Was immer auch geschehen mag«, beeilte er sich zu erklären, da er sah, daß sich die Miene des Inspektors bedrohlich verfinsterte, »ich werde darauf bestehen, von meinen Landsleuten abgeurteilt zu werden, denn das Komplott gegen mich ist in erster Linie ein Komplott gegen die Stadt Palermo und gegen Sizilien! Ich werde alle Sizilianer aufrufen, mich zu verteidigen ...«

»*Santo Diavolo!*« fluchte Stroili. »Zum Teufel noch mal! Wollen Sie nun endlich kapieren, daß Sie sich anziehen müssen, ja oder nein? Ich lasse Sie sonst in Unterhosen abtransportieren, so wie Sie sind! Wollen Sie mich die ganze Nacht hier mit Ihnen verplaudern lassen? Ich gebe Ihnen noch eine Minute! *Santo Diavolo!*«

Dritte Szene

PARADISO

(1901–1904)

Neapel, 6. August 1901

Seine Exzellenz verbrachte die Tage am Fenster sitzend, um den Himmel zu betrachten, und wenn er von Zeit zu Zeit die Augen auf Knie und Hände senkte und an die Gegenwart dachte, überfiel ihn ein Gefühl von Staunen und Entsetzen: Was war mit ihm geschehen? War wirklich er dieser Mann, der sich nicht rühren konnte, den man in allen seinen Bedürfnissen versorgen mußte wie einen Kanarienvogel im Käfig oder einen Säugling? Doch für gewöhnlich dachte Seine Exzellenz nicht an die Gegenwart. Er sah wieder Bilder und Gesichter und Umstände aus einem Leben, das sein Leben gewesen war, und er erlebte darin noch einmal Ereignisse und Augenblicke, die die Erinnerung ihm von neuem als wirklich erscheinen ließ. Er hatte keinerlei Empfindung davon, daß er in wenigen Tagen sterben müsse, vielmehr zeigte er sich erstaunt, wenn Doktor Càrito kam und sich über ihn beugte, um seinen Herzschlag abzuhören, und sah ihn dann von unten herauf mit fragender Miene an: War etwas nicht in Ordnung? Ihm ging es doch ausgezeichnet! Genauso erstaunt zeigte er sich auch angesichts der Besuche jener schwarzgekleideten Männer, die sich im anderen Teil des Zimmers aufhielten und miteinander redeten, und dabei waren es doch alles Minister des Königreichs oder hohe Würdenträger am Hof oder Politiker aus vergangenen Zeiten, die sich eingestellt hatten, um ihm ihre Ehrerbietung zu bezeigen! Aber warum ließen sie sich nicht anmelden? Warum betrachteten sie ihn lediglich stirnrunzelnd und wechselten nur ein paar Worte, ohne sich jemals an ihn zu wenden und ohne ihm den Grund ihres Besuches zu erklären? Dann jedoch entfernte sich Doktor Càrito, die Besucher schwiegen und entfernten sich ebenfalls, und die Erinnerung gewann wieder die Oberhand, die Bilder und die Gesichter und die Umstände stülpten sich mit der Kraft realer Dinge von neuem über diese Schattenwelt, zu der die Gegenwart geworden war. Was für ein großes Leben – dachte Seine Exzellenz mitunter – hatte er doch gelebt! Nur einem unter Millionen gelingt es, ein Leben zu führen, wie er es sich zu schaffen verstanden hatte, von weither und aus dem Nichts kommend: aus Ribera, einem Landstädtchen in Südsizilien, dessen größtes Verdienst, in den Augen der Welt, darin bestand, der Geburtsort Francesco Crispis zu sein; ein Ort mit Tuffsteinhöhlen und Sümpfen, in denen die »singenden Fische« – die Frösche – leben und wo die Bauern im Sommer bis zum Abend warten müssen, ehe sie aufs Feld gehen, weil die Sonne so stark ist, daß man tot umfallen könnte …

Bei diesen Streifzügen in die Vergangenheit kam es vor, daß Seine Exzellenz wieder an den Ufern des Isburo herumtollte, des kleinen Flüßchens, das der Schauplatz so vieler seiner Kinderspiele gewesen war, mit den Kameraden von damals: einem Salvatore, einem Vincenzo, einem Nicolino, einem Giuseppe … Er hielt, nach siebzig Jahren, wieder dasselbe Netz und denselben Eimer in Händen, mit denen er als Junge die singenden Fische und auch die stummen, die im morastigen Wasser seines Flusses lebten, zu fangen pflegte, und brachte einen Februarnachmittag damit zu, dieselben Aale von 1830 zu verfolgen, die es nach dem Gesetz der Logik überhaupt nicht mehr geben durfte und die sich statt dessen, schlüpfrig und kalt wie damals, in den Händen Seiner Exzellenz wanden … Er schrie vor Freude auf, unter dem Himmel von Neapel, als ihm ein Aal, größer als alle anderen, ins Netz ging, so groß, daß die Kameraden neidisch wurden; und er heulte vor

Wut, als Nicolino den Fisch aus purer Bosheit wieder ins Wasser warf. Er ging mit den Fäusten auf den anderen Jungen los und balgte sich mit ihm im Schlamm herum, bis ein Erwachsener – vielleicht ein Angehöriger Seiner Exzellenz – dazwischenfuhr, um sie zu trennen...

Er sah sich als Jüngling wieder: mager und aufgeschossen, mit sonnenverbrannter Haut, schneeweißen Zähnen und den Kopf voller Träume. Er saß im Salon von Doktor Vincenzo Navarro, dem Poeten Riberas, und zum erstenmal las er ihm seine Gedichte vor: zuerst gehemmt, dann immer sicherer, sich erwärmend, in Feuer geratend, bis ihm Navarro, mit Tränen in den Augen, das Blatt aus der Hand nahm und ihn umarmte. Feierlich sagte er: »Du, Cicciu, wirst der größte sizilianische Dichter aller Zeiten werden, und wer in hundert Jahren über dich schreibt und deiner gedenkt, wird auch des armen Vincenzo Navarro gedenken! Eine kleine Fußnote in einem großen Buch wird über mich sagen: Er erkannte und ermutigte das frühe Genie Francesco Crispis, sizilianischer und italienischer Dichter des neunzehnten Jahrhunderts...«

Er erlebte auch seine erste Liebesgeschichte wieder: die Erwartung, das Herzklopfen, die abendlichen Rendezvous in den Pfahlrohrfeldern, mit einem Mädchen mit vollen Lippen und schwarzen Augen, dessentwegen Seine Exzellenz, damals noch nicht zwanzig, geglaubt hatte, sich um Schlaf und Verstand bringen lassen, ja sogar sterben zu müssen, an dem Tag, an dem sie ihm weinend gestanden hatte, daß ihre Eltern sie einem anderen Mann versprochen hätten und sie den zu heiraten habe... Noch nach so vielen Jahren zitterte Seine Exzellenz vor Leidenschaft, als er sie wiedersah und berührte, genau wie damals; und sein altes, müdes Herz schlug wieder wie wild, obwohl in einem Winkel seines Bewußtseins die weitere Geschichte dieses Mädchens gegenwärtig war, das ganz jung einen Notar aus Girgenti geheiratet hatte und dann im Kindbett starb, kein Jahr nach der Hochzeit, als Seine Exzellenz in Palermo studierte. Welche Bedeutung konnten in diesem Augenblick die fünfundsechzig Jahre haben, die seit der Zeit ihrer ersten Begegnungen vergangen waren, wenn sie jetzt wieder in seinen Armen lag und ihm schwor, daß sie nie einen anderen als ihn lieben würde und daß sie immer nur ihn lieben würde? Was sind schon fünfundsechzig Jahre angesichts der Ewigkeit eines solchen Schwurs?

Mit anderen Frauen, die doch auch eine wichtige Rolle in seinem Leben gespielt hatten, waren die Wiederbegegnungen flüchtiger: ein Lächeln, eine Umarmung, ein Blick, ein langer Abschied... Wie viele lächelnde oder ein wenig schmollende Gesichter, während er dasaß und in den Himmel von Neapel starrte, wie viele blaue oder grüne, schwarze oder braune Augen, wie viele schwarze Zöpfe und wie viele blonde Mähnen, wie viele leidenschaftliche oder sinnlich weiche Lippen, wie viele Küsse bescherten dem Dämmern Seiner Exzellenz eine letzte Erregung, einen Funken Leidenschaft! Er begegnete Nicoletta, der kleinen Schneiderin, die dann ins Kloster gegangen war, und Maria Teresa, der jungen Witwe des Anarchisten, und Meryl, der Blumenhändlerin, und der blonden und aristokratischen Margherita, und der Kreolin Manuela, und der kleinen Antonia...

Er entdeckte sich wieder als Student, wie er durch die Straßen von Palermo ging und seinen Träumen von damals nachhing: der Dichtkunst, den Frauen, dem Journalismus, der Politik... Er sah seine kleine Wohnung im alten Neapel wieder und das Fenster der Schauspielerin, die auf der anderen Seite der Gasse wohnte und sich immer im Negligé zeigte, um ihm, dem jungen Advokaten aus Sizilien, ihre reifen Reize vorzuführen…

Er wollte wieder Mazzini in Parson's Green aufsuchen und klopfte an die Tür des Mannes, der Könige zum Zittern und Throne zum Wanken brachte und der einen so großen Teil der Unruhen und Utopien des neunzehnten Jahrhunderts verkörperte, des unruhigsten und abenteuerlichsten Jahrhunderts überhaupt! Keiner jedoch öffnete ihm, und daraufhin ging er nach Golden Square, in die Locanda von Cesarini, und ließ sich einen Teller Makkaroni mit Tomatensoße bringen. In Lissabon schaute er, auf einem Poller vor dem Meer sitzend, eine Stunde lang den Möwen zu und dachte über die Vergangenheit und die Gegenwart nach und über den Zweck des menschlichen Lebens, das ihm in diesem Augenblick und zum erstenmal ohne Sinn erschien… In Paris trat er in eine Kirche, in irgendeine, und betete. Damals schrieb man den 14. Januar 1856, und Seine Exzellenz hatte in der Tasche seines Paletots ein Päckchen, das so schwer war, daß es ihn ganz auf eine Seite zog: ein Päckchen, das, ganz allein, die Geschicke der Welt hätte verändern sollen… Dann stieg Seine Exzellenz eine Treppe hoch, klopfte an eine Tür, drückte die Hand des Mannes, der ihm geöffnet hatte, und sagte zu ihm: »Felice, ich hab's geschafft! Ich hab' dir die Zündhütchen gebracht. Laß mich reinkommen, denn ich muß mit dir reden.«

Felice Orsini deutete auf einen Tisch und auf sechs leere Metallhülsen darauf, aus denen drei Bomben werden sollten. »Es ist keine Zeit mehr zum Reden«, erwiderte er. »Geredet haben wir sowieso schon zuviel!« Er nahm ihm das Päckchen mit den Sprengsätzen aus der Hand, aber ehe er ihm die Tür vor der Nase zuschlug, flüsterte er ihm noch die Worte ins Ohr, die Seiner

Exzellenz die Sprache verschlugen: »Es ist für heute abend ...«

»Es ist für heute abend!« wiederholte seine Exzellenz bei sich, unter dem Himmel Neapels, zitternd wie damals: »Es ist für heute abend!«

Manchmal hörte Seine Exzellenz, während er mit geschlossenen Augen im Sessel am Fenster saß, Stimmen, die ihn riefen: Er öffnete die Augen, und dann stand der eine oder andere von diesen Verrückten neben ihm, die einmal seine Kameraden gewesen und jetzt alle tot waren. Rosalino Pilo, Giuseppe Sirtori, Nino Bixio, Luigi Carlo Farini und viele andere versammelten sich um seinen Sessel und redeten über die Zukunft Italiens, als ob diese Zukunft immer noch von ihren Diskussionen abhinge. Nur Mazzini, der Freund aus der Londoner Zeit, drehte ihm beharrlich den Rücken zu und vermied es, mit ihm zu reden, weil er ihn für einen Verräter der republikanischen Idee hielt; doch dies grämte Seine Exzellenz nicht, sondern ließ ihn lächeln. »Mazzinis Pech«, sagte er, und er sagte es zu jedem, der in diesen Momenten gerade bei ihm war, »ist, daß er es nie mit Königen aus Fleisch und Blut zu tun gehabt hat: Deswegen überschätzt er sie, und er überschätzt auch die Monarchie als Institution.« Er dagegen hatte eine ganze Anzahl von Königen kennengelernt, angefangen von Ferdinand von Bourbon bis zu Vittorio Emanuele von Savoyen und Wilhelm von Preußen. Und gerade in diesen Tagen hatte er Umberto I. wiedergesehen, jenen Herrscher, der im vorigen Jahr durch die Hand eines Anarchisten umgekommen war. Bei ihrer ersten Begegnung hatte Umberto sich im piemontesischen Dialekt an ihn gewandt, wie es die Savoyer bei ihren Höflingen und ihren Ministern zu tun pflegten; er, Crispi, hatte ihn eine Weile reden lassen und ihm dann in sizilianischem Dialekt geantwortet, daß er keinen Deut verstehe und es nutzlos sei, ein geeintes Italien schaffen zu wollen, wenn dessen Könige darauf beharrten, sich auszudrücken wie die Hirten der Berge, aus denen sie stammten – bis Umberto sich bei ihm entschuldigte und ihm das, was er auf piemontesisch gesagt hatte, in korrektem Italienisch wiederholte. (»Leider«, hatte Seine Majestät zu scherzen gesucht, »kann ich mich mit Ihnen nicht auf Sizilianisch unterhalten, weil ich es nicht spreche.«) Die zweite Begegnung hatte dann am Tag nach dem Sturz der Regierung Rudiní stattgefunden, und Francesco Crispi, in den Quirinalspalast gerufen, um einen Rat zu geben, hatte Umberto I. zur Salzsäule erstarren lassen, als er ihm vorschlug, die neue Regierung dem Nächstbesten, der auf der Straße vorbeigehe, anzuvertrauen. »Inzwischen ist es leicht, in Italien Regierungen zu bilden«, hatte Seine Exzellenz mit der ihm eigenen Ruhe gesagt, »denn niemand wird es schlechter machen können als der Marchese Rudiní, und deswegen kann jeder Dummkopf seinen Platz einnehmen«.

(Und der König: »Aber Herr Präsident... aber was sagen Sie denn da...«)

»Wenn Mazzini die Könige und die Personen, die um sie herum sind, kennen würde«, murmelte Seine Exzellenz, »und vor allem, wenn er die Savoyer kennen würde, wie ich sie kenne, opferte er bestimmt nicht die Freundschaft eines alten Patrioten dem Traum von einer Republik, die für den Moment unmöglich ist...«

Die Begegnung mit Garibaldi dagegen war die genaue Wiederholung eines Gesprächs, das zweiundvierzig Jahre vorher in Genua stattgefunden hatte, am Vorabend des Zugs der Tausend, in einer Villa auf den Klippen von Quarto, wohin sich der »General« zurückgezogen hatte, um nachzudenken und zu einer Entscheidung zu kommen: Garibaldi ging im Park spazieren; und als Seine Exzellenz – die zu der Zeit noch nicht Seine Exzellenz, sondern nur ein Patriot und ein von drei oder vier Polizeien Europas gesuchter Verschwörer war – sich ihm näherte und das Wort an ihn richtete, wurde er jäh von ihm angefahren: »Ausgerechnet Sie! Alle sagen mir, daß es eine Torheit wäre, aufzubrechen, daß der Aufstand in Palermo bereits niedergeschlagen und Sizilien verloren sei. Sie allein drängen mich, es zu wagen. Sind Sie verrückt – oder wissen Sie etwas, das ich nicht weiß und das mich veranlassen könnte, das Leben von so vielen Männern aufs Spiel zu setzen, bei einem Unternehmen, das wenig Chancen auf Erfolg hat?«

Seine Exzellenz ließ diesen unerwarteten Rüffel über sich ergehen, ohne eine Miene zu verziehen. »General«, antwortete er lächelnd, »Sizilien ist keine Region wie die anderen italienischen Regionen, und das sizilianische Volk hat seine eigenen Gesetze, und das sind nicht die Gesetze der Bourbonen und auch nicht die eines anderen Volkes auf der Welt. Ich kenne es: Wenn es Ihnen gelingt, dort unten Fuß zu fassen, ist die Partie gewonnen. Das einzige, was ich fürchte, sind die Gefahren des Meeres, denn die Dampfschiffe, die uns zur Verfügung stehen, haben keinerlei Möglichkeit, sich gegen die Fregatten und anderen Kriegsschiffe zu verteidigen, die der König von Neapel aufbieten wird, um uns zu versenken.«

Der General nahm die Pfeife aus dem Mund und richtete seine blauen Augen fest auf die des Gesprächspartners. Er schüttelte den Kopf. »Auch ich habe meine geheimen Informationen«, sagte er, »nicht nur Sie!« Unter den Personen, die Garibaldi in den Tagen davor aufgesucht hatten, war auch ein großer, hagerer, blonder Mann gewesen, der sich als Italienkorrespondent einer englischen Zeitung ausgab, in Wirklichkeit aber ein Geheimagent Seiner Britischen Majestät war, sehr vertraut mit den italienischen Problemen und sehr einflußreich. Worüber der Revolutionär und der Spion in der fast eine Stunde währenden Unterredung miteinander sprachen, blieb für alle ein Geheimnis: Aber sicherlich konnte es sich nicht um ein unverbindliches Geplauder und um Luftschlösser gehandelt haben, denn Garibaldi fügte, nach einer kurzen Pause, hinzu: »Haben Sie keine Angst. Wenn wir aufbrechen, dann kommen wir auch in Sizilien an. Aber dort haben wir, vom ersten Augenblick an, die Elite des neapolitanischen Militärs am Hals: über zwanzigtausend Männer, mit zwei Kavallerie-Regimentern und vierundsechzig Kanonen. Da liegt das Hindernis!«

Seine Exzellenz lächelte wiederum. »Es gibt kein Hindernis, das man nicht überwinden könnte, in Sizilien«, antwortete er, »mit Hilfe unserer Freunde dort unten, die sehr zahlreich sind. Wenn Sie mir das Meer garantieren, garantiere ich Ihnen das Festland«. Und damit hatte das Gespräch geendet, da keiner der beiden es für nötig erachtete, noch etwas hinzuzufügen...

Bisweilen wurde die Vergangenheit vor Seiner Exzellenz durch einen Lichtstrahl, ein Geräusch, eine Geruchsempfindung heraufbeschworen: Da war das Dröhnen einer fernen Gewehrsalve, war wieder der Schauder, der ihm über den Rücken gelaufen war, damals, dort unten in der Gegend von Calatafimi, als die lombardischen Studenten losrannten, um mit Bajonetten den Gipfel eines Hügels zu erstürmen, auf dem die deutschen Söldnertruppen des Königs von Neapel standen; und im Krachen der Schüsse und zwischen den Schreien der Getroffenen war mehrmals ein Lied verstummt und wieder neu erklungen, das in jenen Jahren alle in Italien sangen und das zum Symbol des nationalen Aufstands geworden war. Ein ausgelassenes Liebeslied:

Oh la bella Gigogin oh trallalarillallera
Oh la bella Gigogin ohi trallalarillallà …

Diese mehr oder weniger sinnlosen Worte und diese Melodie beschworen eine ganze Welt herauf. Und die Augen Seiner Exzellenz sahen wieder, im hellen Himmel von Neapel, die roten Hemden der Garibaldiner an der Porta Termini, und seine Nasenflügel weiteten sich, um die wunderbare Luft Siziliens und dieses Jahres 1860 einzuatmen, in dem Italien nur eine Jahreszeit gekannt hatte: den Frühling! Das große Leben Seiner Exzellenz war dort stehengeblieben, in jenem Jahr der Wunder und der Verrückten, als das, was nie hätte geschehen dürfen, endlich doch geschehen war: Die Banditen und die Umstürzler waren Helden geworden und die Träume Wirklichkeit … Das Jahr der *bella Gigogin*, das heißt Italiens:

A quindici anni faceva l'amore,
a sedici anni aveva già marito,
di lí a tre mesi si trova pentita,
dàghela avanti un passo, delizia del mio cuor!

Er sah Palermo wieder in den Tagen der Befreiung. Ein Mann rannte zwischen den schäbigen Häusern des Viertels Albergaria von Gasse zu Gasse, verfolgt von einer Schar Dämonen, die »*U surciu, u surciu!*« schrien (*il sorcio*, Maus, nannte man die Polizisten der Bourbonen), und Seine Exzellenz wäre damals am liebsten woanders gewesen, um das Gemetzel an diesem Unbekannten nicht mit ansehen zu müssen, aber er hatte nicht mehr die Möglichkeit gehabt, sich zu entfernen, weil der *sorcio* in einem Nu eingeholt und gelyncht worden war: Ein Messer hatte ihm das Herz durchbohrt, ein zweites die Kehle durchschnitten, ein Stein den Schädel eingeschlagen …

Er war wieder dabei, wie die Feinde auf die Schiffe gebracht wurden, an der Marina, an einem sonnigen Tag: Die Neapolitaner und die Bayern von Franceschiello, »Fränzchen« II., in ihren zerrissenen und verdreckten roten Hosen und den blauen Jacken, zogen niedergeschlagen zwischen der sich zu beiden Seiten drängenden Volksmenge hindurch, die ihnen auf die Uniformen spuckte, sie mit Beschimpfungen überschüttete, mit billigen Münzen und hin und wieder auch mit Steinen bewarf, ohne daß sie reagiert hätten. Plötzlich jedoch war ein deutscher Offizier vor einem stehengeblieben, hatte ihm ins Gesicht gesehen und in seiner rauhen, kehligen Sprache, die wie Hundegebell klang, voll Stolz erwidert: Nicht ihr Lumpenpack habt uns besiegt und auch nicht die anderen Banditen, die nur mit Hilfe der Engländer in Sizilien gelandet sind. Ihr hättet uns nie besiegt! Wir sind verkauft worden für dreißig Silberlinge, wie Unser Herr, ehe er ans Kreuz geschlagen wurde ...

An einem Abend, als der Himmel über Neapel voll schwerer schwarzer Wolken hing und vom Vesuv her der Donner grollte, stand Seine Exzellenz wieder auf der Piazza Colonna in Rom, vor dem Palazzo di Montecitorio, wie damals, an einem milden Frühlingsmorgen vor fünf Jahren. Seine Begleiter mußten ihm beim Aussteigen aus der Kutsche helfen: Er war jetzt alt, und an diesem Tag fühlte er sich geradezu uralt. Dort unten in Afrika hatte ein unfähiger und aufgeblasener General, schlecht beraten von seinen römischen Freunden und unbeliebt bei seinen eigenen Offizieren und Soldaten, eine Niederlage erlitten, die für eine Nation wie England oder Frankreich – dachte Seine Exzellenz – keine große Sache gewesen wäre, vielmehr Politiker wie Militär angespornt hätte, die verlorene Ehre auf dem Schlachtfeld wieder zurückzuerobern; in Italien aber hatte man sofort von einer Katastrophe gesprochen und daß man mit dem Kolonialabenteuer Schluß machen müsse, und die Menschen, die auf die Straße gegangen waren, riefen: »Hände weg von Afrika!« Seine Exzellenz hob den Blick und schaute zum Corso hinüber, wo einige Abteilungen Grenadiere und Infanteristen in kriegsmäßiger Ausrüstung und mit aufgepflanztem Bajonett den Regierungspalast gegen die Demonstranten abschirmten. Hinter den Mützen der Soldaten sah man viele Arme mit geballten Fäusten, viele Plakate, viele rote Fahnen und schwarze Banner der sozialistischen und der anarchistischen Gruppen. Einer, der an den Fenstergittern eines Gebäudes auf der anderen Corso-Seite hochgeklettert war, hatte die Ankunft Seiner Exzellenz signalisiert (»Es ist Crispi! Es ist Crispi! Crispi ist da!«), und gleich darauf hagelte es aus der Menge kleine Münzen, eine Salve von Pfiffen ertönte, *pernacchie*, ein Durcheinander von Rufen: »Verbrecher! Mörder! Hände weg von Afrika! Wir wollen unsre Söhne daheim haben! Geh doch selber nach Afrika!« Crispi blieb stehen, wandte sein von dem großen weißen Schnauzbart halbverdecktes Gesicht der Menge zu, die ihn auspfiff und beschimpfte, und machte sogar eine Handbewegung, als ob er zu den Leuten sprechen wollte; aber ein Polizeikommissar kam zu ihm gerannt und flüsterte ihm, nach einer respektvollen Verbeugung, zu: »Exzellenz, ich bitte Sie, begeben Sie sich in den Palast! Es besteht die Gefahr eines Attentats! Wir haben heute in aller Frühe eine Meldung bekommen, in der von Bomben die Rede ist!« Daraufhin drehte Seine Exzellenz sich um und ging hinein, während die Wache, wie immer, das Gewehr präsentierte …

Ein anderer unerfreulicher Augenblick für Seine Exzellenz war die Begegnung mit dem Ermittlungsrichter aus Bologna, Adolfo Balestri, gewesen, der ihn ebendort vorgeladen hatte, wegen der Anschuldigung, er habe große Summen der Bank von Neapel an sich gezogen, und dieser Balestri hatte sich sogar die Mühe gemacht, uralte Geschichten, die bereits zur Zeit des Skandals der Bank von Rom in allen Zeitungen gestanden hatten, mit anderen, neuen Geldaffären in Verbindung zu bringen: die zwei Millionen, die an den Industriellen Perrone für den Verkauf von Schiffen an die argentinische Regierung gegangen waren, die Affäre Hertz und wer weiß was noch alles ... Francesco Crispi hatte ihm geduldig zugehört, fast ohne auf seine Fragen zu antworten und sich darauf beschränkend, ihn von Zeit zu Zeit auf eine Art anzusehen, die zwischen Mitleid und Indignation lag. Die Bank, das Geld ... Er hatte es sich ja nicht in die eigene Tasche gesteckt, dieses Geld der Bank von Neapel, für das man ihn jetzt, mit achtzig Jahren, ins Gefängnis bringen wollte! Er hatte es dazu benutzt, damit seine Leute gewählt wurden und um seine Politik zu unterstützen: Und die Politik Francesco Crispis, das wußten alle, hatte immer nur ein einziges Ziel gehabt, nämlich Italien groß zu machen! Für dieses Ideal, das auch das Grundmotiv seines ganzen Lebens gewesen war, hatte Seine Exzellenz alles Geld genommen, dessen er nur habhaft werden konnte und wo immer es aufzutreiben war: bei den Banken, bei den internationalen Finanzgeschäften, bei den staatlichen Konzessionen, bei den Monopolläden und sogar beim Verkauf von Orden und Auszeichnungen ... Das Geld ist, wie man weiß, die Triebfeder der Welt, und dieses gravitätische Männchen ihm gegenüber, das sich einbildete, er würde ihm über jede einzelne Bankoperation und jeden Strohmann Rechenschaft ablegen, war nichts als ein Dummkopf, wenn es dachte, daß man die Innen- und Außenpolitik einer modernen Nation ohne Geld und bloß mit sauberen Händen machen könne, allein mit Ehrlichkeit: Da brauchte es schon anderes! Um Italien geeint und groß zu machen, hatte sich Seine Exzellenz des Geldes bedienen müssen, so wie er sich, auf die eine oder andere Weise, all dessen bedient hatte, was ihm nützlich sein konnte: beispielsweise der Monarchie, er, der Republikaner gewesen war, und der Mafia, die zur Zeit der Bourbonen zwar noch nicht Mafia hieß, aber doch den entscheidenden Anstoß gegeben hatte, um Franceschiello in Neapel vom Thron zu stürzen! Er hatte sich der Freimaurer bedient, der Wahlmanipulationen, der Korruption, und er hatte sogar versucht, sich des Teufels zu bedienen, das heißt der neuen sozialistischen Doktrin, die die Rechtschaffenen und die Regierungen in ganz Europa zum Zittern brachte: Aber das Experiment mit den *Fasci* in seinem Sizilien war zu einem Fiasko geworden …

Von Zeit zu Zeit näherten sich Seiner Exzellenz auch Personen, von denen er am liebsten keine Notiz genommen hätte, die jedoch über ihn herfielen, indem sie ihn umarmten und ihm sinnlos zärtliche Worte zuflüsterten: Diese Personen waren die Gattin Lina, die Tochter Giuseppina, die Söhne Luigi und Francesco, der Journalist Paolo Morello, der Abgeordnete Alessandro Fortis … Vor allem die beiden Krankenschwestern, Annetta und Pina, ließen ihm keine Ruhe: Sie drehten und wendeten ihn, um ihn zu säubern, stachen ihn, um ihm irgendwelche Flüssigkeiten zu injizieren, die ihn nach wenigen Minuten einschlafen ließen, wechselten seine Wäsche und maßten sich sogar an, ihn zu füttern, sagten zu ihm, wenn niemand außer ihm sie hören konnte: »Exzellenz, schön brav sein, einen Löffel Suppe für die Pina, ham, einen für die Annetta, ham …!« Seine Exzellenz wurde dann wieder zum kleinen Kind von einem Jahr oder wenig mehr, im Haus seiner Kindheit. Er saß auf seinem hölzernen Kinderstühlchen mit dem eingebauten Töpfchen, und vor ihm lösten bekannte Gesichter einander ab – das seiner Mutter, die seiner Schwestern und Kusinen, der Tanten – und andere, vergessene Gesichter von Verwandten und Nachbarn: Und immer gab es einen Löffel Brei zu schlucken, einen für jeden Tagesheiligen der Woche:

Lu Luni a ssantu… am!
Lu Marti a ssantu… am!
Lu Mercuri a ssantu… am!
Lu Jovi a ssantu… am!
Lu Venneri a ssantu… am!
Lu Sabatu a ssantu… am!

Er glaubte nicht daran, sterben zu müssen, Seine Exzellenz; er hatte nie daran geglaubt. Er bildete sich ein, daß er, wenn der Augenblick da wäre, auch den Tod in die Flucht jagen könnte, so wie jenen Anarchisten, der eines Morgens in Rom, in der Via Gregoriana, zwei Pistolenschüsse auf ihn abgefeuert und ihn, obwohl seine Kutsche nur wenige Meter weit entfernt war, doch nicht getroffen hatte. Seine Exzellenz war im ersten Moment erschrocken, aber dann hatte sich die Furcht in Wut verwandelt; er hatte sich erhoben und, da er an diesem Tag seinen Revolver nicht bei sich führte, dem Ruchlosen mit dem Spazierstock gedroht und auf sizilianisch auf ihn eingeschimpft und geflucht. »Wer bist du?« hatte er ihn angeschrien, und »wer ist dieser hundsgemeine Dreckskerl und Hurensohn, der dich geschickt hat, damit du mich umbringst?« Er hatte gemerkt, daß der Anarchist zitterte und dabei weiter die Pistole mit beiden Händen umklammert hielt und auf ihn zielte. Da hatte er zu ihm gesagt, er solle sich nicht mehr aufregen und die Waffe wegwerfen, und der Attentäter hatte ihm tatsächlich gehorcht! Er war weggerannt, aber ein paar Ladenbesitzer und einige Passanten waren ihm nachgelaufen und hatten ihn den Gendarmen übergeben. In diesen letzten Tagen widerfuhr es Seiner Exzellenz häufig, daß er sich wieder dem Anarchisten in der Via Gregoriana gegenübersah, und jedesmal lächelte er ihm zu. »Sei ruhig«, sagte er zu ihm, »und wirf die Pistole weg. Wenn ich nicht sterbe, dann kommst du mit wenig davon!«

Palermo, 9. August 1902

Die gesamte gute Gesellschaft Palermos schien sich an diesem Samstag im August um fünf Uhr nachmittags ein Stelldichein an der Piazza Santa Chiara gegeben zu haben, trotz der Hitze und trotz der Enge des Ortes, der gewiß nicht der geeignetste in Palermo für eine Zusammenkunft von solchem Ausmaß war. Nicht nur die kleine Piazza, sondern auch die anliegenden Gassen und Straßen waren voll von Kutschen – Landauern, Kaleschen, Phaetons, Charrettes – und natürlich auch von unter Fliegenschwärmen stampfenden Pferden, so daß die Kutscher der neu ankommenden Wagen, nachdem sie den oder die Insassen vor dem Tor des Palazzo Puglia abgesetzt hatten, wenden mußten, um auf der Piazza Bologni zu warten. In der Einfahrt des Palazzos prüfte ein Bedienter in Livree jede einzelne Einladungskarte, las Titel und Namen laut vor und wandte sich dabei jedesmal zwei ziemlich finster dreinschauenden Typen zu, die mit verschränkten Armen an der Wand lehnten und anscheinend nichts zu tun hatten, in Wirklichkeit aber zwei Polizisten in Zivil waren, abgestellt, um darüber zu wachen, daß sich die Versammlung in den Grenzen eines Empfangs in einem Privathaus hielt und nicht zu einer öffentlichen Kundgebung ausuferte. Den vom Advokaten Vincenzo Puglia erhaltenen Anordnungen entsprechend, kündigte der Livrierte die Gäste den Polizisten an, als ob diese die Hausherren wären: »Der Cavaliere Gaetano Tasca! Der Cavaliere Giuseppe Policastrelli und seine Gemahlin! Der Advokat Giardina, Bürgermeister von Cefalú! Seine Exzellenz der Fürst von Monforte! Der Advokat Vincenzo Di Maio! Der Cavaliere Rodrigo Licata von Bàucina! Der Advokat Mavaro, Bürgermeister von Lercara!« und so weiter. Die beiden Polizisten sahen gleichgültig drein, als ob sie das, was in diesem Haus geschah, nichts anginge und sie nur hier stünden, um der Prozession des Adels und der eleganten Welt beizuwohnen; einer der beiden hatte jedoch einen Kopierstift hinterm Ohr, und hin und wieder zog er ein kleines Notizbuch aus der Tasche, fuhr sich mit der Bleistiftspitze über die Zunge und notierte einen der Namen, die der Bediente weiterhin mit Pathos vorlas – ausschließlich für sie:

»Der Onorevole Giuseppe Di Stefano und seine Gemahlin! Der Onorevole Giovan Battista Avellone! Der Advokat Dominici Longo, Bürgermeister von Termini Imerese! Seine Exzellenz Graf von Monroy! Seine Hochwürden Kanonikus Buttitta! Der Doktor Antonino Ferrara und seine Gemahlin! Seine Exzellenz, der Fürst von Resuttana! Der Commendatore Giuseppe Pitré! Der Advokat Giovanni Agnello und seine Gemahlin! Der Advokat Ernesto Pagano! Seine Hochwürden Monsignore Arturo Crisafi!«

Durch das halboffene Tor traten die Gäste in den gepflasterten Innenhof, in dem bereits an die hundert Personen dabei waren, einander mit Küssen, Umarmungen und Händeschütteln zu begrüßen, oder sich in kleinen Grüppchen unterhielten und sich von dem einen zum anderen zuriefen: »Commendatore! Dottore! Welche Freude, Sie zu sehen!« »Was für eine angenehme Überraschung!« »Was für eine erfreuliche Gelegenheit! Signor Principe!« Auf der anderen Seite des Hofes, aus den Salons des Hochparterres, erklangen die schmelzenden Töne eines Walzers, und das Summen von männlichen und weiblichen Stimmen, Gläserklirren und Gelächter hätten einen Fremden, der nicht wußte, was in diesen Tagen in Palermo vor sich ging, zu der Annahme verführen können, er sei mitten in einen Galaempfang geraten; doch für einen Empfang waren es zu viele Leute. Alles war voll von Menschen. Auch auf der prachtvollen Freitreppe, die in die oberen Stockwerke des Palazzos führte und sich, vom Eingang her gesehen, rechts mit einem monumentalen Portikus zum Hof hin öffnete und heute noch öffnet, standen Damen und Monsignori und Herren, die sich wegen der Hitze die Jacketts auszogen, und redeten über etwas, das genau hier und heute getan werden müsse, da es sonst zu spät sei! »An dem Punkt, an dem die Dinge inzwischen angelangt sind, meine Freunde«, tönte in einer Gruppe ein Mann mit grauem Bart und Stentorstimme, nämlich der Advokat Collotti Catalano, »ist es nicht mehr möglich zu schweigen: Das Maß ist voll, und unsere Zurückhaltung könnte als Feigheit ausgelegt werden oder, schlimmer noch, als Billigung des Schuldspruchs!« Der Commendatore Pitré machte ein paar Schritte zur Hofmitte und auf die Salons im Innern des Palazzos zu und sah den Doktor Angelo Puglia, Sohn des Gastgebers, auf sich zukommen, der ihn umarmte, auf beide Wangen küßte und ihm dankte, daß er gekommen war: »Commendatore … was für eine große Ehre, welche Freude! Erlauben Sie mir, Sie in den oberen Stock zu begleiten, wo der Onorevole Perrone Paladini wartet, der aus Messina gekommen ist, und noch andere Persönlichkeiten, die im Verlauf unserer Zusammenkunft das Wort ergreifen werden. Es versteht sich doch von selbst, daß auch Sie sich nicht versagen werden? Das Wort eines gelehrten Mannes wie Sie, den die ganze Welt kennt, ist absolut notwendig, um die Ehre unserer armen Insel wiederherzustellen, über die so viele beschämende Legenden in Umlauf sind …«

Der Commendatore Giuseppe Pitré war ein Mann um die sechzig mit grauem Bart und Haar und einer auffallend hohen Stirn. Er nickte. »Meine Meinung über die Palizzolo-Angelegenheit und die sogenannte Mafia«, sagte er nicht ohne Nachdruck, »habe ich vor ein paar Tagen bereits in einem Zeitungsartikel zum Ausdruck gebracht, aber ich freue mich, sie heute hier wiederholen zu dürfen, vor einem Publikum, das, wie ich gehört habe und wie ich selber sehe, die Crème de la crème der guten Gesellschaft Palermos und ganz Siziliens repräsentiert.«

In den Räumen des ersten Stocks drängten sich, wie im Erdgeschoß, die bedeutenden Gäste, und Doktor Puglia und der Commendatore Pitré mußten viele Umarmungen erwidern – des Advokaten Dagnino, des Ingenieurs Torrente, des Grafen Galletto, des Commendatore Tesauro, des Notars Cavaretta und seiner beiden Söhne, des Commendatore Nocito und vieler anderer noch, die aufzuzählen zu weit führen würde – ehe sie zu dem Advokaten Vincenzo Puglia vordringen konnten, der sich, zusammen mit dem Commendatore La Manna, dem Advokaten Perrone Paladini und dem Professor Ragusa Moleti, auf dem Weg zum obersten Absatz der Freitreppe befand. Die Begrüßungen fielen herzlich, aber kurz aus, da der Hausherr immer wieder einen Blick auf die Uhr warf und sagte: »Wir müssen pünktlich anfangen! Eile tut not! Die Korrespondenten der wichtigsten sizilianischen und italienischen Zeitungen sind anwesend, und wenn wir wollen, daß sie morgen über unser Komitee berichten, müssen wir ihnen genügend Zeit geben, ihre Artikel zu schreiben! Das haben wir ihnen versprochen!«

Der Hof war jetzt bis auf den letzten Platz voll, und auch sonst drängten sich überall die Menschen: an den Fenstern, auf den Balkonen, auf den Stufen der Freitreppe... Als der weiße Bart und Haarschopf des ehemaligen Deputierten Perrone Paladini oben an der Treppenbalustrade auftauchten, ertönten zahllose »Evviva«-Rufe, und es gab einen langen Applaus, der mindestens dreimal zu verebben schien und ebensooft wiederaufflammte. Als er endlich doch aufhörte, sprach als erster der Commendatore La Manna, der beauftragt worden war, den Vorsitz über die Zusammenkunft zu übernehmen. Er schien bewegt. »Sizilianische Freunde und Brüder!« begann er. »In der Nacht des dreißigsten Juli, als der Telegraph uns aus Bologna die Nachricht übermittelte, daß der Notarbartolo-Prozeß mit der Verurteilung des Onorevole Raffaele Palizzolo zu dreißig Jahren Gefängnis geendet habe, konnten wir Palermitaner keinen Schlaf mehr finden. Über uns alle breitete sich die Gewißheit aus, daß einem aus unserer Stadt und mit ihm ganz Sizilien eine furchtbare Ungerechtigkeit widerfahren sei. Daß man das ganze sizilianische Volk aufgrund eines verleumderischen und unsinnigen Vorurteils verdammen wollte. Unser Rechtsempfinden und unser ethisches Empfinden sind durch ein Urteil beleidigt worden, das wir für ungerecht halten, gefällt von einem fernen und uns eindeutig feindlich gesinnten Gericht.

Seit neun Tagen, meine sizilianischen Freunde und Brüder, lastet diese Kränkung auf unseren Gewissen und bringt uns um unseren Schlaf.« Die Rede des Commendatore wurde an dieser Stelle von zustimmenden Rufen: »Jawohl!« »So ist es!« und von tosendem Applaus unterbrochen, der sich im Laufe der Versammlung noch oft wiederholen sollte. »Aber wir«, fuhr der Redner fort, während er sich mit einem großen dunkelblauen Taschentuch die Stirn trocknete, »wir haben zuviel Ehrfurcht vor den Gesetzen, die uns regieren, um das Urteil eines Gerichts anzufechten; und wir haben dem Herrn Präfekten versprochen, daß die Stadt Palermo so viel Reife und Anstand aufbringen werde, auf die öffentliche Kundgebung ihrer Entrüstung über die

Verurteilung der Angeklagten Palizzolo und Fontana zu verzichten. Wir sind hier nicht zusammengekommen«, fuhr der Commendatore La Manna nach einer kurzen Pause fort, »um gegen ein mit den äußeren Weihen der Legalität gefälltes Urteil zu protestieren; wir sind hier zusammengekommen, um die Haltung jener Bologneser und italienischen Bürger aufs heftigste anzuprangern, die mit ihrem konfusen Geschrei und ihrem Gejohle gegen Sizilien und eine angebliche kriminelle Organisation namens Mafia das Klima vergiftet haben, in dem über das Leben einer Reihe von Menschen entschieden werden sollte! Das Volk von Palermo ist ein Volk von antiker Kultur und von großer Geduld, das im Lauf der Jahrhunderte unter vielen Eroberern und vielen Gewalttaten gelitten hat. Aber es ist auch ein stolzes und aufbrausendes Volk, das es verstanden hat, seine Identität und Würde zu bewahren, und das von niemandem Belehrungen annimmt, seien es nun Italiener oder Fremde!« (Tosender Beifall.)

Als nächster ergriff Professor Pitré das Wort: »Der Commendatore La Manna«, sagte er, »hat, wie man es besser gar nicht könnte, die Ansicht aller Palermitaner über das, was in Bologna geschehen ist, zum Ausdruck gebracht. Und auch ich halte es für meine Pflicht, meine Stimme zur Verteidigung unseres geliebten Sizilien zu erheben, das ich bestimmt besser kenne als diejenigen, die es heute verdammen möchten, ohne je ihren Fuß darauf gesetzt zu haben, sondern allein auf Grund von Vorurteilen, Gerede und Legenden, die sich von Jahrhundert zu Jahrhundert fortpflanzen.« (Gelächter und Applaus.)

»Seit vielen, seit zu vielen Jahren«, fuhr Professor Pitré, sich immer mehr in Hitze redend, fort, »beschäftigt sich die italienische Presse mit Sizilien, um seine natürlichen und landschaftlichen Vorzüge hervorzuheben, vor allem aber, um die moralischen Mängel seiner Bewohner anzuprangern!

Im übrigen spricht man heutzutage nicht von Sizilien, ohne das Wort Mafia in den Mund zu nehmen, und Mafia und Sizilien sind ein und dasselbe. Der Prozeß in Bologna gegen Palizzolo und Fontana hat schließlich dieser unseligen Tendenz die Krone aufgesetzt, indem er eine Legende mit dem Siegel der Wahrheit versah: Und dieser Legende zufolge geschehen in Sizilien die grausamsten Untaten, organisiert von einer finsteren Sekte, die von den höchsten Sphären bis in die untersten Schichten reicht. Ihre Fangarme strecke sie bis in die erlesensten Kreise aus; mit ihrem Schlangenleib umwinde sie Männer wie Frauen, Junge wie Alte, Reiche wie Arme und überhaupt alle, die in diesem Land der Geheimnisse geboren und aufgewachsen sind, einem Land, das von der Natur mit unendlich vielen Gaben gesegnet, von den Menschen aber unbewohnbar gemacht worden sei. Kein Sizilianer, behaupten die Richter von Bologna mit ihrem Urteil, könne sich den angsteinflößenden, schrecklichen Machenschaften dieses Geheimbundes entziehen!« (Gelächter, Applaus und einige Kommentare.)

Professor Pitré schwieg einen Augenblick, als wolle er über das nachdenken, was er gesagt hatte. Schließlich rief er aus: »All das ist ungeheuerlich, und die Seele eines jeden guten Sizilianers lehnt sich voll Entrüstung dagegen auf!« Er fragte sich: »Wie konnte um diese arme Insel eine so verhängnisvoll böswillige Legende entstehen?« Er wies auf den Onorevole Perrone Paladini, der, größer und weißbärtig, neben ihm stand. »Der Advokat Perrone Paladini«, sagte er, »hat an der Seite Garibaldis gekämpft, um die Bourbonen in Neapel vom Thron zu jagen, und ohne Zweifel erinnert er sich daran, daß es bis zum Jahr 1861, also bis zur Vereinigung Siziliens mit den anderen italienischen Regionen, weder den Geheimbund, von dem heute so viel die Rede ist, gegeben hat geschweige denn das Wort dafür, nämlich ›Mafia‹. Jetzt frage ich mich, und ich frage ihn: Wem haben wir das zu verdanken?« (Heftiger Applaus und Zurufe. »Sehr gut! Bravo!«)

»Das haben wir den Piemontesen zu verdanken«, antwortete der Advokat Perrone Paladini und löste damit unter den Anwesenden einen regelrechten Beifallssturm aus. »Oder zumindest ihren Regierungen.« Er legte eine Pause ein, um der Begeisterung der Menge freien Lauf zu lassen. »Wir, die wir Italien geschaffen haben«, rief er dann, »haben uns vor 1860 verbündet und für Freiheit und Gerechtigkeit gekämpft, und nach 1860 haben wir weitergekämpft: gegen die Regierungen, die unsere Rechte nicht anerkannten und auch nie die Absicht hatten, sie anzuerkennen. Eine Regierung, die uns verkannte und verachtete, hat dann in der Vergangenheit zum Aufstand von 1866 geführt.«

Er fragte sich: »Was sollen wir machen?«

Und er antwortete sich selbst: »Sicherlich keine Revolution; keine Abspaltung; aber irgend etwas müssen wir doch unternehmen, um zu protestieren, um den uns schuldigen Respekt einzufordern!«

Die Menge war verstummt. Zwischen einem Satz des Advokaten Perrone Paladini und dem nächsten hätte man die Fliegen des Jahres 1902 summen hören können, und als der Redner die gespannte Erwartung seiner Zuhörer spürte, hielt er den Augenblick für gekommen, seinen Vorschlag zu äußern. »Wir«, sagte er, »waren und sind für die Einheit; wir haben gelitten und gekämpft, um Italien groß zu machen, und unser Wort darf nicht in Zweifel gezogen werden. Aber einige Dinge, die in diesen letzten Jahren gesagt und getan worden sind, zuerst im Prozeß von Mailand und dann in dem von Bologna, stellen eine unerträgliche Kränkung dar, auf die man einfach reagieren muß, damit die da oben nicht fortfahren, uns zu unterdrücken und zu schmähen. Ein Schrei der Entrüstung«, fuhr Perrone Paladini mit lauterer Stimme fort, »hat sich in ganz Sizilien erhoben, sobald die Nachricht vom Urteil gegen Palizzolo und Fontana bekannt wurde; und jemand kam auf die Idee, die sofort unseren Beifall fand: ein ständiges Komitee mit Sitz in Palermo zu gründen, zum Schutz unserer Rechte und zur Verteidigung unserer Würde – ein Komitee, das wir Pro Sicilia nennen wollen!«

Die letzten Wort wurden vom Applaus übertönt, der einige Minuten andauerte. Erst nachdem er verklungen war, konnte Perrone Paladini seine Rede beenden. »Das Komitee Pro Sicilia«, beteuerte er mit Nachdruck, »wird der ganzen Welt zeigen, daß unsere Insel nicht das Land der Mafia ist, und es wird die Revision des Prozesses gegen Palizzolo und Fontana fordern, denn die Verletzung des Rechts jedes einzelnen von uns ist ein Verstoß gegen das Recht von uns allen!« Er unterbrach sich, um Atem zu schöpfen. Dann verkündete er: »Ich gehöre zu der Generation, die sich für die Einheit geopfert hat, und daher schließe ich mit dem Ruf: Es lebe Italien! Doch vor allem rufe ich: Es lebe Sizilien!«

Der ganze Palazzo brach los: »Es lebe Sizilien! Es lebe Perrone Paladini!«

»Es lebe Palizzolo!«

Aufs neue trat der Commendatore La Manna an die Balustrade: »Freunde, darf ich kurz um Aufmerksamkeit bitten. Der Advokat Vincenzo Puglia, unser Gastgeber, hat mich gebeten, Ihnen sein Bedauern darüber auszudrücken, daß Sie stehen müssen, und er möchte sich deswegen bei jedem einzelnen von Ihnen entschuldigen: Aber in keinem Palazzo von Palermo, nicht einmal im Palazzo Reale, gäbe es Stühle für alle! Er läßt Ihnen jedoch sagen, daß er im Erdgeschoß ein Büfett hat einrichten lassen, mit Kellnern und Sesseln für diejenigen, die sich ausruhen wollen.« Dann deutete er auf einen großen, kahlköpfigen Mann mit Schildpattbrille, der neben ihm stand. »Jetzt«, erklärte er, »wird Professor Ragusa Moleti das Wort ergreifen, und dann werden wir über den Vorschlag des Onorevole Perrone Paladini abstimmen, ein Komitee Pro Sicilia zur Verteidigung der sizilianischen Interessen in Italien und in der Welt zu gründen ...«

Der Professor Ragusa Moleti genoß – wenn man so sagen kann – einen gewissen Ruf als Unglücksbringer, und die Hände vieler Gäste fuhren in die Taschen und schlossen sich zu Fäusten, aber nicht ganz, sondern so, daß Zeige- und kleiner Finger ausgestreckt blieben.

Der Redner begann: »Die Zeitungen des Nordens und auch die wichtigste Tageszeitung Palermos fahren fort mit ihrer Behauptung, ganz Sizilien sei erschüttert und winde sich geradezu in Krämpfen, um die Freilassung eines Delinquenten zu erreichen, nämlich Palizzolos. Und jemand – ich sage nicht, wer! – hatte sogar die Stirn, einen Leitartikel mit der Überschrift zu versehen: Die Mafia erhebt sich, ohne auf Widerstand zu stoßen. Aber die Mafia«, fuhr Professor Ragusa Moleti fort, »ist keine Sekte, weder eine geheime noch eine offene: Die Mafia ist ein Vorurteil der Norditaliener gegen die Sizilianer, das vor der Einheit Italiens nicht existiert hat und das von unseren lieben Landsleuten erfunden wurde, um uns so ihre ganze Zuneigung zu zeigen.« (Gelächter, Pfiffe.) »Ein Vorurteil wie jene, mit denen man die Juden verfolgt oder die italienischen Arbeiter im Ausland ...«

»Unsere Zurückhaltung«, ergriff der Redner wieder das Wort, sobald die Beifallsrufe und der Applaus ein wenig abgeklungen waren, »ist bis zu diesem Zeitpunkt geradezu unvorstellbar gewesen; und wir werden weiterhin zurückhaltend sein müssen, zumindest solange sich die Provokation in scheinbar legalen Formen ausdrückt. Wir werden weiterhin zurückhaltend sein müssen, denn wer uns beleidigt, tut es in einer ganz bestimmten Absicht, nämlich der, uns so weit zu bringen, die Grenzen der Legalität zu überschreiten und uns zu etwas hinreißen zu lassen, das diese famose Bezeichnung Mafioso rechtfertigen könnte. Aber obwohl wir, im Vergleich mit den Norditalienern, einer niedrigeren Rasse angehören, sind wir doch nicht so dumm, auf ihr Spiel hereinzufallen.« (Gelächter, Applaus.)

»Wir haben nie zu den Freunden Palizzolos gezählt«, sprach Professor Ragusa Moleti weiter, nachdem er sich mit dem Taschentuch den Schweiß vom Gesicht abgewischt hatte, »und wenn er sich jetzt auf freiem Fuß befände, gehörten wir sicherlich zu seinen entschiedensten politischen Gegnern. Aber wir sind von seiner Unschuld überzeugt und werden alles in unserer Macht Stehende tun, um ihn aus diesem Kerker zu holen, in dem statt seiner die wahren Mörder Micelis und Notarbartolos auf immer zu verschwinden verdienten...«

»Wir wissen doch alle, wer Notarbartolo ermordet hat!« rief der Advokat Lidonni aus der Menge. »Der Selige, Gott sei ihm gnädig, war ein ziemliches Schwein, und er hatte einen illegitimen Sohn, der ihn niedergestochen hat, als er groß genug war, um sich und die Ehre seiner Mutter zu rächen... Das ist eine mehr als bekannte Tatsache!«

»Aber was denn für eine Tatsache, wenn ich bitten darf... Reden Sie doch keinen Unsinn!« fuhr ihn von der Treppe her der Cavaliere Sgadari an und löste damit viel Zustimmung im ganzen Palazzo aus. »Notarbartolo war ein Mann von Ehre, und Sie dürfen jetzt nicht sein Andenken beschmutzen. Das lassen wir nicht zu!«

»Er ist von der Eisenbahn-Bande umgebracht worden«, schaltete sich der Advokat Agnello ein, »die ihn wegen weniger Lire überfallen hat. Das ist das einzige, was man mit Sicherheit weiß, alles übrige ist Geschwätz!«

Wie viele andere Palermitaner, die sich an diesem Tag im Palazzo Puglia befanden, war auch der Commendatore Pitré dem Marchese Notarbartolo in Achtung und Freundschaft verbunden gewesen, und dieser Wirtshausstreit war ihm ausgesprochen widerlich. Er hielt seine Anwesenheit unter den Rednern nicht mehr für notwendig und dachte, er könne sich nun zum Büfett begeben und sich ein eisgekühltes Getränk servieren lassen. Schritt für Schritt gelang es ihm, die Freitreppe hinunterzusteigen, immer wieder Honoratioren umarmend und ihren Gattinnen die Hand küssend; er durchschritt einen ersten und einen zweiten Saal im Erdgeschoß, und als er endlich glaubte, die Menge hinter sich gelassen zu haben und den Umarmungen und Küssen entronnen zu sein, sah er Monsignore Paolo Favagrossa mit ausgebreiteten Armen auf sich zukommen; er war ein Klassenkamerad von ihm aus der Grundschulzeit und drückte ihn jetzt so heftig an sich, daß es fast weh tat, wobei er ihm ins Gesicht hauchte: »Danke! Danke! Danke, daß du die Empfindungen jener teilst, die, wie meine Wenigkeit, das Blut in ihren Adern kochen fühlten, als sie unser geliebtes Sizilien erniedrigt und mit Füßen getreten sahen!«

»Dir gebührt Dank, Don Paolino, daß du hier bei uns bist«, erwiderte der Commendatore, als es ihm endlich gelungen war, sich aus der Umklammerung des Besessenen zu befreien. »Ich habe im ersten Stock schon eine ganze Reihe Priester getroffen, und es scheint mir ein gutes Zeichen zu sein, daß sich auch die Männer der Kirche als Sizilianer fühlen, nicht nur als Geistliche ...«

»Aber was sagst du da, Peppino, was sagst du da!« Don Paolos Miene drückte nun Verwunderung und auch Verdruß aus. »Du tust uns sehr Unrecht und bist dir dessen nicht einmal bewußt! Alle Geistlichen Siziliens würden in diesem Moment gerne hier sein, und auch alle Mönche und Nonnen ... Jawohl! Wenn uns nicht bestimmte Direktiven von oben erreicht hätten, bestimmte Weisungen, uns herauszuhalten ... sähe man heute in diesem Palazzo mehr geistliche Gewänder als weltliche, das sag' ich dir! Die Bischöfe müssen bekanntlich Wasser auf das Feuer der Leidenschaften gießen, denn das Evangelium sagt, daß alle Menschen Brüder sind und daß derselbe Gott, der Sizilien geschaffen hat, in einem mißgelaunten Augenblick auch Norditalien schuf: Aber wenn ich jetzt die Richter aus Bologna vor mir hätte, würde ich die Hand bestimmt nicht erheben, um sie zu segnen ...«

Hin und wieder vernahm man aus dem Hof, und sicher bis auf die Straße hinaus, die Stimme des Commendatore La Manna, der die Gründungsakte des Komitees Pro Sicilia verlas und immer wieder die Stimme hob, um die wichtigsten Passagen zu unterstreichen (»... den universalen Aufschrei der integersten und unvoreingenommensten Bürger aufgreifend ... beschließt, endlich ein ständiges Komitee zu gründen, mit dem Ziel, die Bindungen zwischen den verschiedenen Orten der Insel zu festigen, zur Wahrung der Interessen und der Würde ...«). Professor Pitré hakte Monsignore Favagrossa unter und bewegte sich mit ihm zum Büfett, das sich im nächsten Saal befand. »Du hast völlig recht, Don Paolino«, sagte er, »und auch das sizilianische

Volk ist mit Recht über die Kränkungen und Übergriffe erbittert, die es ständig erdulden muß. Aber trotzdem: Da ich es für sehr unwahrscheinlich halte, daß die Norditaliener je so weit kommen, die Sizilianer zu verstehen, werden schließlich wir es sein, die sich, wenn wir miteinander auskommen wollen, anstrengen müssen, sie zu verstehen.« Er ließ sich in einen Klubsessel fallen und winkte einen Kellner herbei, während Don Paolo sich in dem Sessel ihm gegenüber niederließ. »Ich kenne sie, die Norditaliener«, sagte der Professor. »Auch sie sind, wie wir, zum größten Teil brave Leute, fleißig und der Familie ergeben. Wir erscheinen ihnen anders, vor allem wegen zweier Gefühle, die bei uns wesentlich stärker ausgeprägt sind als bei ihnen: nämlich das der Freundschaft und das der Ehre; und da unser Anderssein ihnen etwas Angst einflößt, haben sie sich dieses Märchen von der Mafia ausgedacht ...« Er unterbrach sich, weil der Kellner hergekommen war, und sowohl er wie Don Paolo Favagrossa bestellten eine Pfefferminz-Gramolata. Erst einige Minuten später, als die großen Gläser leer wieder auf dem Tablett gelandet waren, fühlte sich der Commendatore Pitré bemüßigt, seine begonnenen Ausführungen über die Unterschiede zwischen Süd- und Norditalienern und über die Mafia zu Ende zu bringen. »Die sogenannte Mafia«, erklärte er Don Paolino, der beim Zuhören immer wieder zustimmend mit dem Kopf nickte, »ist nichts anderes als das etwas übertriebene Bewußtsein, das die Sizilianer von ihrer Persönlichkeit, von ihrer Ehre und von ihrer Würde haben, das sich mit keinerlei Übergriffen abfindet und das bei denen, die zur Übeltat neigen, oder bei Angehörigen der untersten Schichten zum Verbrechertum führen kann.«

Seine Worte wurden von der Stimme des Commendatore La Manna übertönt, der »Es lebe Sizilien!« rief, und dann gab es einen langen Beifall, eine Ovation, die die Scheiben des ganzen Palazzos erzittern ließ:

»Es lebe das Komitee Pro Sicilia! Es lebe Sizilien!«

»Es lebe ›L'Ora‹!« (Die Tageszeitung »L'Ora« von Palermo hatte, im Gegensatz zum »Giornale di Sicilia«, von Anfang an die Auffassung von der Unschuld Palizzolos und Fontanas und vom Komplott der Norditaliener gegen die Sizilianer vertreten.)

»Freiheit für Palizzolo!«

»Es lebe Palizzolo! Nieder mit den Richtern von Bologna!«

»Ich wüßte zu gern«, überlegte der Commendatore Pitré laut, »was die Presse im Norden und in der Hauptstadt morgen über diese Versammlung berichten wird. Ob sie wohl immer noch den Mut haben zu schreiben, wie sie es bisher getan haben, daß die Kundgebungen für Palizzolo von der Mafia organisiert werden …?«

Palermo, 31. Juli 1904

Der Dampfer mit den Spruchbändern des Komitees Pro Sicilia näherte sich in der Gischt der von den Schiffsschrauben aufgewirbelten Wassermassen langsam der Mole, während die Passagiere anfingen, bunte Flugblätter von der Reling auf die Menge hinunterzuwerfen, und die vom Maestro Salvatore Garofalo dirigierte Musikkapelle ein Stück intonierte, das, eine Mischung aus »Garibaldi-Hymne« und »Königsmarsch«, eigens für diesen Anlaß vom Maestro komponiert worden war und den Titel trug: *La vittoria di Palizzolo* (Palizzolos Sieg). Ganz vorn auf der Mole standen die Angehörigen des Schwans: der Bruder Gandolfo (»Capitan Fracassa«), die Schweinchenschwestern, die ewige Braut Matilde, Seine Hohlheit der Herzog von Villarosa mit Gemahlin und Töchtern und den Gatten der Töchter, und hinter den Angehörigen drängten sich die Photographen und die Zeitungsberichterstatter und die Ordnungskräfte, die Tausende von Palermitanern in Schach zu halten versuchten, Männer und Frauen, die gekommen waren, um ihren Helden festlich zu empfangen und mit ihm seinen Freispruch im Prozeß von Florenz zu feiern. Filicetta saß in einer Kutsche, etwa zweihundert Meter vom Pier entfernt, und beobachtete alles durch ein Fernglas. Zusammen mit Sara, ihrer Schneiderin und Busenfreundin, hatte sie eine Droschke gemietet und dem Kutscher gesagt, er solle so nah wie nur irgend möglich an das Schiff des Komitees heranfahren; aber kaum hatten sie die Hafengitter passiert, mußte die Kutsche, von der Menge blockiert, anhalten. Da war, wie durch ein Wunder, aus Saras Täschchen dieser kleine, perlmuttbesetzte Gegenstand zum Vorschein gekommen, und die beiden Freundinnen konnten alles oder fast alles sehen, was dort unten auf der Mole vor sich ging. Sie sahen die Arbeiter der »Dampfziegelei Puleo« (von denen am nächsten Tag in allen italienischen Zeitungen die Rede sein sollte) mit Palizzolos Porträt auf ihren Strohhüten und fragten sich – wie alle –, wer sie wohl geschickt habe; sie sahen die Delegationen der Gemeinden und die Abordnungen der Klubs und der Arbeitervereine mit Dutzenden und Aberdutzenden von Wimpeln; sie sahen die Honoratioren des Komitees Pro Sicilia, die alle kerzengerade von Bord schritten, und in ihrer Mitte ein komisches, rundes, weißgekleidetes Männchen: Palizzolo. (Filicetta rief: »Da, das ist er!«, und Sara fing sofort an, Beifall zu klatschen.) Und nicht zuletzt sahen sie die Menge, die sich, Polizei und Ordnungskräfte mit sich reißend, um die Kutsche des Schwans drängte: Der Wagen des Komitees und die Polizei, die bis unmittelbar an das Schiff gefahren waren, steckten einige Minuten lang im Gedränge fest, während ein weißes und dem Anschein nach lebloses Bündel – der Schwan – hochgehoben und in den ersten Wagen gehievt wurde...

»Um Himmels willen«, rief Sara aus, die in diesem Augenblick durch das Fernglas schaute, »er ist ohnmächtig geworden! Palizzolo ist ohnmächtig geworden!«

Filicetta beugte sich sogleich vor. »Bitte, laß mich sehen!«

Da brach die Menge in den ersten Freudentaumel aus: ein frenetischer Applaus, ein Getöse, das auch außerhalb des Hafens, in den alten und neuen Vierteln Palermos, zu hören war:

»Palizzolo! Palizzolo! Es lebe Palizzolo!«

Das ohnmächtige Männchen wurde auf die Kissen der Kutsche des Komitees Pro Sicilia gebettet, zwischen die Honoratioren, die in der Stadt geblieben waren, um die Feierlichkeiten zu seinen Ehren zu organisieren; es waren dies der Advokat Puglia, der Advokat Collotti, der Advokat Isabella, der Cavaliere Saitta, der Fürst von Furnari, der Advokat Tesauro und der Doktor Tesauro. Als sich der Zug jedoch in Bewegung setzte und vom Schiff entfernte, sah man den Schwan im ersten Wagen stehen; er weinte vor Freude und warf Kußhändchen nach rechts und nach links in die Menge, die ihm zujubelte:

»Es lebe Palizzolo! Es leben die Richter von Florenz! Es lebe die Gerechtigkeit!«

Die Piazza Ucciardone war so voller Menschen, daß bei einem plötzlichen Regenguß auch nicht ein Tropfen den Boden erreicht hätte; aber wie es in Sizilien im Sommer fast immer der Fall ist, war auch an diesem Tag der Himmel völlig wolkenlos, und seit über einem Monat herrschte eine mörderische Hitze, die einen fast ersticken ließ: eine Art Fieber, das große Schweißflekken auf die Kleider der Menschen zeichnete, die sich auf den Straßen und Plätzen Palermos drängten und den Namen des Schwans riefen. In der Via Crispi gab es keinen einzigen Balkon, von dem nicht Konfetti, Blumen und Billetts mit herzlichen Worten für den Helden geworfen worden wären, der, ein neuer Odysseus, auf seine Heimatinsel zurückkehrte, nachdem er fünf lange Jahre Gefängnis und Exil erduldet hatte. Und die Rührung über diese Heimkehr war so groß, daß viele Frauen, aber auch nicht wenige Männer laut weinten. Alle paar Meter war die Kutsche, in der sich der Schwan befand, zum Halten gezwungen, weil sie von Gruppen von Palermitanern bestürmt wurde, die dem Helden die Hände küssen wollten; und der Schwan, auch er in Tränen, beugte sich mit so viel Schwung zu ihnen hinab, daß er bestimmt aus dem Wagen gefallen wäre, hätten ihn nicht der Advokat Isabella und der Commendatore Tesauro an Beinen und Kleidern festgehalten, während die Menge von allen Seiten weiterrief: »Es lebe der Unschuldige! Es lebe Palizzolo! Es lebe das Komitee Pro Sicilia!«

Als die Bilder, die sie durch die Gläser sah und die bisher ganz klar gewesen waren, plötzlich undeutlich und verschwommen wurden, merkte Filicetta, daß auch sie weinte. Sie gab Sara das Glas und lehnte sich mit dem Rücken in die Kissen. Endlich – dachte sie – ist es ihnen gelungen, ihn freizubekommen und nach Palermo zurückzuholen! Es schien ihr ein wunderschöner Tag zu sein: ein denkwürdiger Tag, für den Schwan, für Sizilien und auch für sie selbst, obwohl sie sich doch gar nichts von der Heimkehr ihres ersten Beschützers erwartete und auch gar nichts brauchte. Filicettas Leben war in den fünf Jahren, die Palizzolo in den Gefängnissen verschiedener italienischer Städte verbracht hatte, ohne Erschütterungen und tiefgreifende Veränderungen verlaufen, weil seine Freunde weiterhin die kleine Wohnung in der Via dei Biscottari frequentiert und ihr, Filicetta, jede Art von Geschenken gemacht hatten. Doch auch sie hatte, wie so viele andere Palermitaner und Sizilianer, seit der Zeit des Mailänder Prozesses eine große Wut gegen diese blöden Norditaliener in sich wachsen gefühlt, die ihnen, den Sizilianern, beibringen wollten, was gut und was schlecht sei, und sich anmaßten, ihnen da oben im Norden den Prozeß zu machen, als ob sie ihre Vormünder wären … Was wußten sie, die Norditaliener, denn schon von Palizzolo? Filicetta, die ihn besser zu kennen glaubte als jeder andere, hatte nach seiner Verhaftung gemerkt, daß sie auch so etwas wie Zärtlichkeit, wenn nicht sogar Zuneigung für ihn empfand. Palizzolo – dachte das Mädchen – war der Mann, der ihr zur Zeit der Sondergesetze geholfen hatte; der einzige Mann auf der Welt, der sie wie eine *mamma* behandelte und dem gegenüber sie sich tatsächlich ein wenig als *mamma* fühlte... Er war ihr Kind: Welches Recht hatten diese Monster, ein Kind zu verfolgen? Deshalb hatte sie angefangen, die Zeitung »L'Ora« zu lesen und sich leidenschaftlich für diesen endlosen, absurden Prozeß zu interessieren, der in fernen und unbekannten Städten stattfand: Mailand, Bologna, Florenz... Sie hatte sich als Beteiligte in dieser Sache gefühlt, die sie an einen anderen Vorfall erinnerte, der zehn Jahre zurücklag: als Soldaten, die niemand zuvor gesehen hatte, eingehüllt in zu lange und für das sizilianische Klima viel zu schwere Wollmäntel, vor dem Rathaus ihres Heimatortes auf sie geschossen und ihren Mann umgebracht hatten. Diese fremden Soldaten – die »Bayern«, wie die Alten und die einfachen Leute sie in Erinnerung an die bourbonischen Söldner nannten – das waren in Wirklichkeit die Mailänder und die Bologneser und die Norditaliener, die herkamen, um sich im Haus der anderen als Herren aufzuspielen, und glaubten, alles, was in Sizilien geschah, mit einem einzigen Wort erklären zu können: dem Wort »Mafia«...

Die Kutschen fuhren nun langsam in einer Reihe hinter der des Schwans her, zwischen einem dichten Spalier applaudierender Menschen. »Ich habe in einer Zeitung gelesen«, sagte Sara, »daß Palizzolo heiraten will. Weißt du was davon?«

Filicetta schüttelte den Kopf. »Ich weiß nur«, erwiderte sie, »daß er seit vierzig Jahren mit einer Frau verlobt ist, die ein bißchen älter ist als er und Matilde heißt, und daß er ihr zur Zeit des Prozesses in Bologna das Landgut in Monreale und andere Besitzungen überschrieben hat, weil er fürchtete, die Richter könnten sie ihm beschlagnahmen...«

Sara lachte. »Ich verstehe... So eine ist das! Wartet

drauf, daß er sie heiraten muß, um wieder zu seinem Eigentum zu kommen ...«

»Vielleicht heiraten sie aus Liebe«, sagte Filicetta. »Wieso bist du so sicher, daß es sich nur um eine Frage des Vermögens handelt? In diesen fünf Jahren, die er im Gefängnis war, kann soviel geschehen sein, mit Matilde oder mit irgendeiner anderen Frau: Sie haben sich Briefe geschrieben, Versprechungen gemacht ...«

»Sag die Wahrheit«, stichelte Sara, »du bist ein wenig eifersüchtig ...«

»Nein«, erwiderte Filicetta, »kein bißchen!« Sie wandte sich zur Freundin. »Palizzolo«, sagte sie, »ist nicht viel mehr als ein Kind, und wenn er ein wenig erwachsener geworden ist, um so besser für ihn! Ich glaube jedoch nicht, daß er wirklich heiraten will. Das sind so Sachen, die die Zeitungen schreiben, um die Leute neugierig zu machen ...«

»Inzwischen ist er fast sechzig«, sagte Sara.

Sämtliche Hausmauern Palermos waren mit Plakaten vollgepflastert. Die der Zeitung »L'Ora« priesen den gerechten und guten Menschen, der, obwohl er fünf lange Jahre verfolgt worden war, die Großherzigkeit gehabt habe, seinen Peinigern zu verzeihen; und in Anführungszeichen gaben sie einige Worte eines Telegramms wieder, das Palizzolo gleich nach seiner Entlassung aus dem Gefängnis an die Zeitung geschickt hatte: »Nichts anderes wünsche ich mir als das wahre Glück unseres Landes, das Ruhe und Frieden braucht. Ich habe meinen Feinden verziehen ...« Die Plakate des Komitees Pro Sicilia dankten dem Gericht und der Stadt Florenz, daß sie endlich Gerechtigkeit hätten walten lassen. (Genaugenommen war der Freispruch von Palizzolo und Konsorten freilich nur ein Freispruch wegen Mangels an Beweisen: Elf Jahre nach dem Verbrechen waren einige wichtige Zeugen verstorben, andere hatten es satt, durch ganz Italien zu reisen, und präsentierten dem Gericht ein ärztliches Attest, und wieder andere widerriefen, mehr oder weniger spontan, ihre Aussagen.) Die Anschläge der Presseagentur Trinacria schließlich beschränkten sich darauf, die Bevölkerung davon in Kenntnis zu setzen, daß der von Palizzolos Freunden mit dem Geld der Spendenaktion des Komitees Pro Sicilia und der Zeitung »L'Ora« gemietete Dampfer *Malta* am Sonntag, dem 31. Juli 1904, zwischen 16 und 17 Uhr in Palermo eintreffen werde. Und dann klebten noch mehr oder weniger überall – an den Mauern, den Haustoren, den Rolläden der Geschäfte und sogar an den Bäumen am Straßenrand – die farbigen Papierstreifen, auf denen in Riesenbuchstaben gedruckt stand: ES LEBE FLORENZ! ES LEBE DIE GERECHTIGKEIT! ES LEBEN DIE RICHTER VON FLORENZ! ES LEBE PALIZZOLO! ES LEBE DER UNSCHULDIGE! ...

In der Via Cavour hatten die Carabinieri zu Pferd und zu Fuß freie Bahn geschaffen, und der lange Zug von Wagen konnte endlich seinen Weg ungehindert fortsetzen, in einer Wolke aus Blumen, Konfetti und Luftschlangen, die von den Fenstern und den Balkonen herabregneten. Alle Geschäfte hatten offen, obwohl Sonntag war, und alle Schaufenster waren geschmückt wie für Weihnachten: mit Girlanden aus Buntpapier, übersät mit Sternchen aus Flittergold. Und doch hatte die Apotheose des Schwans ihren Höhepunkt noch nicht erreicht. Auf der Piazza Verdi war das Gedränge unbeschreiblich, und auf der Freitreppe des Teatro Massimo spielte eine zweite Musikkapelle, die Kapelle Caccamo, »Palizzolos Sieg«, mit allem, was die Lungen der Bläser hergaben, und mit der ganzen Wucht der Schlaginstrumente. Die Via Maqueda war bis zu den Quattro Canti mit den gleichen Bögen und den gleichen Girlanden von bunten Lämpchen geschmückt, wie man sie in jenen Jahren an dem dreitägigen Fest der heiligen Rosalia auf dem Càssaro, dem heutigen Corso Vittorio Emanuele, verwendete; und es gab keine Kreuzung, und sei es auch nur an einer winzigen Gasse, die nicht ihren Triumphbogen gehabt, keinen noch so kleinen Platz, in dessen Mitte sich nicht ein erleuchtetes Tempelchen aus Holz und Buntpapier erhoben, keine Mauer, auf der nicht die gleichen Parolen geprangt hätten, die Tausende von Palermitanern überall, wo die Kutsche des Schwans vorbeifuhr, aus voller Kehle riefen:

»Es leben die Richter von Florenz! Es lebe Palizzolo! Es lebe Sizilien!«

»Es lebe die Gerechtigkeit! Es lebe ›L'Ora‹! Es lebe Scarfoglio!«

(In einer Kutsche nicht weit hinter der des Schwans und gleich nach denen der Polizei saß der Direktor der Zeitung »L'Ora«, Edoardo Scarfoglio, und ein paar Journalisten und Drucker warfen die gerade frisch aus der Presse gekommenen Extrablätter mit dem ganzseitigen Titel »Die Ankunft Palizzolos« in die Menge.)

»Nieder mit dem ›Giornale di Sicilia‹! Es lebe Palizzolo!«

Filicetta und Sara hatten den Schwan wieder vor ihr Fernglas bekommen, als seine Kutsche in die Via Maqueda eingebogen war, und er erschien ihnen wie betrunken: Er taumelte, konnte sich nur mit Hilfe der Personen neben ihm auf den Beinen halten, hatte glänzende und starre Augen und wiederholte ständig die gleichen Gesten, als würde er von einem unsichtbaren *puparo* bewegt: Er hob die Unterarme, drehte den Kopf, trocknete sich die Tränen mit dem Taschentuch, das er aus der Jackentasche zog und wieder einsteckte, und dann fing er wieder von neuem an, die Unterarme zu heben, den Kopf zu drehen und so weiter. Von Zeit zu Zeit verklärte ihn für einen Moment ein übernatürliches Licht, hüllte ihn in eine Art Glorienschein – doch das war lediglich ein »Magnesiumblitz«, hervorgezaubert von einem ganz außergewöhnlichen Photographen, dem Advokaten Puglia, der sich neben den Kutscher auf den Kutschbock gesetzt hatte und von dort oben die Menschenmenge und den Schwan in »Momentaufnahmen« festhielt. Bei jedem Blitz brachen die Leute, die sich in der Nähe des Wagens befanden, vor Verwunderung und vielleicht auch ein wenig vor Schreck in ein langes »Ooooh...!« aus. Der eine oder andere bekreuzigte sich und wartete darauf, daß sich der Schwan im Lichtglanz gen Himmel erhebe, um sich dort zur Rechten Gottvaters niederzulassen; andere riefen aus der Menge: »Blitzen lassen, blitzen lassen!« Aber das blieben nur vereinzelte Rufe, denn der größte Teil der Menschen, die auf der Straße standen oder von den Balkonen und Fenstern der Via Maqueda herunterschauten, schrie unermüdlich weiter:

»Es lebe Florenz! Es lebe der Unschuldige! Es lebe die Gerechtigkeit!«

An der Ecke zur Via Sant'Agostino stürzte sich eine Gruppe junger Burschen in Hemdsärmeln auf die Kutsche des Schwans, um die Pferde auszuspannen und den Helden im Triumph bis zur Tür seines Hauses zu tragen. Es kam zu einem wilden Handgemenge zwischen Polizisten und *picciotti*, aber zum Schluß behielt die Polizei die Oberhand und konnte die Hitzköpfe zurückdrängen. Die Via Sant'Agostino war nicht wiederzuerkennen: Hunderte, nein Tausende bunter Lämpchen hingen von Dutzenden von Bögen und verliehen der Straße ein schlechthin phantastisches Aussehen. Die Kutsche des Schwans bog ein: Gleich darauf postierten sich, in einem Überraschungsmanöver, die Polizeiwagen, die ihr seit der Hafenmole gefolgt waren, so, daß sie allen anderen Kutschen die Einfahrt in die Straße versperrten. Im Nu entstand ein riesiges Gedränge, ein Verkehrsstau von der Piazza Verdi bis zur Piazza Villena, in dem kein Wagen auch nur einen Zentimeter vorankam und es selbst für einen Fußgänger schwierig war, sich einen Weg zu bahnen. Filicetta und Sara, die ihren Helden um jeden Preis wiedersehen wollten, überließen den Kutscher, nachdem sie ihn bezahlt und mit einem guten Trinkgeld bedacht hatten, seinem Schicksal in der Menge, kämpften sich mit Hilfe ihrer Ellbogen über die Via Maqueda und gelangten durch eine stille Seitengasse zur Piazza degli Aragonesi, wo Sara eine Freundin hatte, deren Mansardenwohnung auf die Kirche San Marco und das Haus des Schwans ging. Von dort oben beobachteten sie, abwechselnd durchs Fernglas schauend, die Aufstellung der Carabinieri und Polizisten, die die Menge daran hinderten, sich dem Haustor mit dem Wappen der Herzöge Villarosa zu nähern; sie sahen den Schwan, der, gestützt vom Advokaten Isabella und vom Doktor Tesauro, aus der Kutsche des Komitees Pro Sicilia stieg und in den Armen seiner Begleiter ein zweitesmal ohnmächtig wurde; schließlich sahen sie die Brüder Palizzolo, die ihn um die Taille und unter den Achseln faßten und ihm ins Haus halfen. Sie hörten den Beifall, der sich von einem Ende der Straße zum andern erhob, nachdem das Haustor wieder geschlossen war, und die aus Hunderten von Mündern ertönende Aufforderung, Palizzolo möge eine Rede halten:

»Eine Rede! Eine Rede! Palizzolo soll eine Rede halten!«

Auf einem Balkon im zweiten Stock des Hauses des Schwans erschien daraufhin ein Mann im dunklen Anzug, der, die Hände zu einem Schalltrichter formend, verkündete, er habe im Auftrag des Onorevole eine Mitteilung zu machen. »Der Onorevole«, brüllte er – es war der Cavaliere Saitta – »ist von den Strapazen und Aufregungen dieser Tage äußerst mitgenommen und bedarf sogleich ärztlicher Hilfe; doch sobald es ihm seine Kräfte erlauben, wird er herauskommen, um euch persönlich seine Freude auszudrücken, daß er wieder unter euch weilt, und um euch für euren Empfang zu danken, der ihn für soviel Leid und Ungerechtigkeit in der Vergangenheit entschädigt hat.« Nach diesen Worten zog sich der Cavaliere Saitta zurück: Aber alle Gesichter blieben nach oben gerichtet, und alle Augen blickten weiter zu dem Balkon, auf dem der Held erscheinen sollte. Als sich der Schwan endlich zeigte, wurde er von seinem Bruder Gandolfo und vom Advokaten Puglia gestützt: Er öffnete den Mund, um zu reden, aber angesichts des Freudenausbruchs der Menge verzog sich sein Gesicht, und er brach in Schluchzen aus. Er bedeckte die Augen mit der linken Hand und machte mit der rechten zwei- oder dreimal Zeichen, daß er nichts sagen könne, wandte sich dann jäh um und verschwand, während die Leute auf der Straße in die Hände klatschten und seinen Namen skandierten:

»Palizzolo! Palizzolo! Palizzolo!«

»Palizzolo! Palizzolo! Palizzolo!«

»Palizzolo! Palizzolo! Palizzolo!«

Schließlich kehrte der Schwan, mit tränenüberströmtem Gesicht, auf den Balkon zurück. Zitternd stützte er sich auf die Brüstung, und in die große Stille hinein, die sich in der Via Sant'Agostino ausgebreitet hatte, sprach er, von Schluchzen unterbrochen, jene Worte, die wenige Stunden später in den Zeitungen ganz Italiens stehen sollten:

»Meine sizilianischen Brüder, Volk von Palermo! Ich segne das Martyrium und die Leiden von fünf Jahren Kerker und zwei Prozessen, da sie mir eine solche Kundgebung von Liebe beschert haben, wie ihr sie mir bereitet. Wer mich wirklich liebt, möge mit keinem Wort mehr auf eine Vergangenheit anspielen, an die ich mich nicht erinnern will, denn jetzt ist mir nur noch eines wichtig: eure Zuneigung! Ich danke euch von Herzen, und ich bitte euch, nun zu gehen, denn der Herr Präfekt hat mir mitteilen lassen, daß er keine Reden oder andere Veranstaltungen vor meinem Haus gestatte.«

Er schneuzte sich geräuschvoll. Alle Leute hatten Tränen in den Augen, die auf der Straße, die an den Fenstern und auch die in der Wohnung im dritten Stock an der Piazza degli Aragonesi. Die Hausfrau und ihre Familie schluchzten, und Filicetta und Sara mußten sich immer wieder die Augen mit dem Taschentuch trocknen, um durch das Fernglas schauen zu können.

Dann zog sich der Schwan wieder zurück, und der Advokat Isabella trat auf den Balkon. Er sagte: »Palermitanische Freunde! Ich danke euch im Namen des Komitees Pro Sicilia, daß ihr so zahlreich unserer Einladung gefolgt seid, aber ich bitte euch, jetzt die Straße freizumachen, damit es zu keinem Zusammenstoß mit der Polizei kommt. Wer den Sieg des Onorevole Palizzolo weiterfeiern will, kann dies in seinem Wahlbezirk Albergaria tun: Das Fest dort ist vom Polizeipräsidium genehmigt, weil es mit dem der Madonna vom Karmel, der Schutzpatronin des Viertels, zusammenfällt. Der Onorevole wird natürlich nicht bei euch sein können, aber es sind zwei Musikkapellen da, es gibt ein Feuerwerk, und um Mitternacht wird, wie auf den Plakaten angekündigt, der Fesselballon aufsteigen, in dem die Herren Vincenzo Bellavia und Giuseppe Dentice versuchen wollen, mit fünftausend Flugblättern Florenz zu erreichen, um dieser fernen und edlen Stadt die Grüße und den Dank des palermitanischen

Volkes zu überbringen. Also, auf nach Albergaria! Das Fest geht weiter!«

Auf die Worte des Advokaten folgte ein letzter, lang anhaltender Applaus, und dann begann die Menge in Richtung Via Maqueda abzuziehen oder sich in den kleinen Gäßchen zu verlaufen. Nur die jungen Burschen, die versucht hatten, die Pferde von der Kutsche des Schwans auszuspannen, blieben an der Ecke Via Sant'Agostino und der Gasse San Marco stehen, um die vor dem Palazzo Villarosa aufgestellten Polizeikräfte und Carabinieri zu ärgern, indem sie ihnen immer wieder zuschrien:

»Es leben die Richter von Florenz! Es lebe Palizzolo! Es lebe die Gerechtigkeit!«

Palermo, 1. August 1904

Durch die Gläser seiner goldumrandeten Brille betrachtete der Schwan die Hände des Mannes, der ihm gegenüber auf dem Sofa saß und dessen »Füllfeder« sich rasch über die Blätter des Notizblocks bewegte. Dann jedoch hielt die Feder inne, und der Mann hob das von einem gepflegten grauen Bart umrahmte Gesicht und sah seinem Gesprächspartner in die Augen. »Onorevole«, sagte er, »vor ein paar Tagen, gleich nachdem Sie aus dem Gefängnis gekommen sind, haben Sie Ihre Absicht angekündigt, Seine Majestät den König um eine Audienz zu bitten. Was werden Sie ihm sagen, wenn er Ihnen die Audienz gewährt?«

Der Salon der Herzöge Villarosa, in dem das Interview stattfand, war bis in alle Ecken mit Blumen vollgestellt, die – in Sträußen, Buketts und ganzen Wagenladungen – aus jedem Teil der Insel eingetroffen waren, um den Freispruch des Helden und seine triumphale Heimkehr in sein Sizilien zu feiern. Das ganze Haus war mit Blumen angefüllt, vor allem mit Jasmin und weißen Lilien, Symbolen der Unschuld, die einen mit ihrem Duft betäubten: Sie standen in der Eingangshalle, im Treppenhaus, in den Räumen des Schwans im ersten Stock und auch in den oberen Stockwerken, den Wohnungen der Brüder und Schwestern. Durch die Tür des Salons, aus dem Vestibül, hörte man die Stimmen der Besucher, die sich nach dem Onorevole erkundigten (»Geht es ihm gut? Ist er im Augenblick zu Hause? Hat er die vergangene Nacht wohl geruht?«), sowie die seiner Angehörigen, die auf die Fragen antworteten. Der Andrang von Honoratioren und Bürgern Palermos im Hause Palizzolo, der am Vortag bis nach Mitternacht angedauert hatte, hatte am Montagvormittag erneut eingesetzt und schien nicht abebben zu wollen, im Gegenteil, er wurde von Stunde zu Stunde stärker; ebensowenig nahm das Kommen und Gehen der Telegraphenboten zwischen der Hauptpost und der Via Sant'Agostino ein Ende. Von Zeit zu Zeit kamen, nachdem sie diskret an die Salontür geklopft hatten, *zu* Tano, der Portier, oder auch eine der Schweinchenschwestern herein und stellten auf den Tisch, auf dem schon Hunderte von Grußbotschaften lagen, eine Schale voll neuer Telegramme, die der Onorevole dann laut und mit viel Pathos den Journalisten, oder wer sonst gerade da war, vorzulesen pflegte: »Der Rat der Stadt Syrakus jubelt über die gerechte und weise Entscheidung der Richter von Florenz ... Die Einwohnerschaft von Misilmeri ... Ciminna ohne Unterschied der Parteien ... Das amerikanische Komitee Pro Palizzolo, Sektion Detroit ... Der Direktor und die Redaktion des Wochenblatts ›Sicilia cattolica‹ ...«

»Sobald es mir möglich sein wird, nach Rom zu reisen«, sagte der Schwan, »werde ich, wie ich es angekündigt habe, Seine Majestät Vittorio Emanuele III. sowie den gegenwärtigen Ministerpräsidenten Giovanni Giolitti um eine Audienz bitten. Ich muß beiden erklären, daß meine Rückkehr ins politische Leben keinerlei Bedrohung für die öffentliche Ordnung darstellen, sondern im Gegenteil dazu beitragen wird, sie zu stärken, und daß sie die Einrichtungen der Monarchie in keiner Weise gefährden wird. Meine Ergebenheit dem Hause Savoyen gegenüber hat sich nicht gewandelt, ebenso wie meine Treue zur Einheit des Landes fest und unerschütterlich geblieben ist ...«

Der Journalist, der mitgeschrieben hatte, hielt inne. Überrascht hob er den Kopf. »Aber das«, sagte er, »ist doch nie im geringsten angezweifelt worden! Und außerdem, entschuldigen Sie, was hat die Einheit Italiens mit Ihrer Situation als Häftling und Angeklagter in einem Mordprozeß zu tun?«

Der Hauch eines Lächelns spielte hinter den Brillengläsern des Schwans, der sich erhob und anfing, im Zimmer auf und ab zu gehen. »Wie bereits gesagt«, wiederholte er, »beabsichtige ich, meine Treue zur Monarchie und meinen Einsatz für Sizilien aufs neue zu bekräftigen, um jede Form von Unordnung und jede separatistische Versuchung zu bekämpfen, einschließlich jener, die sich womöglich mit meinem eigenen Namen verbinden könnten; doch mit Seiner Exzellenz, dem Ministerpräsidenten Giolitti, werde ich auch noch über die Modalitäten meiner Rückkehr ins politische Leben reden müssen sowie über meine Memoiren, die ich zu schreiben begonnen habe und die nach ihrer Veröffentlichung für Aufsehen sorgen werden…«

Der Journalist unterbrach ihn: »Worum geht es darin?«

»In erster Linie um den Prozeß«, sagte der Schwan und machte mit beiden Händen eine Bewegung, als wollte er sagen: Da werden Sie schöne Sachen zu lesen bekommen! »Und dann auch um die Verschwörung der Sozialisten gegen die italienische Nation und um den politischen Kampf in Sizilien… Da werden Dinge zur Sprache kommen, die für alle von größtem Interesse sind, davon dürfen Sie schon jetzt überzeugt sein! Viele Geheimnisse werden aufgedeckt werden, und viele Köpfe von Leuten, die sich für unantastbar halten, werden jetzt, wo die Reihe zu reden an mir ist, von den Podesten, auf die sie die Einfalt des Volkes gestellt hat, herunterrollen und dort landen, wo sie hingehören, nämlich im Dreck…«

Es entstand eine kurze Pause, während der die Goldfeder über den Notizblock lief. Als die Worte des Schwans schließlich festgehalten waren, legte der Journalist den Füllfederhalter hin und strich sich mit den Fingern der linken Hand den Bart glatt, wie er es immer machte, wenn er verblüfft war. »Sie sprechen ganz als Sieger«, sagte er. »Dabei haben die Richter Sie nicht wegen erwiesener Unschuld freigesprochen, sondern nur, weil es nach elf Jahren nicht mehr möglich war, ausreichende und sichere Beweise für Ihre Schuld zu finden. Die gesamte Ihnen gewogene Presse und auch Ihre Anwälte haben Ihnen nahegelegt, auf eine triumphalistische Haltung zu verzichten, die nicht nur unangebracht wäre, sondern auch die Hinterbliebenen der Opfer kränken müßte. Erst heute hat das Sozialistenblatt ›Avanti!‹ wieder geschrieben, daß aus dem Florentiner Prozeß Ihre vertraulichen Beziehungen zu Männern der Mafia in unzweideutiger Weise hervorgegangen seien ... »

»Wer das geschrieben hat, hat die Unwahrheit geschrieben!« schrie der Schwan. »Ich werde ihn verklagen!«

Für einen Moment hatten sich seine Züge eines alten Kindes zu einer zornigen Grimasse verzerrt, seine kleinen Hände waren in die Höhe geschossen, als wollten sie einen Feind treffen. Aber nach diesem, für ihn ganz ungewöhnlichen, Wutausbruch ließ sich der Schwan wieder auf dem Sofa nieder, dem Interviewer gegenüber, und sah ihn kopfschüttelnd an. »Das sind alles Lügen«, erwiderte er, »das habe ich Ihnen doch schon gesagt; und ich habe Ihnen auch gesagt, daß ich das Komplott, dessen Opfer ich geworden bin, in meinen Memoiren aufdecken werde! Haben Sie gelesen, was Edoardo Scarfoglio in bezug auf meinen Prozeß geschrieben hat? Nein? Dann sage ich es Ihnen. Scarfoglio hat geschrieben, daß dieser jämmerliche Haufen – genauso lauten seine Worte – von Polizeispitzeln, vom Ausland gedungener Schurken, Wirtshaus- und Bordell-Denunzianten, der in Italien den Namen Sozialistische Partei für sich beanspruche, gegen Palizzolo und gegen Sizilien die größte juristische Intrige aller Zeiten angezettelt habe. Besser kann man es doch gar nicht ausdrücken! Deswegen muß ich mit dem König und mit dem Onorevole Giolitti sprechen: um ihnen zu sagen, daß das Komplott gegen meine Person in Wirklichkeit ein Komplott gegen die Monarchie und die Einheit des Staates war ... Man wollte diese edle Insel, dieses wunderbare Volk von Palermo, dem ich alles verdanke und für das ich bereit wäre, mein Leben zu lassen, dazu verleiten, sich im Namen der Gerechtigkeit und zu meiner Verteidigung gegen das übrige Italien zu erheben: Aber die Hoffnungen der sozialistischen Verräter und der Staaten, die hinter ihnen stehen, haben sich nicht erfüllt, und jetzt ist endlich der Moment gekommen, in dem ich diesen Verschwörern und Schandbuben die Maske vom Gesicht reißen und der Welt ihre Machenschaften enthüllen werde!« Er hob die Hand wie zum Schwur. »Solange ich am Leben bin«, beteuerte er, »wird niemand mehr in Sizilien etwas vom Sozialismus hören müssen! Und auch in den übrigen italienischen Regionen wird der Einfluß dieser Abtrünnigen und Auslandsknechte, die mit ihren Volksrednern und ihren widerwärtigen Zeitungen den moralisch und materiell schwächsten Teil unserer Nation zu korrumpieren versuchen, erheblich zurückgehen: Das ist ein Versprechen!«

Der Journalist betrachtete den Schwan und dachte, daß dieser Mann fast mit Sicherheit ein Mörder war – schließlich hatte ihn das Gericht in Florenz nur wegen dieses »fast« freigesprochen – und doch aufrichtig erschien und es wahrscheinlich sogar war, wenn er von einer nationalen und Welt-Verschwörung der Sozialisten gegen Sizilien sprach und sich bestürzt darüber zeigte, daß ein großer Mann und Wohltäter der Menschheit wie er im Gefängnis landen mußte ... Er verweilte einen Augenblick mit erhobener Feder. Vielleicht – überlegte er – kommt das ganze Unglück Siziliens von der riesigen Distanz, die hier zwischen den Worten und den Dingen besteht ... Zwei weit auseinanderliegende und einander völlig fremde Welten! Wer hier zu seinem eigenen Vorteil handelt, ist im Recht, was immer er auch tun mag; während die Vernunft, die eigentlich Ausgangspunkt und Leitfaden allen menschlichen Handelns sein sollte, dazu verurteilt ist, sich in einem Labyrinth von Spitzfindigkeiten zu verlieren, wo Sein und Schein, Gut und Böse, Erlaubt und Unerlaubt so eng miteinander verflochten sind, daß sie nicht getrennt werden können, abgesehen davon, daß es sich dabei ohnehin nur um abstrakte Begriffe handelt ... Er fragte Palizzolo: »Gehörte Ihrer Meinung nach auch der Tod des armen Notarbartolo zum Komplott der Sozialisten, oder war das lediglich eine Koinzidenz der Ereignisse? Denn daß Notarbartolo ermordet worden ist, darüber besteht ja wohl kein Zweifel. In den vier Jahren und acht Monaten, die Sie im Gefängnis verbracht haben, werden Sie doch zu einem Schluß gekommen sein, wer diesen Mord begangen haben könnte!«

»Wenn die Polizei und die Justiz«, sagte der Schwan und zwirbelte mit Daumen und Zeigefinger beider Hände seine Schnurrbartspitzen, »nicht soviel Zeit und Energie darauf verschwendet hätte, brave Eisenbahner, Parlamentsabgeordnete und andere ehrbare Männer zu verfolgen, säßen die für das Verbrechen wirklich Verantwortlichen wahrscheinlich schon seit Jahr und Tag hinter Gittern, und der Fall wäre gelöst. Zwei Spuren, die von Anfang an hätten verfolgt werden müssen, sind jedoch vernachlässigt worden: die der Dreizehn-Millionen-Bande, die zur Zeit des Ereignisses eine traurige

Berühmtheit besaß, da sie die Postwagen einiger Züge ausgeraubt hatte, und die eines Verbrechens aus Leidenschaft. Diese zweite wäre, meiner Ansicht nach, die erfolgversprechendere gewesen. Sie wissen doch, wie die Franzosen sagen? Cherchez la femme! Der arme Notarbartolo, Gott hab' ihn selig, war zu seiner Zeit ein von den Mädchen der guten palermitanischen Gesellschaft heftig begehrter junger Mann; und als er sich dann zur Ehe verleiten ließ, mußte er vielleicht eine Beziehung abbrechen, die ein bißchen zu weit gegangen war, einen illegitimen Sohn zurücklassen ... Es ist möglich! Warum haben die Richter nicht in der Vergangenheit des Opfers geforscht, anstatt sich ausschließlich auf die sogenannte Mafia-Spur zu werfen? Können Sie mir das sagen?«

Als er mit dem Schreiben nachgekommen war, hielt es der Journalist für an der Zeit, das Thema zu wechseln. »Diese Memoiren, von denen Sie gesprochen haben«, fragte er, »und über die Sie auch mit dem Onorevole Giolitti sprechen wollen, haben Sie die im Gefängnis zu schreiben begonnen?«

»Ich habe sie dieser Tage zu schreiben begonnen«, sagte der Schwan. Er stand wieder auf und spazierte im Salon hin und her. »Im Gefängnis«, erklärte er, »haben mir nur zwei Dinge Trost gespendet: der Glaube an Gott und die Poesie. Ich habe wie ein Eremit gelebt: betend, studierend und Verse schreibend, eigene in italienischer Sprache oder Übersetzungen aus anderen Sprachen. Mein *Canto dell'agonia*, den ich wenige Tage, bevor die Richter ihr Urteil verkündeten, schrieb, ist vom ›Secolo‹ in Mailand, von der ›Nazione‹ in Florenz und von der ›Ora‹ in Palermo veröffentlicht worden. Ich habe auch eine Ode auf Francesco Domenico Guerrazzi verfaßt, die noch unveröffentlicht ist. Von meiner Zelle aus konnte ich die Gitterstäbe der Zelle sehen, in welcher der große toskanische Patriot und Schriftsteller gefangengehalten worden war, und diese Aussicht hat mir in schwierigen Momenten Mut gegeben. Ich habe die Hymnen Goethes und die Sonette Shakespeares übersetzt; ich habe viele Werke für die Veröffentlichung fertig, aber ich werde sie nicht sofort in Druck geben, weil ich mich jetzt mit dringenderen Dingen befassen muß.«

Während der Schwan redete, war der Journalist versucht, ihn zu unterbrechen, um ihn zu fragen, wie er es gemacht habe, Shakespeare und Goethe zu übersetzen, ohne Englisch und Deutsch zu können: Aus der Parlamentarierakte des Onorevole Palizzolo ging eindeutig hervor, daß er nur Französisch konnte, und auch das nur so weit, wie er es auf dem Gymnasium gelernt hatte. Aber dann erschien ihm das Ganze nicht wichtig genug, und er sagte nichts. »Diese Werke, die ich im Gefängnis geschrieben habe«, fuhr der Schwan fort, »sind mein Spargroschen für das Alter. In diesen Jahren habe ich alles verloren, was ich besaß, und ich werde arbeiten müssen, um meinen Lebensunterhalt zu verdienen. Solange das Volk von Palermo und von Sizilien will, daß ich als sein Abgeordneter im Parlament sitze, werde ich ihm mit all meiner Kraft und meiner ganzen Seele dienen; später, wenn ich dann alt bin, werden mir meine literarischen Schriften und meine Übersetzungen geben, was nötig ist, um ein bescheidenes, aber würdiges Leben zu führen.«

»Sie sprechen von Ihrer Rückkehr ins Parlament«, sagte der Journalist. »Aber der Onorevole Di Stefano, der Ihre Position eingenommen hat, könnte damit nicht einverstanden sein …«

Als er den Namen des Onorevole Di Stefano nennen hörte, wandte sich Palizzolo wie von der Tarantel gestochen um. Er schaute dem Interviewer starr ins Gesicht. »Der Onorevole Di Stefano«, erwiderte er, jedes einzelne Wort betonend, »muß unverzüglich seinen Rücktritt als Abgeordneter einreichen, ja er hätte ihn bereits in den vergangenen Tagen einreichen müssen, gleich als ich aus dem Gefängnis kam. Er kann nicht so tun, als wüßte er nicht, daß er mit meinen Stimmen gewählt wurde; und er kann sich nicht weigern, mir seine Freundschaft dadurch zu beweisen, daß er sich bei den nächsten Wahlen in einem anderen Viertel von Palermo aufstellen läßt und nicht ausgerechnet in dem, das gestern nacht mich statt seiner Schutzpatronin feiern wollte... Wenn er ein Ehrenmann ist und mein Freund bleiben will, kann er nicht anders handeln!«

»Stimmt es, daß Sie die Absicht haben, sich zu verheiraten?«

Der Schwan verzog das Gesicht. Er schüttelte den Kopf. »Auch Sie, der Sie doch ein angesehener Journalist sind«, sagte er vorwurfsvoll, »kommen mir mit solchen Fragen! Begreifen Sie denn nicht, daß das Privatangelegenheiten sind?«

»Sie selbst haben als erster davon gesprochen«, erwiderte der Mann mit dem Bart: »Ich beziehe mich nicht auf diesen oder jenen Klatsch, sondern auf ein Interview, das am Tag nach Ihrem Freispruch von einer Zeitung in Florenz veröffentlicht wurde. Dieser Zeitung zufolge haben Sie die Absicht geäußert, sich in wenigen Monaten mit einer Dame zu verehelichen, deren Namen Sie zwar nicht nannten, von der Sie jedoch andeuteten, daß sie nicht mehr ganz jung sei, in Palermo lebe und über ein beträchtliches Vermögen verfüge: Wogegen Sie jetzt behaupten, Sie seien arm... Können Sie mir wenigstens das bestätigen, was veröffentlicht wurde?«

Palizzolo schüttelte den Kopf: nein. Und der Journalist dachte, daß es nichts anderes mehr zu fragen gebe und er endlich dieses Zimmer und dieses Haus verlassen könne, wo der Duft nach Lilien und nach der Unschuld des Gesprächspartners so stark war, daß es einem übel wurde. »Ich hatte mir diese Frage für den Schluß aufgehoben«, gestand er, gleichsam zu sich selbst sprechend, »denn ich dachte schon, daß Sie mir darauf nicht würden antworten wollen. Macht nichts.« Er steckte den Notizblock und den Füllfederhalter in die Tasche, stand auf und zögerte beim Hinausgehen einen Moment lang, ehe er die Hand, die Palizzolo ihm hinstreckte, drückte. (Das gehört zum Metier, sagte er sich. Heute drücke ich die Hand eines Mörders und morgen vielleicht die eines Heiligen!)

Allein im Zimmer, setzte sich der Schwan wieder aufs Sofa, ja er streckte sich richtiggehend aus, in der Hoffnung, die Verwandten und die Besucher vergäßen ihn für eine Weile. Aber schon erschien Matilde mit dem Kaffee-Tablett, und mit ihr kam Concettina, die ihn auf die Stirn küßte. »Da ist er ja«, sagte die Schweinchenschwester, »unser Held, der endlich wieder nach Haus gekommen ist, zu seinen Brüdern und zu seinen Schwestern und zu seiner Braut. Wie sie ihn zugerichtet haben, unseren armen Unschuldigen! Aber jetzt, bei unserer Pflege, wird er wieder zu Kräften kommen.« Matilde gab die richtige Menge Zucker in den Kaffee, und nachdem sie ihn mit dem Kaffeelöffel umgerührt hatte, setzte sie das Mokkatäßchen an die Lippen des Schwans und hob es ganz langsam, bis er es geleert hatte.

»Da drüben im Zimmer sind eine Menge Leute, die dich sehen möchten«, flüsterte Matilde ihrem Verlobten zu. »Soeben ist Monsignore Crisafi gekommen... Außerdem sind da der Fürst von Resuttana, der Commendatore Sirena, der Cavaliere Pipitone, der Advokat Padalino und ich weiß nicht, wer noch alles... Unten, in deinem Arbeitszimmer, sitzen der Cavaliere Gallina und der Ingenieur Santoro mit Gattin und der ältesten Tochter: Und alle hoffen, dich begrüßen und beglückwünschen zu dürfen ... Ach, beinah hätte ich's vergessen: Da ist noch ein Journalist, vom ›Mattino‹ aus Neapel ...«

»Um Himmels willen«, rief der Schwan, »schickt ihn fort! Ich habe keine Lust mehr, Interviews zu geben! Ich habe schon viel zu viele gegeben!« Er nahm die Hand seiner Braut und führte sie an die Lippen. »Matilde«, sagte er, »ich bitte dich, kümmere du dich darum, alle zu begrüßen und mich bei ihnen zu entschuldigen, denn ich muß jetzt ein bißchen allein sein ... Wenn sie es wirklich gut mit mir meinen, dann müssen sie das verstehen!« Er nahm sich die Brille von der Nase, legte sie zusammen und steckte sie in die Tasche seines Hausrocks; dann verschränkte er die Hände unter dem Nacken und verdrehte, noch während er redete, die Augen so, daß man nur noch das Weiße sah. Diese Fähigkeit war eine Kunst, die der Schwan bereits als Junge entwickelt hatte und deren er sich auch später bei den verschiedensten Anlässen zu bedienen pflegte: im Zug, bei öffentlichen Versammlungen, im Familienkreis, immer, wenn er einem Gespräch, das ihn nicht interessierte, ein Ende setzen wollte. Matilde und Concettina eilten zur Tür; aber während sie schon im Hinausgehen waren, hörten sie, wie er sich noch mit einer letzten Bitte an sie wandte: »Seid so gut und schickt mir *zu* Tano herauf! Ich brauche ihn!«

Endlich allein, brachte der Schwan seine Augen wieder in ihre normale Stellung und fing an nachzudenken. Dazu hatte er noch keine Möglichkeit gehabt, seit er das Gefängnis verlassen hatte: Immer war er von einer Menschenmenge umringt gewesen, in Florenz, in Rom, in Neapel und auf dem Schiff, das ihn nach Palermo zurückbrachte... Er versuchte, seine Situation einzuschätzen. Er war wie ein König nach Sizilien heimgekehrt, geradezu von einer Aura der Allmacht umgeben, die die tugendhaften Zeitungskommentatoren des Nordens vor Entrüstung schäumen und die Repräsentanten des Staates, in Palermo wie in Rom, ängstlich werden ließ... Man fürchtete, ein Wort von ihm könnte die Volksmassen entfesseln: dieselben Volksmassen, die an dem Abend, an dem die Telegraphenapparate angefangen hatten, die Nachricht von seinem Freispruch zu tickern, in sämtlichen Ortschaften der Insel auf die Piazza geströmt waren und seinen Namen gerufen hatten, und dieselben, die ihn dann im Triumph durch die Straßen von Palermo geleiteten. Aber er, der Schwan, war kein Feldherr und dachte nicht daran, die Massen aufzuwiegeln. Viel prosaischer kalkulierte er die Möglichkeit, sie für den Zeitpunkt, zu dem er auf sie angewiesen war, an sich zu binden; und was ihn am meisten beunruhigte, jetzt, wo der Allmachtsrausch abzuflauen begann, war, wie lange sein Triumph wohl anhalten würde. Er fragte sich: Werde ich im nächsten Herbst, wenn die Wahlen sind, noch der Liebling der Leute sein, oder wird die Begeisterung schon in wenigen Tagen verfliegen, so wie die Träume verfliegen, und das Volk von Palermo und Sizilien mich vergessen haben? Wenn das einträfe – überlegte der Schwan –, wäre er niemand mehr und würde nichts mehr zählen, weder in Sizilien noch anderswo. Seine Freunde von früher waren entweder ausgewandert oder tot, oder sie hatten sich in Feinde verwandelt: wie jener Don Piddu *facci di lignu*, sein Mitangeklagter in den Prozessen von Bologna und Florenz, der ihn im Gerichtssaal nicht mehr gegrüßt und, wenn er an ihm vorbeigeführt wurde, vor ihm ausgespuckt hatte. Sergio Trabia und Filippo Pesco waren ermordet worden, Francesco Vitale und Salvatore

Anfossi nach Amerika gegangen, Perez Rizzuto spurlos verschwunden... Die *fratellanze* Monreale, Villabate und Altavilla befanden sich in der Hand von Feinden; und auch der Mann, der für den Onorevole Palizzolo ins Parlament nachgerückt war, der Advokat Di Stefano, hatte verlauten lassen, daß er in ebendem palermitanischen Stadtviertel Albergaria wieder kandidieren wolle, das zwanzig Jahre lang der Wahlbezirk des Schwans gewesen war. Auch der letzte der Getreuen, Matteo Filippello, hatte in Florenz während des Prozesses sein Leben lassen müssen, weil er die Zeugen der Anklage eingeschüchtert und diese ihn denunziert hatten... Eine Tragödie! Der Schwan selbst mußte vom Gefängnis aus seine Zustimmung erteilen, Filippello aus dem Weg zu räumen, und die Sache war dann auch glattgegangen, ausgeführt von zwei Spezialisten für diese Art von Mord: Man hatte den Mann erhängt gefunden, an einem Leintuch am Treppengeländer der Pension, in der er übernachtete, und die Zeitungen sprachen von Selbstmord, weil die Florentiner Polizei es nicht für nötig hielt, Ermittlungen anzustellen, und in der Pension Borgo Allegri, in der fast alle Gäste Sizilianer waren, sowieso niemand etwas gesehen oder gehört hatte. Matteo Filippello – so konnte man später in den Berichten lesen – habe den Schmerz und die Scham nicht länger ertragen, seinen Beschützer in ein schlechtes Licht gebracht zu haben, und sich daher aufgehängt...

Es klopfte an die Tür. *Zu* Tano trat ein, mit einer Schale voll neuer Telegramme und Visitenkarten von Palermitanern, die in die Via Sant'Agostino gekommen waren, um dem Helden ihre Ehrerbietung zu erweisen. Er stellte die Schale auf den Tisch und fragte: »Euer Ehren haben einen Auftrag für mich?«

»Schick jemanden in die Via dei Biscottari«, sagte der

Schwan. »Zu dieser Frau, erinnerst du dich? Filicetta.« Er zog eine Silbermünze aus der Tasche. »Was soll man machen, *zu* Tano«, sagte er augenzwinkernd, während er ihm das Geldstück gab, »wir sind eben Männer, und fünf Jahre Gefängnis sind viel ... und vor allem lang! Schick ihr einen Blumenstrauß: rote Rosen, und laß ihr ausrichten, daß ich sie besuchen werde ... Sie soll mich heut abend erwarten!«

EPILOG
(1920)

Palermo, 2. Februar 1920

Ein kleiner alter Mann mit schlohweißem Haar und Schnurrbart durchschritt, auf dem Weg zum Lesezimmer, das Clublokal im Erdgeschoß des Circolo Unione. Er war so klein und rund, daß er fast wie ein Gnom wirkte, trug einen dunklen Samtfrack, wie ein Opernsänger oder ein Maler-Bohemien, mit einer Fliege und einer bunten Weste, und stützte sich beim Gehen auf einen Spazierstock. Don Liborio folgte ihm während des ganzen Wegs mit den Augen und wandte sich dann an den Professor Paternò, der mit ihm am selben Tisch saß und ungefähr das gleiche Alter haben mußte wie der Mann im Samtfrack. »Können Sie mir sagen«, fragte er den Professor, »wer dieser Mann ist, der soeben hier vorbeiging? Ich glaube nicht, daß ich ihn schon einmal gesehen habe, aber ich kann mich irren...«

Professor Paternò blickte lächelnd zu dem Advokaten Trigona und dem Ingenieur Salvo hinüber, zwei betagten Mitgliedern des Zirkels, die sich neben ihn gesetzt hatten, um seine Unterhaltung mit dem jungen Mann aus der Hauptstadt zu verfolgen, und so taten, als wären sie ganz in ihre Gedanken und in den Rauch ihrer Zigarren versunken. Dieser komplizenhafte Blick sollte besagen, daß der Ingenieur und der Advokat den Gnom genauso kannten wie der Professor Paternò und daß sie sich gern am Gespräch beteiligen könnten, um das Ihre beizusteuern. Dann antwortete der Professor dem jungen Freund: »Ja, ich weiß, wer er ist, und ich freue mich, daß Sie mich nach ihm gefragt haben. Dieses scheinbar unbedeutende Männchen, das Ihre Aufmerksamkeit nur durch seine Kleinheit erregt hat und weil es sich hartnäckig nach der Mode des vorigen Jahrhunderts kleidet, blickt auf eine Lebensgeschichte zurück, die es verdienen würde, von unserem Pirandello oder gar vom großen Verga erzählt zu werden; und doch wären viele junge Leute wie Sie, hier in Palermo und selbst in diesem Klub, nicht in der Lage, Ihre Frage zu beantworten. Sagt Ihnen der Name Raffaele Palizzolo etwas?«

Don Liborio war der letzte männliche Nachkomme einer großen, inzwischen aber verarmten sizilianischen Familie. Man erzählte sich von einer über neunzigjährigen Großtante, die, von allen vergessen, in einer Villa in Piana dei Colli, ehemals einer der prachtvollsten Gegenden Palermos und ganz Siziliens, verhungert sei. Er jedoch führte immer noch das Leben eines Grandseigneurs, trotz der Schulden. Den größten Teil des Jahres verbrachte er in Rom oder im Ausland, und er gab sich immer sehr elegant: Seine schwarzen, brillantineglänzenden Haare waren mit unvergleichlicher Kunst in der Mitte des Kopfes gescheitelt, seine Oberlippe zierte ein ebenfalls geteiltes Bärtchen, das so dünn war, daß es wie mit Tusche gezogen wirkte, und seine in Paris gekauften Krawatten und Gamaschen waren das Ungewöhnlichste, was man in jenen Jahren in Palermo in puncto Herrenbekleidung zu sehen bekam. Er richtete seine großen hellen Augen auf das Gesicht des Gesprächspartners. »Raffaele Palizzolo?« wiederholte er fragend.

»Wie ich mir gedacht habe«, entgegnete der Professor Paternò. »Der Name sagt Ihnen nichts, und vielleicht haben Sie ihn auch noch nie gehört. Das kann Ihnen niemand verübeln: Wenn ich mich nicht irre, waren Sie in den Jahren um die Jahrhundertwende, als Palizzolos Name sämtliche italienischen Zeitungen füllte, noch ein Kind und lebten im Ausland...«

Don Liborio nickte bestätigend mit dem Kopf. »Ich lebte in Frankreich, in Paris oder im Schloß von Tante

Niní, und abgesehen von kürzeren Aufenthalten in Palermo oder Rom bin ich bis zu meinem fünfzehnten Lebensjahr dort geblieben.« Seine Neugier über dieses Männchen war eigentlich durch dessen äußere Erscheinung geweckt worden, und die Aussicht, sich jetzt die ganze Lebensgeschichte anhören zu müssen, begeisterte Don Liborio nicht gerade. Aber es war erst elf Uhr vormittags, und irgendwie mußte man sich ja die Zeit vertreiben! Sizilien und Palermo – dachte der junge Mann – waren die langweiligsten Orte auf der Welt, mit ihren Honoratioren- und Adelszirkeln anstatt der Pariser oder der römischen Kaffeehäuser und Treffpunkte ... Er hob und senkte ein paarmal die Augenlider, wie er es immer machte, wenn er etwas wissen wollte, und fragte: »Wer ist denn dieser Raffaele Palizzolo?«

»Er ist, genauer gesagt war, ein Politiker«, antwortete Professor Paternò. »Abgeordneter während fünf Legislaturperioden, Präsident der Provinz und verschiedener Genossenschaften ... Ein sehr mächtiger Mann, immer auf der Seite dessen, der gerade regierte: zuerst auf der von Crispi, dann auf der des Marchese Rudiní ... »

»Ein Mann, über den viel gemunkelt wurde«, ließ sich der Advokat Trigona vernehmen, nachdem er einen weiteren Blick mit dem Professor getauscht hatte, »wie bereits vor ihm über seinen Vater und seinen Onkel: Leute vom Land, die dadurch reich geworden waren, daß sie die Bauern auspreßten, und die dann, als sie in die Stadt kamen, den Patriotismus entdeckten: alles Verschwörer gegen die Bourbonen, alles Helden im Gefolge Garibaldis ... Aber den Palizzolos ist es, im Gegensatz zu vielen anderen, nie gelungen, von der guten Gesellschaft Palermos akzeptiert zu werden, weil sie immer mit dem Verbrechertum verbunden blieben. Raffaele Palizzolo und seine Brüder waren die Neffen eines berühmten Banditen, des Banditen Nobile, und sie hatten immer enge Beziehungen zu jener Art von Personen, die die Zeitungen als Mafiosi bezeichnen …«

»Die Zeitungen, die Zeitungen …« Der Ingenieur Salvo, der zwischen dem Advokaten Trigona und dem Professor Paternò saß, verzog den Mund. »Was heißt überhaupt Mafioso? Wer ist ein Mafioso? Die italienische Sprache hat für jeden Begriff eigene Worte, und die muß man benützen! Wenn man Verbrecher meint, muß man Verbrecher sagen, wenn man Bandit meint, muß man Bandit sagen …« Er schwieg einen Augenblick, die Zigarre in die Luft haltend, und sah den Advokaten Trigona kopfschüttelnd an. »Der Glaube an die Mafia«, verkündete er, »ist eine Form von Aberglauben, wie wenn man an den Bösen Blick glaubt oder an Hexerei …«

»Aberglauben oder nicht«, schnitt ihm Professor Paternò das Wort ab, »fest steht doch, daß Palizzolo sich mit gewissen Personen, mit gewissen Männern zu umgeben liebte …, die es ihm zwanzig Jahre lang möglich gemacht haben, in Palermo zu tun, was er wollte. Als es zu dem Bankskandal kam, ich glaube, es war 1893, und hier in Sizilien der Marchese Notarbartolo ermordet wurde, kursierte immer hartnäckiger das Gerücht, daß der Mörder ein gewisser Fontana aus Villabate sei und sein Auftraggeber Palizzolo heiße …«

»Ja, ich erinnere mich«, stimmte Don Liborio zu. »Ich erinnere mich, daß ich als Kind meinen Vater über diese Geschichte habe reden hören. Mein Vater war mit der Familie Notarbartolo befreundet, er ging mit dem Marchese Don Emanuele auf die Jagd, und er sagte, daß es Crispi gewesen sei, der ihn umgebracht habe, beziehungsweise Crispis Partei hier auf Sizilien …«

Der Ingenieur Salvo schüttelte den Kopf: »Das auch noch!«

»Wie dem auch sei«, fuhr Paternò fort, »es kam zu einem Prozeß, vielmehr sogar zu dreien. Im ersten, der in Mailand stattfand, waren Palizzolo und Fontana gar nicht angeklagt, aber die Richter bestanden auf einem zusätzlichen Ermittlungsverfahren, in dem die beiden unter Anklage gestellt wurden. Im zweiten Prozeß, in Bologna, hat man alle schuldig gesprochen: Palizzolo als Auftraggeber des Verbrechens bekam dreißig Jahre Gefängnis, Fontana, als der eigentliche Mörder, wurde zu Zuchthaus verurteilt...«

»Es handelte sich um ein Urteil, das von einer beispiellosen Pressekampagne gegen den Süden und gegen Sizilien beeinflußt war«, warf der Advokat Trigona ein, »und das in einem offen feindseligen Milieu gefällt wurde. Das juristische Äquivalent zur Lynchjustiz...«

»Nie zuvor«, sagte der Ingenieur Salvo, »war ein Gericht so weit gegangen, durch ein Urteil das Bestehen eines Geheimbundes namens Mafia zu bestätigen, der in Sizilien, und nur in Sizilien, Erpressungen, Diebstähle, Morde und jede andere Art von Verbrechen begehe! Der Prozeß gegen Palizzolo diente unseren höchst gesitteten Brüdern im Norden sofort als Vorwand und als Gelegenheit, ihre uralte, eingewurzelte Verachtung uns gegenüber zum Ausdruck zu bringen. Daraufhin haben wir, sizilianische Adelige und angesehene Bürger, ein Komitee Pro Sicilia gegründet, zur Verteidigung der Ehre und des guten Rufs unserer Insel und um bei der Regierung und den zuständigen Stellen auf eine korrektere Führung des Gerichtsverfahrens gegen die Angeklagten zu dringen...«

»Aber«, fragte Don Liborio, »wer hat nun Notarbartolo tatsächlich umgebracht?«

Der Ingenieur breitete die Arme aus. »Wer kann das wissen! Die wahren Schuldigen sind im dunkeln geblieben. Eine Tatsache jedoch steht absolut fest: nämlich die, daß es Räuber waren, die ihr Opfer töteten, um ihm die Uhr zu rauben und ein paar Dutzend Lire...«

»Der dritte Prozeß«, fuhr Professor Paternò fort, »fand in Florenz statt, elf Jahre nach dem Verbrechen. Einige Zeugen waren bereits tot, andere hatten das Gedächtnis verloren, die meisten erklärten, daß sie widerrufen wollten. Palizzolo, wegen Mangels an Beweisen freigesprochen, wurde in Palermo wie ein Held und Vater des Vaterlands empfangen und von einer jubelnden Menge im Triumphzug durch die Straßen geleitet; nicht einmal auf den früheren Festen zu Ehren der heiligen Rosalia hatte man je so etwas von Begeisterung erlebt! Und von diesem Moment an, finde ich, würde die Geschichte des Raffaele Palizzolo es verdienen, von einem großen Schriftsteller erzählt zu werden: Denn er, der bereits seit Jahren davon überzeugt war, unschuldig zu sein...«

»Aber Palizzolo war wirklich unschuldig!« unterbrach ihn der Ingenieur Salvo mit Nachdruck.

»Das kommt aufs gleiche hinaus«, erwiderte der Professor. »Der Kernpunkt der ganzen Sache ist nicht, ob Palizzolo unschuldig oder schuldig ist: Der Kernpunkt ist, daß er damals selbst zu der Überzeugung gelangte, ein Held zu sein, und daß er anfing, sich dementsprechend aufzuführen. Ich, der ich in jener Zeit Gelegenheit hatte, mit ihm zu verkehren, kann Ihnen versichern, daß er zwischen Momenten relativer Klarheit, in denen er begriff, daß Palermo und Sizilien ihn nach seiner Apotheose vergessen hatten, und solchen eines absoluten Deliriums wechselte. Er faselte, daß er wieder als Abgeordneter gewählt werden wolle, und zwar in allen vier Wahlkreisen unserer Stadt zugleich; und wenn er auf seiner Insel triumphiert hätte, würde er in noch größerem Triumph auf die nationale politische Bühne zurückkehren. Er bildete sich ein, ein neuer

Crispi werden zu können, vom König als Berater herangezogen, sooft Fragen von lebenswichtiger Bedeutung für Italien anstünden, und daß der König ihn dann, wenn er ihn als Ratgeber erprobt hätte, auffordern würde, den Onorevole Giolitti an der Spitze der Regierung abzulösen. Als Palizzolo nur drei Monate nach seiner gloriosen Heimkehr in seinem alten Wahlkreis Albergaria vom Advokaten Di Stefano geschlagen wurde, war er nahe daran, auch noch das bißchen Verstand zu verlieren, das ihm geblieben war: Er weigerte sich, seinen Augen und Ohren zu trauen, und stammelte unzusammenhängendes Zeug, von einem internationalen Komplott der Sozialisten und von Memoiren, die er Seiner Majestät schicken wolle, um Di Stefano als Verräter zu entlarven ... Er machte sich nicht klar, daß er mittlerweile ein abgestellter Mensch war, wie wir in Palermo sagen, das heißt überflüssig geworden, und er tat alles, um die Wähler zurückzugewinnen: Jahrelang präsentierte er sich regelmäßig bei allen Versammlungen des Stadtrats und bei denen des Provinzrats, bei allen Steuerkommissionen, bei allen Verwaltungsräten der öffentlichen Gesellschaften, in der Hoffnung, den Fluch zu durchbrechen, der ihn – den sizilianischen Nationalhelden! – daran hinderte, in der lokalen und italienischen Politik wieder jenen erstrangigen Platz einzunehmen, der ihm von Rechts wegen gebührte; aber je mehr er sich anstrengte, desto mehr ignorierten ihn die anderen. Er war zu einem Gespenst geworden: Und als er sich wieder zur Wahl stellte, 1909 glaube ich, bekam er nur ein paar Dutzend Stimmen, nicht einmal die aller seiner Angehörigen und Verwandten, gegen die fast zweitausend des Onorevole Di Stefano. Dann kam das Attentat, bei dem er lebensgefährlich verletzt wurde ...«

Der Advokat Trigona machte eine Geste der Verwunderung: »Ein Attentat?« Auch der Ingenieur Salvo schüttelte den Kopf. »Wieso?« fragte er. »Davon weiß ich nichts!«

»Vier Schußwunden aus einer Feuerwaffe«, sagte Professor Paternò, »aber keine tödlich.« Er erzählte: »Wie es scheint, waren die Schüsse von dem Sohn eines früheren Verwalters abgefeuert worden, eines gewissen Filippello, der während des Prozesses unter mysteriösen Umständen in Florenz zu Tode kam. Der Junge, der in Amerika lebte, war überzeugt, daß sein Vater auf Befehl von Palizzolo ermordet worden sei, und er war nach Italien zurückgekehrt, um ihn zu rächen: Doch es ist ihm nicht gelungen. Das Attentat fand in Monreale statt, auf dem Landgut des Opfers, und natürlich wurde es nicht bei der Polizei angezeigt. Palizzolo tauchte erst nach einigen Monaten wieder in Palermo auf. Den wenigen, die ihn fragten, wo er gewesen sei, antwortete er, er habe sich wegen eines chirurgischen Eingriffs in eine römische Klinik begeben müssen...«

»Ja«, sagte der Advokat Trigona, »jetzt erinnere ich mich! Damals, glaube ich, ist er dann nach Lourdes gefahren, um der Madonna zu danken, daß sie ihn von dem errettet habe, was wir für eine Krankheit hielten...«

Professor Paternò nickte zustimmend. »So ist es. Er fuhr nach Lourdes, und als er zurückkam, war er wie verwandelt. Er erzählte, er sei in der Grotte ohnmächtig geworden und habe mit der Madonna geredet, die ihn in seiner historischen Mission als sizilianischer Nationalheld bestärkt und ihm auch den Weg gewiesen habe, diese zu Ende zu führen. Seine Zukunft liege nicht mehr in der Politik: Seine Zukunft liege in der Literatur! Er müsse endlich seine Memoiren fertigschreiben, die er gleich nach dem Florentiner Prozeß angekündigt habe und die der Welt das Komplott der Sozialisten gegen die italienische Nation aufdecken sollten...«

Der Ingenieur Salvo unterbrach ihn. »Irre ich mich«, fragte er, »oder war es ungefähr zu der Zeit, daß ganz Palermo anfing, ihn statt mit seinem richtigen Namen mit einem Spitznamen zu nennen: *u Cignu*, der Schwan?«

Paternò lächelte und schüttelte den Kopf. »Palizzolo«, sagte er, »war seit jeher ›der Schwan‹, aber nur im Familienkreis und für ein paar wenige enge Freunde. Die ersten, die ihn so nannten, waren wir, seine Schulkameraden aus dem Gymnasium, gewesen, und dann ist er sein ganzes Leben lang ›der Schwan‹ geblieben … Für die Palermitaner ist Palizzolo dagegen erst *u Cignu* geworden, nachdem er begonnen hatte, seine patriotischen Gedichte auf der Straße zu rezitieren. Ich sehe ihn noch vor mir, wie er, zur Zeit des Libyenkriegs, auf der Piazza Marina steht, umringt von einer Horde Gassenjungen, die ihm applaudieren und ihn bitten, das Gedicht über die Eroberung von Tripolis vorzutragen … Ich höre noch seine Stimme, mit der er die Strophe von der Streitmacht Italiens deklamierte, über die die Palermitaner zwei Jahre lang gelacht haben, bis zum Beginn des Kriegs in Europa:

Tremenda, irresistibile,
come lava del sicolo vulcano,
pel deserto africano
l'oste d'Italia incede, e l'ardimento
spezza del turco e il nero tradimento
e coverta di gloria,
pianta colà dove il servaggio impera,
nunzia di libertà la sua bandiera.

Diese Verse, die gerade wegen ihrer Albernheit berühmt wurden, sind Teil einer Ode auf die Sieger von Tripolis, die der Schwan auf eigene Kosten im Frühjahr

1912 hatte drucken lassen, wenige Monate, ehe er verarmte ...«

»Also das ist eine Sache, die ich nie verstanden habe«, sagte der Advokat Trigona. »Wie hat Palizzolo es bloß angestellt, von einem Moment auf den andern arm zu werden? Er hatte doch Güter in Monreale und Villabate und Familienbesitz in Caccamo und das Haus in Palermo ...«

»Palizzolo«, erwiderte Professor Paternò, »besaß nichts mehr, seit der Zeit des Prozesses in Bologna, als er seinen ganzen Besitz, um ihn nicht zu verlieren, einer gewissen Signorina Matilde überschrieben hatte, mit der er seit über vierzig Jahren verlobt war. Die Vereinbarung mit Matilde sah so aus, daß die beiden Turteltauben heiraten sollten, sobald er seine Strafe verbüßt hätte, oder sogar noch im Gefängnis; aber dann hatte man Palizzolo in Florenz freigesprochen, und die Lust, sich ein Weib zu nehmen, war ihm ein für allemal vergangen. Er spielte wieder den Padrone auf seinen Gütern, und er versuchte auch, Matilde zu überreden, sie ihm per Kaufvertrag zurückzugeben; aber die hatte sich in den Kopf gesetzt, wirklich zu heiraten, und als der Schwan sich nicht bereitfand, sein Versprechen zu halten, spielte sie ihm eines schönen Tages den Streich, einfach zu sterben, ohne es ihm auch nur eine Stunde vorher angekündigt zu haben: Sie ließ sich vom Schlag treffen und war auf der Stelle tot! Palizzolo heulte und schrie und führte sich beim Begräbnis auf wie ein Besessener, aber es gelang ihm nicht, sie wieder ins Leben zurückzuholen. Statt dessen erschien ein Bruder von ihr aus Amerika und nahm sich auch noch das, was dem Schwan gehört hatte: die beiden Landgüter von Monreale und Villabate, den Grundbesitz in Caccamo ...«

Don Liborio gebot dem Professor durch eine Handbewegung Einhalt und gab ihm mit den Augen ein Zeichen: »Da kommt er wieder...«

Der Professor Paternò, der Advokat Trigona und der Ingenieur Salvo wandten sich zum Lesezimmer und zogen so die Aufmerksamkeit des Schwans auf sich, der, als er sich beobachtet sah, alle mit einer Verneigung grüßte und zum Ausgang schritt. »Er ist glockenschlagpünktlich«, sagte der Professor, nachdem er auf die Uhr gesehen hatte. »Jeden Vormittag hält er den gleichen Stundenplan ein: Zuerst geht er in die Kirche, um die Messe zu hören, dann kommt er in den Zirkel, um die Zeitungen zu lesen. Und jetzt geht er heim zu der Frau, die sich um ihn kümmert: eine gewisse Filicetta, Inhaberin einer Dampfwäscherei in der Via Maqueda, die seine Tochter sein könnte und es vielleicht sogar ist...«

»Filicetta!« rief der Advokat Trigona aus. »Das wird doch nicht die Filicetta sein, die vor dem Krieg ihre... sagen wir Kundschaft... in einer Wohnung in der Via dei Biscottari empfangen hat? Eine schöne Frau«, fuhr er fort, die Worte durch Gesten unterstreichend, »dunkelhaarig und mit einem solchen Busen?«

Der Professor nickte. »Sie leben zusammen wie Vater und Tochter«, sagte er, »oder vielleicht, wer weiß, auch wie Mann und Frau, selbst wenn man sich das schwer vorstellen kann. Sie ist ein großes, stattliches Weib, genau wie der Advokat sie geschildert hat, mit zwei Brüsten, die ihr jetzt wahrscheinlich bis zum Nabel reichen, aber als sie noch prall waren und keiner Stütze bedurften, waren sie ihr stärkster Anziehungspunkt... Er ist so, wie ihr ihn gesehen habt: ein alter Mann von fünfundsiebzig Jahren, der immer noch wie ein Kind aussieht und sein ganzes Leben lang Junggeselle geblieben ist...«

»Vielleicht leben sie wie Mutter und Sohn zusammen«, warf Don Liborio ein. »Es gibt Frauen, die halten sich einen Mann, so wie sie sich eine Katze halten würden, um ihre mütterlichen Gefühle zu befriedigen ...«

»Palizzolo ist mir immer ein bißchen absonderlich vorgekommen«, bemerkte der Ingenieur Salvo. »Einer, der so redet wie er, mit diesen vielen kleinen Gesten und dieser Mimik, kann nicht ganz normal sein! Aber sagen Sie mir, Paternò: Stimmt das, was man sich erzählt, daß er letztes Jahr mit D'Annunzio nach Fiume aufbrechen wollte, trotz seines Alters, und diese Filicetta ihn einfach nicht fortließ?«

»Ja«, sagte der Professor. »Wegen der Prostata... Ansonsten sind die beiden jedoch glühende Nationalisten. Er ist auf den ›Popolo d'Italia‹ abonniert, auf die Zeitung dieses Mussolini, der in ganz Italien die Fasci-Bewegung wieder ins Leben rufen will. Und sie hat an ihrem Geschäft ein Schild anbringen lassen, das Ihnen vielleicht schon aufgefallen ist: Dampfwäscherei *Fasci Siciliani* ...«

»Aber sollte Ihr Operettenheld, dieser... Schwan«, fragte Don Liborio, »nachdem er aus Lourdes zurückgekehrt war, nicht dem Ratschlag der Madonna folgen und sein Leben der Literatur weihen, und sollte er nicht seine Memoiren veröffentlichen, die die ganze Welt erzittern lassen würden? Wieso hat man nie etwas davon gehört? Hat er sein Vorhaben aufgegeben?

»Seine Memoiren!« Professor Paternò sah Don Liborio kopfschüttelnd an. »Seine Memoiren!« wiederholte er. »Ich habe sie gelesen, mein Freund; und wie ich haben sie wer weiß wie viele Palermitaner und Sizilianer lesen müssen, denen er sie persönlich gebracht und von denen er sie dann wieder zurückgeholt hat... Wir mußten sie als Manuskript lesen, weil kein Drucker bereit war, sie ohne vorherige Erstattung der Kosten zu veröffentlichen: Und ich kann Ihnen versichern, daß Palizzolo sämtliche sizilianischen Drucker aufgesucht hat, bis nach Messina und Syrakus; aber er hat nicht einen gefunden, der so verrückt gewesen wäre, für ihn den Verleger zu spielen. Er ist sogar nach Rom gefahren, 1916 glaube ich, um ein Exemplar der Kladde Seiner Majestät zu überreichen, die in jenen Kriegsjahren immer an der Front war, und er hat so herumgetönt und einen solchen Wirbel gemacht, daß es ihm gelang, sich hochkantig aus dem Quirinalspalast werfen zu lassen – obwohl er sich als der letzte Überlebende aus Garibaldis Zug der Tausend präsentiert hatte ...«

»Aber die berühmten Enthüllungen«, unterbrach ihn der Advokat Trigona. »Diese sensationellen Enthüllungen, mit denen er nach seinem Freispruch in Florenz bei mehr als einer Gelegenheit gedroht hatte ... »

Paternò lächelte und schüttelte wiederum den Kopf: »Nichts, gar nichts! Eine Salbaderei ohne Hand und Fuß! Hunderte von handgeschriebenen Seiten, die, wenn man von den Verstößen gegen Rechtschreibung und Grammatik einmal absieht, allenfalls dazu dienen können, Palizzolos Seligsprechung nach seinem Tod zu unterstützen – für den Fall, daß jemand es auf sich nehmen wollte, sie einzuleiten ... Das Leben eines Heiligen! Und auch die, mit denen er zu tun gehabt hat, sind in seinen Memoiren kaum weniger heilig als er. Garibaldi und der Bandit Nobile, die Madonna von Lourdes und Notarbartolo, Piddu Fontana und Crispi, der Präfekt Colmayer und der Gouverneur Codronchi und alle anderen Figuren, die vorkommen, sind Muster an Güte, Rechtschaffenheit, Loyalität, Altruismus, Pflichtbewußtsein ... Garibaldi streicht am Morgen vor dem Sturm auf Porta Termini und dem Einzug der Freischärler in Palermo dem fünfzehnjährigen Palizzolo im roten Hemd übers Haar. Die Madonna von Lourdes ist ein schwatzhaftes Frauchen, das Dutzende von Seiten lang redet, und nur über ein einziges Thema: Palizzolo. Sie weint über die Leiden Palizzolos, lobt die Tugenden Palizzolos, rühmt Palizzolos vergangenes und gegenwärtiges Bemühen um die Einheit Siziliens mit Italien … Notarbartolo ist Palizzolos Freund: ein kluger Mann, aber ein bißchen zu sehr am Alten hängend, zu vorsichtig, mit dem der junge Hitzkopf Palizzolo einige politische Auseinandersetzungen hat, jedoch ohne daß die Freundschaft darunter gelitten hätte, und die Nachricht von seinem Tod hat ihn so geschmerzt, daß er bitterlich weinte. Piddu Fontana ist ein Sizilianer von altem Schrot und Korn, verschlossen und treu dem einmal gegebenen Wort; Crispi ist der größte Staatsmann des vereinten Italiens und vielleicht der ganzen Welt …«

»Und seine Gedichte?« fragte Don Liborio. »Hat Ihr Schwan nichts mehr publiziert nach dieser Ode auf die Sieger von Tripolis, von der Sie vorher erzählt haben?«

»Oden, Hymnen, Opernlibretti, Romane«, sagte der Professor, »er hat noch und noch geschrieben in diesen Jahren und in der Zeit, die er im Gefängnis verbrachte, aber es ist alles unveröffentlicht geblieben: Packen von Manuskripten, die er nun der Nachwelt zu hinterlassen gewillt ist, da die Lebenden dieser Epoche nichts damit anzufangen wissen! Einer der wenigen Menschen, denen er sich anvertraut, der Doktor Puglia, Sohn des verstorbenen Advokaten Vincenzo Puglia, hat mir gerade vergangene Woche erzählt, daß Palizzolo mehr denn je in der Überzeugung lebe, der sizilianische Nationalheld zu sein, sich von seinen Zeitgenossen jedoch nichts mehr erwarte: Seine Anerkennung werde nach seinem Tod kommen! Daher will er sein ganzes literarisches Werk, zwei Truhen voll, der Nationalbibliothek von Palermo oder der Bibliothek der Abgeordnetenkammer in Rom vermachen: Er hat an beide Direktoren geschrieben, aber noch keine Antwort erhalten …«

Don Liborio gähnte. Er schaute auf die Uhr: Es war erst zwölf! Laut sprach er vor sich hin: »Palizzolo … Palizzolo … Den Namen muß ich mir merken.« Wie so viele Personen der eleganten Welt, die selbst nicht gerade erleuchtet sind und nur im Widerschein anderer leuchten können, versäumte auch Don Liborio keine Gelegenheit, mit bedeutenden Bekanntschaften zu prahlen. Er zog Feder und Notizbuch aus der Tasche, öffnete das letztere und schrieb: »Raffaele Palizzolo«, und daneben in Klammern: »genannt Schwan«. Er erklärte: »Nächste Woche werde ich in Rom im Haus von Freunden Professor Pirandello treffen und ihm von diesem Palizzolo berichten, an den er sich bestimmt von den Prozessen her erinnert. Ich werde ihm alles, was Sie mir heute erzählt haben, weitererzählen, von der Apotheose bis zum endgültigen Verschwinden. Wer weiß, vielleicht kann ihm diese Geschichte als Thema für eines seiner außergewöhnlichen Theaterstücke dienen, wenn nicht sogar für einen Roman. Der Titel steht meiner Ansicht nach schon fest, nämlich der Spitzname des Protagonisten: *u Cignu*, der Schwan …«

NACHBEMERKUNGEN

1. Zum Verständnis des historischen Hintergrunds

Der Mord an dem angesehenen Marchese Emanuele *Notarbartolo,* der, wie im Roman geschildert, am 1. Februar 1893 im Zug zwischen Termini Imerese und Palermo brutal erstochen wurde, kann als der erste politische Mafia-Mord Italiens angesehen werden. Zum erstenmal wurde die noch junge Nation durch ein Phänomen aufgeschreckt, das eine Verquickung von Politik und einer ominösen kriminellen Organisation erkennen ließ, deren Name *Mafia* (die Meinungen über die Herkunft des Wortes gehen auseinander) erst nach 1860 aufgekommen sein soll, dem Jahr, in dem *Giuseppe Garibaldi* (1807–1882) mit seinem legendären *Zug der Tausend* die Bourbonen aus Sizilien vertrieb. Schon davor hatte es jedoch gewisse geheime *fratellanze,* »Bruderschaften«, gegeben, die einem *capo* unterstanden und ihre Mittelsmänner bis in die bourbonischen Behörden hinein hatten. Die Mafia war nie eine geschlossene Organisation, sondern hat sich immer aus einzelnen, um einen Anführer gescharten und oft untereinander verfeindeten »Familien« formiert.

Sizilien, seit jeher von wechselnden auswärtigen Mächten regiert, stand seit Anfang des 18. Jahrhunderts unter der Herrschaft der spanischen Bourbonen, die in Neapel residierten und sich um die wahren Belange der Insel wenig scherten (seit 1859 war der unentschlossene und politisch wenig geeignete Francesco II., genannt *Franceschiello*, König »beider Sizilien«, also der Insel und des süditalienischen Festlands). Grund und Boden war in riesige Latifundien aufgeteilt, deren adelige Besitzer den größten Teil des Jahres in der Stadt verbrachten und die Bewirtschaftung ihrer Güter meist skrupellosen und hauptsächlich an der eigenen Bereicherung interessierten Verwaltern überließen; zum Schutz gegen Banditen, Viehräuber oder auch sich zur Wehr setzende kleine Pachtbauern und Landarbeiter hielten sich viele Großgrundbesitzer eine Truppe bewaffneter Feldhüter. Ein solches Klima von Selbstjustiz und einer selbstgeschaffenen, oft gegen die ferne Staatsmacht oder mit der Zeit sogar gegen die ursprünglichen Auftraggeber gerichteten Ordnung bot einen idealen Nährboden für mafiose Machtstrukturen.

Aus der auf verschiedenen Wegen zu Besitz gekommenen Mittelschicht zwischen Adel und Bauern entwickelte sich um die Mitte des 19. Jahrhunderts ein neues Bürgertum, die sogenannten *galantuomini* (von den sizilianischen Bauern auch *cappeddi*, »Hüte«, genannt), die allmählich die lokale Macht an sich rissen und nach der endgültigen Gründung des italienischen Staates 1870 von den römischen Regierungen als unumgängliche Partner, nicht zuletzt für die Beschaffung von Wählerstimmen, angesehen wurden.

Um Einfluß und Macht der *galantuomini* wie auch des Adels zu sichern, müssen die unteren Bevölkerungsschichten natürlich rechtlos und unwissend gehalten werden. Außerdem wird ihnen, die sowieso fast am Verhungern sind, zu den seit der Einigung Italiens besonders saftigen staatlichen Steuern auch noch die Hauptlast der regionalen Abgaben aufgebürdet. Kein Wunder, daß die Anfang der neunziger Jahre aus Norditalien eingedrungenen sozialistischen Ideen auch in ländlichen Gebieten auf fruchtbaren Boden fielen (wobei die sizilianischen Dörfer eher die Ausmaße von Landstädtchen haben) und die *Fasci dei lavoratori*, die Arbeiterbünde, mit ihren rapid ansteigenden Mitgliederzahlen und einer zunehmenden Gewaltbereitschaft den Besitzenden Angst einjagten. Der Ruf nach dem starken Mann wurde laut, und *Francesco Crispi*, den man im Herbst 1893 mit aller Dringlichkeit wieder zum Ministerpräsidenten berufen hatte (nachdem er 1891 wegen seiner verfehlten Frankreichpolitik hatte zurücktreten müssen), verhängte den Belagerungszustand und schickte einen General an der Spitze eines 50 000 Mann starken Expeditionskorps auf die Insel zur Wiederherstellung von »Ruhe und Ordnung«.

Dabei war Crispi (geb. 4. 10. 1819 in Ribera bei Agrigent) selbst Sizilianer und hatte einst durchaus revolutionäre, demokratische Ideen gehabt. Nach dem mißglückten Aufstand von 1848 in Palermo gegen die bourbonische Fremdherrschaft war er ins Exil gegangen und hatte sich in London eng an *Giuseppe Mazzini* (1805–1872), den geistigen Führer und »linken« Kopf der italienischen Freiheitsbewegung, angeschlossen. (Erst 1865 sollte sich Crispi von dessen republikanischen Ideen distanzieren und wieder für eine Monarchie stimmen.) Dort hatte er wohl auch den ebenfalls im Exil lebenden italienischen Revolutionär *Felice Orsini* (1819–1858) kennengelernt, der am 14. Januar 1858 in Paris ein (mißglücktes) Attentat auf Napoleon III. verübte und hingerichtet wurde. Als *Garibaldi* mit seinen tausend zwar hochmotivierten, aber schlecht ausgerüsteten Freiwilligen im Mai 1860 seinen Eroberungszug nach Sizilien wagte, verhalf ihm Crispi durch politische Agitation in der Heimat mit zum Sieg. Bei *Calatafimi* stießen die garibaldinischen Rothemden erstmals auf bourbonischen Widerstand, und mit dem Sturm auf die *Porta Termini* eroberten sie Palermo.

1887 wurde Francesco Crispi, Parlamentarier der ersten Stunde, zum Ministerpräsidenten gewählt. In seiner Politik suchte er einen engeren Anschluß an Deutschland (1887 Besuch bei Bismarck in Friedrichsruh) und brüskierte damit den ehemaligen politischen Bundesgenossen Frankreich, der sich mit einem rücksichtslosen Handelskrieg rächte. Die vergiftete Atmosphäre führte vor allem in Südfrankreich wiederholt zu Ausfällen des Pöbels gegen die vielen dort arbeitenden Italiener, Feindseligkeiten, die ihren Höhepunkt am 19. August 1893 erreichten, als in *Aigues Mortes* (Provence) etwa 400 italienische Arbeiter von einer aufgebrachten Menge in die Rhône geworfen wurden. Obwohl im Januar 1887 Italien bei *Dògali* (Abessinien) eine vernichtende Niederlage erlitten hatte, führte Crispi während seiner beiden Amtszeiten die, angesichts der wirtschaftlichen und sozialen Lage des Landes, größenwahnsinnige imperialistische Kolonialpolitik seines Vorgängers fort, was u. a. eine Krise der Staatsfinanzen zur Folge hatte. Am 1. März 1896 kommt es zur nationalen Katastrophe: Ein italienisches Heer von 15 000 Mann wird bei *Adua* von abessinischen Truppen fast völlig aufgerieben. Diese Niederlage, zusammen mit verschiedenen Anklagen (z. B. wegen unzulässiger Beziehungen zur Banca Romana) setzen Crispis Karriere ein für allemal ein Ende. Er stirbt am 11. August 1901 in Neapel. Sein Nachfolger wird sein politischer Gegenspieler *Antonio Di Rudinì* (1839–1908), der ihn bereits 1891 für ein Jahr abgelöst hatte. Ihm folgt 1901 *Giovanni Giolitti* (1842–1928), der in Crispis erster Amtsphase Finanzminister (Nachfolger von *Quintino Sella*) und von 1892–93 Ministerpräsident gewesen und ebenfalls in die Skandale der Banca Romana verwickelt war.

Damit sind wir wieder beim Fall Notarbartolo, der

seinerzeit eine ungeahnte Publizität erlangte. Eine Untersuchung, wer die Mörder gedungen hatte, zog sich über Jahre hin, und obwohl der Verdacht schon bald auf den Abgeordneten *Raffaele Palizzolo*, ein Vorstandsmitglied der Bank von Sizilien und Crispi-Anhänger, fiel, wurde er nicht einmal vernommen; erst über sechs Jahre später kam es durch politischen Druck zu einer Anklage. Die Italiener des Festlands sahen sich nicht nur zum erstenmal mit dem Begriff Mafia konfrontiert, sie waren auch gezwungen, sich mit dem südlichsten Teil ihres neuen Nationalstaates auseinanderzusetzen, dessen geographische, historische und soziale Strukturen sich so völlig von denen der nördlich von Neapel gelegenen Regionen unterschieden. Allerdings fand diese »Auseinandersetzung« auf eine so herablassende, geradezu verächtliche Weise statt, daß sich die Sizilianer, gleich welcher politischen Couleur und ob Mafiosi oder nicht, in ihrer Ehre gekränkt fühlten und schließlich alles daransetzten, um Palizzolo, den *Schwan*, im Triumphzug nach Sizilien zurückzuholen.

2. *Übersetzungen der sizilianischen und italienischen Passagen*

S. 13/14

Liebe, Liebe, Liebe, bittere Liebe!
Die Liebe gleicht einer Gurke:
Das eine Ende ist süß und das andere ist bitter!

Liebe, Liebe, Liebe, Liebe ist Feuer!
Liebe ist drinnen, und ihr merkt es nicht:
Ihr wollt sie vertreiben und könnt es nicht!

S. 67
Mama, schick mich nicht in die Schwefelgrube,
denn Nacht und Tag packt mich das Grauen...

S. 120
Denk daran, du aus dem Süden, daß Mailand das Herz auf der Hand trägt!

S. 158
Oh die schöne Gigogin...

Mit fünfzehn Jahren machte sie Liebe,
mit sechzehn Jahren hatte sie schon einen Mann,
drei Monate später hat sie es bereut,
los, einen Schritt näher, Wonne meines Herzens!

(1859 entstandenes Spottlied auf eine Mätresse des piemontesischen Königs)

S. 163
Der Montag für den heiligen... ham
(usw.)

S. 217
Schrecklich, unaufhaltsam,
wie Lava des sizilianischen Vulkans,
schreitet durch Afrikas Wüste
Italiens Heer und zerschlägt des Türken
Dreistigkeit und den schwarzen Verrat,
und ruhmbedeckt
pflanzt es dort, wo die Knechtschaft regiert,
als Künderin der Freiheit seine Fahne.

3. Wort- und Sacherklärungen (soweit nicht aus dem Textzusammenhang ersichtlich)

cignu (ital. *cigno*): der Schwan, im übertragenen Sinn auch: herausragender Dichter oder Sänger

ciuri de maju: »Maiblumen«, eine gelbe Chrysanthemenart, die bis zu zwei Meter hoch wird

Die volkstümlichen sizilianischen Anreden *cummari* (*commare*, wörtl. Gevatter/in), *gna* (*Signora*), *za* (*zia*, wörtl. Tante) und *zu* (*zio*, wörtl. Onkel) lassen sich nicht genau ins Deutsche übersetzen, da sie bestimmte Formen von sozialer Stellung, Verwandtschaftsgrad oder Respekt bzw. Zuneigung ausdrücken, wobei die Grenzen fließend sind.

Don (auch nur mit dem Vornamen gebraucht) bezeichnet dagegen einen Mann, der zur besitzenden Klasse gehört und daher respektiert wird.

Commendatore: verliehener Titel (ursprünglich Inhaber des Komturkreuzes eines Ordens)

Girgenti: bis 1927 der Name für Agrigent

Montecitorio: Palazzo aus dem XVII. Jh., Sitz des Parlaments

Omertà: solidarisches Schweigen, mit dem ein Verbrechen gedeckt wird

Onorevole: Parlamentsabgeordneter

pernacchie: Nachahmung »unanständiger« Geräusche

picciotto: ursprünglich Bezeichnung für einen sizilianischen Freischärler Garibaldis; später Synonym für junger Draufgänger, Rabauke – oder auch für Handlanger der Mafia

Quirinale: Palast auf dem Quirinalshügel in Rom; ab 1870 Residenz der italienischen Könige

Salve Regina fulgida: Sei gegrüßt, strahlende Königin (Marienlied)

stornello: dreizeilige sizilianische Liedform meist amourösen Inhalts

terùn (mailändisch, italienisch: *terrone*): abwertende Bezeichnung für Süditaliener

Ragni Maria Gschwend

INHALT

Giuseppe Tomasi di Lampedusa

Der Leopard

Roman. Aus dem Italienischen von Charlotte Birnbaum. 198 Seiten. SP 320

»Der Leopard«, der vielen Kritikern als das bedeutendste epische Werk der italienischen Literatur seit Alessandro Manzonis »Verlobten« gilt, schildert den Niedergang eines sizilianischen Adelsgeschlechts zur Zeit Garibaldis. Held und Fixstern des Buches ist Don Fabrizio, Fürst Salina, dessen Dynastie den Leoparden im Wappen führt, ein Olympier von Statur und Geist, leidenschaftlich und von wissender Melancholie überschattet, skeptisch und zuversichtlich zugleich.
Mit der Landung Garibaldis und seiner Rothemden in Marsala bricht selbst für Sizilien, Land archaischer Mythen, ein neues Zeitalter an. Kräfte und Ideen aus dem Norden bringen das uralte Feudalsystem ins Wanken und bereiten die Einigung Italiens vor. Don Fabrizios Neffe, der junge Feuerkopf Tancredi, vom Fürsten geliebt wie sein eigener Sohn, heiratet die schöne Tochter eines skrupellosen Emporkömmlings, der infolge der politischen Umwälzungen zum Millionär, schließlich zum Senator avanciert. Die Leoparden und Löwen sind zum Untergang verurteilt, ihren »Platz werden die kleinen Schakale einnehmen, die Hyänen«. Der Tod Don Fabrizios steht stellvertretend für den Tod einer ganzen Welt, in der das alte Europa noch ein letztes Mal aufglänzt.

»Die Qualität dieses Buches ist so bedeutend, daß es auf keine zeitliche Bedingung angewiesen ist, um auf uns zu wirken. Freilich, die eigentliche Quelle des Entzückens, mit der es uns erfüllt, ist die unbegrenzte Freiheit und Anmut, mit der alles, jeder Gedanke und jede Stimmung, seinen sprachlichen Ausdruck findet.«
Friedrich Sieburg

Die Sirene

Erzählungen. Aus dem Italienischen von Charlotte Birnbaum. Mit einem Nachwort von Giorgio Bassani. 190 Seiten. SP 422

»Tomasi di Lampedusas zwischen bitterster Ironie und einem voll entfalteten Sprachklang spielende Prosa ist wohl nie so schön, reich, bestrickend gewesen wie in der ›Sirene‹.«
Giorgio Bassani

SERIE PIPER

SERIE PIPER

Dacia Maraini

Bagheria

Eine Kindheit auf Sizilien. Aus dem Italienischen von Sabina Kienlechner. 171 Seiten. SP 2160

Dacia Maraini kehrt an den Ort ihrer Kindheit zurück – in jene sizilianische Villa, wo sie das Porträt ihrer Ahnin, der taubstummen Herzogin Marianna Ucrìa fand, die zu einer großen Romanheldin werden sollte. Die berühmte italienische Schriftstellerin erzählt von der romantischen Liebesheirat ihrer Eltern, der leidenschaftlichen Liebe zum unerreichbaren Vater, von ihrer Jugend in der prachtvollen Villa Valguarnera; sie läßt aber auch ihre Empörung spüren über die mutwillige Zerstörung des Barockstädtchens Bagheria durch die Mafia. Ein aufrichtiges, sehr persönliches Buch.

»›Bagheria‹ ist ein schönes und kluges Buch, ganz fern von allen Klischeevorstellungen vom Tourismus-Sizilien, und dazu ein Buch über eine Vielzahl eigenwilliger und begabter Frauen…«

Die Presse

Erinnerungen einer Diebin

Roman. Aus dem Italienischen von Maja Pflug. Mit einem Nachwort von Heinz Willi Wittschier. 383 Seiten. SP 1790

Fasziniert von der unkonventionellen Art Teresas, die jenseits von bürgerlichen Normen nach ihren eigenen Regeln lebt, beschloß Dacia Maraini 1972 über die »Diebin«, die sie bei einem Gefängnisbesuch in Rom kennenlernte, ein Buch zu schreiben. Aus einer armen, kinderreichen Familie stammend löste sich Teresa bald von zu Hause, lebte in den Tag hinein wie eine Zigeunerin, heiratete jung und brachte einen Sohn zur Welt. Fast unmerklich schlitterte sie in die Kriminalität, kam von einem Gefängnis ins andere und blieb doch ohne Groll über die ihr angetane Gewalt.

Durch die erstaunliche Persönlichkeit Teresas, die niemals selbstmitleidig, sondern stolz und selbstbewußt und auf ihre Weise ehrbar ist, gelang Maraini mit diesem Roman ein lebendiges Frauenporträt und ein packender Zustandsbericht über Italiens Gefängnisse.

SERIE PIPER

Elsa Morante

La Storia

Roman. Aus dem Italienischen von Hannelise Hinderberger. 631 Seiten. SP 2416

Während und nach dem Zweiten Weltkrieg ereignet sich das Schicksal der Lehrerin Ida und ihrer beiden Söhne. Elsa Morante entwirft ein figurenreiches Fresko der Stadt Rom mit den flüchtenden Sippen aus dem Süden, dem Ghetto am Tiber, den Kleinbürgern, Partisanen und Anarchisten. Der Roman war neben Tomasi di Lampedusas »Der Leopard« und Ecos »Der Name der Rose« der größte italienische Bestseller der letzten Jahrzehnte.

La Storia das heißt: *Die Geschichte* im doppelten Sinn des Wortes. Elsa Morante breitet in diesem Roman das unvergleichliche und unverwechselbare Leben jener Unschuldigen vor uns aus, nach denen die Historie niemals fragt.

In Italien, in Rom, während des Zweiten Weltkriegs und in den Jahren danach, ereignet sich das Schicksal der Lehrerin Ida und ihrer beiden Söhne. Sie erleben den Faschismus, die Verfolgung der Juden, die Bomben. Nino, der Ältere, der sich vom halbwüchsigen Rowdy zum Partisanen und dann zum Schwarzmarktgauner entwikkelt, ist ein strahlender Taugenichts. Sein Bild tritt zurück vor der leuchtenden Gestalt des kleinen Bruders Giuseppe, dem es nicht beschieden ist, in dieser Welt eine Heimat zu finden. Trotzdem ist seine kurze Laufbahn voller Glanz und Heiterkeit. In seiner seltsamen Frühreife besitzt der Junge eine größere Kraft der Erkenntnis als die vielen anderen, die blind durch die Geschichte gehen, eine Geschichte, die alle zu ihren Opfern und manchmal auch die Opfer zu Schuldigen macht.

Der Roman ist in einer dichten und spröden Sprache geschrieben, die den Fluß der Erzählung mit psychologischer und historischer Deutung aufs engste verbindet.

»Diese Geschichte ist der... nein, gewiß nicht ›schönste‹, aber der aufwühlendste, humanste und vielleicht wirklich der größte italienische Roman unserer Zeit.«

Nino Erné in der WELT